Gabriele Wohmann

Ein russischer Sommer

Gabriele Wohmann

Ein russischer Sommer

Erzählungen

Luchterhand
Literaturverlag

2. Auflage, November 1988
Lektorat Klaus Siblewski

Umschlag Max Bartholl
Umschlagabbildung Mario Merz (dokumenta 7, Kassel. 1982)
Gesamtherstellung Clausen & Bosse, Leck
Printed in Germany
ISBN 3-630-86683-2

Inhalt

Die Vermischung der Lehren *7*
Das Amen in der Kirche *22*
Ferngespräche *37*
Elefanten ziehen sich zurück *46*
Vor der Auferstehung *54*
Die Liebe zu den kalten Ländern *67*
Halb so schlimm *75*
Das blaue Wunder *81*
Genie und Pfleger *89*
Gottfried *97*
Mit dem Rücken zur Wand *113*
Der kleine Freund *129*
Ein russischer Sommer *142*
Spätherbst *147*
Die Doppelgängerin *161*
Der Besuchstermin *167*
Ein Hundeleben *176*
Sackhüpfen *184*
Die weibliche Komponente *194*
Pflegschaft *223*
Ein Freund der Fische *236*
Ich wars nicht *253*
Frühjahr bei den Springs *258*
Das weiße Kleid *271*
Die Janus-Kosmetik *278*

Die Vermischung der Lehren

Und wer mir das früher einmal angedroht hätte, in unbeschwerteren Abschnitten meiner Biographie, dem wäre mein Hohnlachen in die Quere gekommen. Aber nun war sie an mich ergangen, diese verdammte, verdammt warmherzige und unoriginelle Aufforderung, Weihnachten bei Menschen mit kleinen Kindern zu verbringen.

Am allerbesten, du nimmst schon so richtig an unserer Adventszeit teil, komm bald!

Herzlich und unüberlegt rief Nellie mich in Briefen und Telephonaten zu sich in ihre kleine Familie.

Werde ich alt?

Aber gewiß, mein Lieber.

Werde ich darum bemitleidenswert? Und Weihnachten, Adventszeit? Was soll damit los sein? Eure Sorte von Frömmigkeit verwünsche ich, wißt ihr das nicht? Ich bin nämlich zu Abstraktionen fähig, mehr noch: Ich liebe die Abstraktionen.

Na, komm schon, pack deine Koffer.

Auf ihre Weise ist Nellie verständig. Nutzlos, fortzufahren, aber ich tat es immer wieder: Das Christentum im Dienste der Bundesbahn und der glänzenden Kinderaugen und so weiter, und rede du mir nicht ein, daß ein altwerdender Einzelmensch ein Obdach für Festzeiten

braucht. Schau dir die Weltnachrichten an und laß dich von den wahren Schrecken der Menschheit heimsuchen. Nellie bekommt immer zur rechten Zeit ihre intelligenten Lachanfälle.
Ich hasse Gästezimmer – und stand dann doch am Bahnsteig, zusammen mit anderen Ältlichen und Alten, von denen mich unterschied, daß mein Gepäck unscheinbar und nicht von Geschenken aufgetrieben war. Eine mürrische Miene hielt ich für angebracht. Mir selber war ich gram, und ich wollte mich eben in die passende Mißstimmung für Nellies Familie vertiefen, die fünfeinhalb Fahrtstunden vor mir lag, als jemand mir mit der Hand auf die rechte Schulter schlug. Ich drehte mich um, und es war der gute alte Freund Rino Stockfeldt, der mir, chronisch erheitert, gegenüberstand. Rino ist fast zwanzig Jahre älter als ich. Sein Reiseziel war aber nur Frankfurt, ein Friseur, dann Bildende Kunst in verschiedenen Galerien. Er befand sich nicht auf dem Weg zu einem weihnachtlichen Unterschlupf, an Weihnachten dachte er überhaupt nicht, sondern wie immer beschäftigte seinen niemals saumseligen Geist die Kunst und sein eigenes Fortkommen darin.
Als der Zug einlief, rief ich Rino schnell zu:
Ich fahre allerdings leider in der Ersten Klasse, also Adios, mein Lieber, tut mir wirklich leid.
Ich zahle zu, rief Rino zurück, und schon waren wir gemeinsam in einem überheizten, grüngepolsterten Abteil allein und saßen einander gegenüber. Auch wenn er mich besucht, sitzt Rino niemals bequem in einem Sessel. Er rutschte auf dem Bundesbahnsitz ebenso hysterisch von

der linken auf die rechte Vorderkante, und ebenfalls ganz so wie in meiner Wohnung redete er sofort über seinen problematischen Rang in der offiziellen Hierarchie der Bildenden Künstler.
Der Durchbruch läßt auf sich warten, sagte er.
Geduld, Geduld, antwortete ich.
Rino putzte sich mit einer privaten Gewissenhaftigkeit die Nase und machte für kurze Zeit einen introvertierten Eindruck, nach Art der Naturforscher konzentriert; erst beim Verstauen des großen Taschentuchs wurde er wieder fahrig ganz er selber, wie von einem Juckreiz gekitzelt vor Neugier auf seine verbleibenden Chancen in der Welt der Galerien.
Die Bilanz des verflossenen Jahres sieht etwas günstiger aus, sagte er.
Einem wie ihm, dem alles Alltägliche nicht liegt und dem dieses Alltägliche folglich gleichgültig ist, entgeht selbstverständlich die banale Zersiedelung des Rhein-Main-Gebiets, aber ich zeigte ihm die Szenerie, verbot mir allerdings zu fragen:
Müßten Künstler nicht genauer hinschauen?
Statt dessen sagte ich:
Um dieses Waldgebiet soll es besonders schlecht stehen.
Ja, der Wald! rief mein alter Freund, und schon bedauerte ich ihn, weil ich ihn gestört hatte. Der Wald, der Wald! Jetzt gehts aufs Ganze!
Wie meinst du das? fragte ich.
Jetzt, wo mein Leben sich dem Ende zuneigt, antwortete mein Freund. Ich werde siebzig. Viel ist nicht mehr zu erwarten. Ja, mein Lieber, es geht dem Ende zu.

Zum ersten Mal seit Tagen verspürte ich den dringenden Wunsch, auf gar keinen Fall unliebenswürdig zu sein, und ich sagte: Man kann nie wissen.
Wie bitte? Rino erkundigte sich wie nach einem Hörfehler, und sein aufgeregtes Gesicht verlor den drohenden Ausdruck.
Ich meine: weiß mans? Steckt man ganz drin?
Sicher fühlte ich mich nicht, doch mein Herz klopfte plötzlich laut und erwärmend für meinen alten Freund. Der wurde mir unversehens überlegen, denn er bemerkte kühl:
Oh doch, da führt kein Weg dran vorbei, daß ich siebzig werde.
Ich fand ihn höflich, als er meine Knie klopfte und sagte: Aber Schluß damit, wir erreichen Frankfurt. Bin äußerst neugierig auf Kuno Franklin.
Er stand auf, ich stand auch auf, wir drückten uns die Hände, zu fest für meinen Geschmack, aber es war mir recht, wie für immer, und um ihn tröstend aufzuscheuchen, rief ich ihm zu meiner eigenen Verwunderung nach:
Die Sonne ist heute morgen so rot und interessant aufgegangen!
Sechs Stunden später, in Nellies Wohnzimmerchen – alles bescheiden bei den Hansteins, behaglich und doch noch immer anfängerhaft – mit Blick zum leicht ansteigenden Gärtchen, auf das ein bißchen Schnee gefallen war, dort später, nach der Bahnfahrt, konnte ich mich zu keinen überraschenden Gesprächsfetzen mehr hinzwingen. Ich setzte mich, kam mir sofort gehbehindert vor,

stellte mich wieder, ging ein wenig umher und blieb für mein unmutiges Gefühl altem Lagerbestand ähnlich – und war doch hier so gutartig willkommen. Eine Spur kränkend, empfand ich aber, wie selbstverständlich ich sogleich in diesen Haushalt eingegliedert wurde. Auch wenn eine Liebesgeschichte verjährt ist, sollte ein Rest von Aufgeregtheit einstmaligen Partnern zu schaffen machen.

Was trieb Nellie denn überhaupt, sie kam und ging, und alles hatte mit weihnachtlichem Dekorieren zu tun, oder ich wollte die Lage so sehen.

Nichts mitgekriegt von afrikanischen Hungerkatastrophen, hm? fragte ich sie böse.

Oh doch, sagte Nellie, aber gestern abend bei den Nachrichten fanden wir plötzlich diesen schauderhaften Industrieunfall viel gräßlicher, grauenvoll, war es das nicht? Diese Explosion, waren es nicht Explosionen…

Wars nicht Indien, war es nicht Mexiko City, äffte ich sie nach, und ich spürte, daß mir hauptsächlich die Angst vor dem Gästezimmer im Nacken saß; mit einer Hotelunterkunft als Aussicht für die kommenden Nächte wäre ich freundlicher gewesen.

Die Kinder, meine Kinder, sagte Nellie, die müssen Weihnachten haben, und Nikolaustag und jeden einzelnen Adventssonntag.

Sie zündete jetzt eine dicke rote Kerze an. Man könnte wieder was rauchen, fiel mir daraufhin ein. Ich rauchte und redete mehr als ich Lust hatte. Was mir noch einfiel – und das belebte mich auf einmal – das war meine letzte große Reise. Erst seit knapp vier Wochen lebte ich ja wie-

der in diesem gut aufgeräumten, beengten kleinen Staat. Ich rief nervös:
Das alles hier macht einen übellaunig und verrückt, von den Weihnachtsurlaubern bis zu deiner Kerze da, wenn man vor vier Wochen noch am Golf von Mexiko gestanden hat.
Du hast mich nicht vermißt, auf dieser ganzen Reise hast du mich kein einziges Mal richtig vermißt, stimmts? fragte Nellie, aber warum so vergnügt, das fragte ich mich. Nun, weil ich jetzt bei ihr notgelandet war, die Reise überstanden, ich in der Falle, ganz der Alte, nur um noch ein paar Längen konfuser, was ihr nicht mißfiel. Nellie, hellblond und weißhäutig, hat am liebsten mit schwierigen Menschen wie ich einer bin zu tun. Das vermute ich. Mir kam ein Zitat wie gerufen, und ich sprach es zu ihr hin:
»Ringsherum Wasser, mittendrin das Unglück.«
Warst du denn auch auf einer Insel, dort an diesem Golf von Mexiko? fragte Nellie, die nun im Sessel saß und anfing, Tee einzugießen. Teestövchen und Teegeschirr erinnerten mich an meine Studentenzeit. Warum ließ ich mich immer mit jüngeren Menschen ein? Wäre es nicht gesünder für mein Selbstbewußtsein, wenn ich statt dessen mit dem guten alten Rino Stockfeldt durch Galerien schlenderte und mich mit einem Älteren über das Altsein austauschte?
Ich war auf einer Halbinsel, aber die ist hier nicht gemeint. Das war ein Zitat.
Von wem? Von welchem Unglücklichen? Nellie lachte und fragte nicht nach.

Vermissen ist auch nicht das passende Gefühl für zwei wie uns, sagte ich.
Also hast du mich nicht vermißt, schloß Nellie.
Ich vermied es gerade noch, *kluges Kind* zu sagen, und wiederholte:
Vermissen paßt nicht.
Es behagt mir nie, wenn Nellie sich in der Stimmung einrichtet, ich sei ihr Patient und sie selber meine Auserkorene. Unter allen Frauen in meiner Reichweite ist sie lediglich diejenige, die mir am besten bekommt. Bis hierhin und nicht weiter. Nellie, zu jung um zu wissen, wie viel Wert diesem Umstand beizumessen ist, macht sich nicht genug aus dieser Bekömmlichkeit.
Darüber dachte ich, aber zerstreut und dauernd von Anblicken abgelenkt, ein bißchen nach, als ich, Nellies Rat befolgend, durch die Einkaufsstraßen von Göttingen viel zu hastig ging. Die übrigen Passanten hatten Besorgungen zu machen, ich nicht, aber ich verhielt mich so, als hätte ich ein Ziel. Nur damit es einen markanten Punkt, etwas Erstaunliches, in meinem Bericht vom Stadtgang ergäbe, lief ich durch den Botanischen Garten. Alle Pflanzen waren in den Gewächshäusern untergebracht. In den Gewächshäusern, auf der Suche nach einem bestimmten, meine Kindheit erweckenden Geruch, haben mich gelangweilte, vor Erschöpfung lärmende Schulkinder gestört. Eine entsetzlich große Schulklasse schien sich in den Botanischen Garten entladen zu haben. Ich kehrte um, ich bin nicht geduldig genug für einen Spaziergang längs des Grabens gewesen und zu schnell wieder in den Einkaufsstraßen gelandet.

Bei meiner Rückkehr in Nellies Mietreihenhaus wurde ich mit unangebrachtem Optimismus begrüßt. Um Hilfe hätte ich rufen sollen: Nellie, steh mir bei! Ich bin ein schlechtgelaunter Mensch, weiter nichts! Nellie steckte, frei von Argwohn, soeben auf einen ungefähr fünf Zentimeter dicken Reif aus auberginenfarbenem Bast dunkelgrüne Kerzen. Nie fürchtete sie, ihre Handlungen nähmen sich in meinen Augen lächerlich aus.
Mal was anderes, sagte sie. Eine Alternative zum Adventskranz. Sie lachte ausführlich, und eigentlich steckt ihr Lachen immer an, diesmal aber nicht.
Sieht wie eine Blutwurst aus, sagte ich. Ganz Göttingen ist mir gerade eben wie eine einzige überquellende Metzgerei vorgekommen.
Und doch sind wir eine Universitätsstadt, rief Nellie heiter. Auf meinen Adventskranz bin ich jetzt erst recht stolz. Wahrhaft eine Alternative, wenn du an Blutwurst denken mußt. Sag mir nur ein einziges Mal, warum du Theologe bist.
Wegen der Alternative, antwortete ich.
Was hat diese Blutwurst damit zu tun? fragte Nellie.
Der Glaube ist die Alternative zum Selbstmord, sagte ich. Ich bin aus diesem Grund nicht vorhin vom Bordstein gefallen und von einem Lastwagen erfaßt worden, und ich habe mich in keinem Gully ertränkt, verstanden?
Ich weiß, ich weiß, du bist von Göttingen nicht angetan, weil es evangelisch ist, und weil alle Kirchen verschlossen waren, du hast nirgendwo zum Schmollen eintreten können und im Botanischen Garten gefroren,

und in Wahrheit haben dir alle diese Metzgereien Appetit gemacht. Leb dich hier wieder ein, hier, ja? bat Nellie.
Das Leben ist langweilig, erwiderte ich, und ich fand, es treffe sich gut, daß in diesem Augenblick Markus, Nellies fünfjähriger Sohn, sich ins Wohnzimmer drückte. Sollte Nellie doch sehen, was sie sich mit ihrer Existenzart eingefangen hatte: Da stand ein erheblicher Programmpunkt in ihrer Autobiographie auf der Schwelle und hatte ein läppisches Begehren an sie zu richten. Nur einmal pro Monat wechselte mit Nellie eine Art Vater ab. Ein ehemaliger Vater. Ich konnte von jeher nie behalten, wie viele Kinder dieser frühere Vater in einer neuen Ehe bekommen hatte, denn Nellie war außerdem noch eine eifrige Tante – immer Kinder um sie herum – eine gute Schwester ihrer ebenfalls zu Eltern aufgetriebenen Geschwister. Aber gegen diesen frohgemuten Vermehrungsbetrieb zu argumentieren, war ich nun zu faul. Markus ließ sich in einen Pullover stülpen. Seine freundliche, mir zugedachte Grimasse verschwand für kurze Zeit. Wie gut mich das Kind behandelte, peinlich! Seinen Schwestern und ihm hatte ich nichts mitgebracht, aus Weihnachtsfeindseligkeit. Kein Übelnehmen! Und gerade das traf mich. Ich kam mir, hier im Wohnzimmer, wie der Kleinste und Törichteste vor.
Mach deine Sache gut, rief Nellie ihrem Sohn nach. Zu mir gewandt, fuhr sie fort: Du findest uns egoistisch, aber da hast du einen Gegenbeweis! Die Kinder gehen singen, sie ziehen von Haustür zu Haustür, und am Epiphaniastag werden sie das wiedermachen, und zwar

sammeln sie für andere Kinder, notleidende, verstehst du, ich glaube: in Columbien, also bitte.
Sicher singen sie »Vom Himmel hoch« und »We shall overcome« durcheinander, knurrte ich, richtig international, Christus als Sozialhelfer, Entwicklungshilfe-Gott.
Ganz international, warum nicht? Nellie war nicht zu kränken. Die Sache mit dem Singen und Sammeln geht von der Gemeinde aus, sie haben irgendein Adoptivdorf. Trink deinen Tee, komm. Und Mischa, der tut sich auch ganz schön um.
Mischa ist Nellies einstiger Ehemann, ein Lehrer, Musik und Religion, vielleicht lehrt er noch andere Fächer, keine Ahnung. Die Theologie brachte uns zusammen. Bei mir war er im Seminar. Guter Kerl, mit der zeittypischen Abneigung gegen einen Gott an sich, einen Gott ohne Gebrauchsanweisung und Nutzanwendung. Bei solchen guten Kerlen verkommt die Heilige Schrift heute zur Öko-Fibel. Entsprechendes hatte ich auf der Zunge, als Nellie erzählte: Mischa hat einen 4-Wochen-Kurs in Hinduismus gemacht, oder wars Zen, auch egal, immerhin so etwas hat er gemacht. Im nächsten Jahr wird er da unten im Osten bei irgendwelchen Allerärmsten, verstehst du, helfen, du verstehst mich: helfen! Mit seinen beiden Händen. Anpacken.
Synkretist, rief ich, und schimpfte weiter: Ein elender Synkretismus hat sich breitgemacht, eine gewaltige Schlamperei, ekelhaft.
Ich hoffte, Nellie werde mich um eine Übersetzung bitten. Sie aber lachte. Wie oft diese Frau doch lacht. Ich

habe dieses Talent zum Lachen immer an ihr geschätzt, nur manchmal fühle ich mich dadurch paralysiert. Übel nimmt sie mir nichts. Und doch: Ab und zu käme mir etwas mehr Empfindlichkeit, verknüpft mit Widerstand gelegen. Manche Lachanfälle Nellies stimmen mich nur lethargisch und gereizt.

Nellie schob die weiten Ärmel ihrer schweren, vielfach melierten Strickjacke über sehr weißen, vertrauenerwekkend fleischigen Unterarmen bis zu den rosigen glatten Ellenbogen hoch. Sie gehört zu den wenigen Frauen mit einwandfreien Ellenbogen. Im Reihenhäuschen war es sehr warm, ich schätze, mehr als zwanzig Grad, aber Nellie hatte trotzdem ziemlich viele Kleidungsstücke übereinander an. Mit der Grazie der Dicken bewegte sie sich zur Küche hin und zurück, um mir Gebäck zu servieren. Warum zieht sie sich immer so warm an? Auch im Haus bevorzugt sie Stiefel. Vieles an Nellie ist mir fremd und wird es bleiben, und trotz Abstoßung macht es einen guten Teil des Reizes aus, der auf mich einwirkt. Was ich ganz und gar nicht und niemals verstand, das ist das Phänomen Sirke. Nellies Adoptivtocher. Als hätte sie nicht längst viel zu viel zu tun, halbtags arbeitet sie als Heilgymnastin, sie erzieht die eigenen beiden Kinder, sorgt häufig für Nichten und Neffen mit, und amtiert in einem großen Freundeskreis als Hauptperson – verkündete sie: Ich brauchte einen vietnamesischen Kontrast zu meinen beiden nordischen Typen, weißblond wie sie sind. Anschließend: ein Lachanfall, wie Musik aus einer Panflöte. Was ich an der ganzen Adoptivgeschichte jedoch nicht verstehe und was ich Nellie, obwohl es mich wie oft bei

Nellie anzieht, nicht ganz verzeihe, das ist der Name, den sie für dieses Kind beim Standesamt ertrotzte: Sirke. Ist das Finnisch? Sirke käme bald mit den anderen Kindern von diesem Haustür-Advent zurück, ach, Familienleben! Ich wollte Nellie zurufen:
Vor wenigen Tagen noch stand mein Schreibtisch in Manhattan! Dann sah ich, während Schnee fiel, den Sinclair See in Detroit, je davon gehört? Ich hatte den kanadischen Zipfel im Blickfeld, der südlich vom Stadtbezirk Detroit liegt, das ist der einzige amerikanische Platz, von dem aus Kanada im Süden liegt, falls die Leute des Wayne State University German Departments recht haben. Ich seufzte, wollte über Galvestone berichten, sagte aber:
Allenthalben kannst du diese schludrige Vermischung der Lehren beobachten, falls dir nicht klar sein sollte, was Synkretismus ist.
Hab ich mir haargenau so zusammengereimt, mein Alter, sagte Nellie sanftmütig und fröhlich.
In Kursen lernst du ein bißchen Buddhismus und häufelst ein paar Pfund Kibbuz dazu, und zwei Tage gehst du ins Kloster, um mal auszuprobieren, wie das ist: Meditation, ganze zwei Tage lang! Und am Ende hast du eine Kohlsuppe, in der alles verkocht ist und nichts mehr nach sich selber schmeckt...
Gott ist überall, oder nicht, sagte Nellie. Übrigens: Was möchtest du heute abend essen? Die Kinder haben sich was Italienisches gewünscht. Gott ist in der Natur, oder, ich meine, wo ist er nicht? Im Wald...
Im Wald! Ich schrie nun beinah. Armer Gott, wäre doch schade um ihn.

Themawechsel, rief Nellie. Was ist mit Sex, wie wärs statt dessen? Die Kinder kommen gegen halb sechs zurück, also…

Warum benutzt du die jeweils gängige Sprache, Nellie, fragte ich. Ich wurde nun stimmlich gesehen ziemlich sanft. Innerlich nahm ich Habachtstellung ein. Sex. Oder: Du hast mich nicht vermißt. Vermissen! Sex wie: Händewaschen, wie Rauchen, wenn der Tee getrunken ist…

Wie stehts damit, fragte Nellie.

Daß sie keinerlei Lachanfall bekam, warnte mich.

Du hattest genug davon, es reicht, was du davon hattest, von Sex, meine Liebe. Du kannst dein restliches Leben in Askese verbringen.

Diesmal lachte ich, aber künstlich, und ans Gästezimmer dachte ich. Es graute mir nicht vor dem, was Nellie vorschlug. Aber daß sie es vorschlug, schreckte mich ab. Auch die Tageszeit und die Einfügung in ein Familienleben, die Nummernhaftigkeit. Das Unleidlichste war, wie wenig Funken von meinem Grimm auf Nellie übersprangen.

Ich bin erst dreiunddreißig, wieso soll ich genug davon haben? erkundigte Nellie sich.

Nimm einen Kurs, schlug ich ihr vor.

Und ich, ich gebe dir jetzt Rotwein oder Cognac, was immer du willst, obwohl du genug Alkohol hattest, um dein verbleibendes Leben in Trockenheit zu verbringen, mein Alterchen, sagte Nellie. Es wird gut für uns sein. Es ist besser, glaub mir. Was fehlt dir überhaupt? Das kann doch nicht nur die Weihnachtszeit sein oder deine Rück-

kehr aus Amerika und dieser Synkretismus? Du hast doch irgendwas.
Fing es an zu schneien? War es ein bißchen wie vom St.-Regis-Hotel-Zimmerfenster aus, Detroit, Michigan? Ich empfand beinah körperlich, wie Annäherungen möglich wurden: An meine Erinnerungen, an Nellies weiße Haut, und meine Laune würde sich bessern, ich verlöre meine Angst vor dem Gästezimmer, nicht mehr lang, und ich spräche mich von einer Verzweiflung in der linken oberen Zwerchfellgegend los.
In diesem Augenblick entstand Lärm an der Haustür, kurz danach war Markus die paar Stufen zum Wohnzimmer heraufgerannt gekommen und rief:
Wir haben schon fast sechzig Mark zusammengesungen, aber mir ist kalt.
Er schlenkerte ein Kleidungsstück um sich herum.
Vernünftiges Kind, lobte ich und erwartete, meine Ironie treffe Nellie und Markus gleichermaßen.
Nellie verpackte ihren Sohn in dem blauen Stück Stoff mit Reißverschluß und Kapuze, und zum Abschluß stattete sie ihn noch mit einem kleinen lustigen Schlag auf den Hosenboden aus; das Kind lief weg in Richtung Vorgärtchen, Schneefall, Straße, und ich fand mich ihm in meiner Beziehung zur Frau hier im Haus so ähnlich, nur: Mich fand ich plumper und viel weniger anziehend als das Kind.
Machen wir ruhig alles so, wie du es für gut hältst, sagte ich, wobei ich mir erstaunt und nicht ohne Angst zuhörte.
Warum so plötzlich, fragte Nellie.

Mir geht es nur noch darum, daß meine Geistesgestörtheit nicht offen zutage tritt. Nellie hat mich gern so, in dieser Stimmung, es wurde dämmrig, ich faßte Mut. Also los, geschlechtliches Leben und italienisches Essen und Adventslichter vom Blutwurstkringel, los damit, und es schneit ja auch.

Das Amen in der Kirche

Seine Tischdame war heute abend eine blonde, erhitzte, untreu aussehende Frau im mittleren Alter mit sinnlos aufgeknöpfter Bluse, und zu seiner eigenen Verwunderung lachte Alban plötzlich mutig, während er fragte: Haben Sie diese Knöpfe zu schließen vergessen oder ist es Ihnen zu warm?
Wider Erwarten interessierten ihn ihre Sommersprossen mitten im kalten Winter.
Nichts für ungut, sagte er. Wie lang sich diese Mahlzeiten hinziehen. Seit der Suppe sind schon zwanzigeinhalb Minuten vergangen. Man kommt auf keine gescheiten Gedanken, ich bitte Sie um Nachsicht.
Seine Tischdame machte auf ihn einen chronisch fassungslosen Eindruck. Sie sagte:
In hochgeschlossenen Kleidungsstücken fühle ich mich immer ein wenig erwürgt.
Heidelbeertorte gab es nach dem Hauptgericht als Nachtisch. Beim Essen der Schweinelendchen war die Unterhaltung ein Kinderspiel, denn Alban und der Tischdame schräg gegenüber saß Herr Doktor Habicht, der in jedem Jahr bei dem großen gemeinsamen Abendessen der Jury-Mitglieder über die gesundheitlichen Gefahren dozierte, mit denen der Genuß von Schweinefleisch für ihn persönlich verbunden war. Seit er nie mehr Schweinefleisch zu sich nahm, bekam er nie mehr Schnupfen. Dieses Thema lag Alban sehr, er wurde vergnügt.

Und dann die Heidelbeertorte, wahrlich, eine Fundsache. Alban bedurfte des Doktor Habicht nicht länger. Ihm fiel nun ganz selbständig genug ein. Sein ungeschickt abgeschnittenes, nicht spitzwinkliges Tortenstück erinnerte ihn an eine Hundeschnauze. Er empfand Dankbarkeit: Wie schön es doch war, in einem Gespräch voranzukommen. Er hob seinen Teller an und hielt ihn ins Blickfeld der Tischdame.
Man muß unweigerlich an eine schwarzbraune Hundeschnauze denken, finden Sie nicht? Dackel oder Dobermann, kommt drauf an, welcher Hund einem näher steht.
Aber pfui! Hören Sie auf! rief die Tischdame. Ist er nicht ein unmöglicher Mensch, fragte sie den Doktor Habicht. Der aber war in ein Gespräch über die Einheitsbibel verstrickt, das er mit drei eifernden, Martin Luther liebenden Partnern führte.
Wie treulos diese Frau aussah! Obwohl sie erschöpft zu sein schien, fanden ihre Augen es der Mühe wert, begierig hin und her zu wandern.
Schmeckt aber gar nicht übel, sagte Alban, Chinesen übrigens essen Hunde, nicht wahr?
Die Tischdame mußte gähnen, was sie jedoch verbarg, indem sie so tat, als empfinde sie einen Juckreiz im Mundwinkel, und sie rieb sich die Lippen mit dem Daumen.
Alban wußte, wie sehr ihm eigentlich nach einem Wutausbruch zumute war, oder – ja, doch, wahrhaftig – zum Heulen, ja zum Heulen war ihm jetzt zumute.
Die Art meiner Bemerkungen sollten vor dem folgenden

Hintergrund gesehen werden, begann er. Ich lebe monatelang isoliert vor mich hin. Dann kommt ein Tag wie der heute, ich bin in der Außenwelt, Mitglied einer Jury, ich bin sehr gut vorbereitet und ich hätte genug auf der Pfanne, um es zu servieren, gewissermaßen, ha ha!
Die Tischdame sah bei positiver Betrachtung der Lage verträumt aus.
Alban fuhr fort:
Aber nichts, nichts, verstehen Sie? Ich sage nichts, kein Wort. Das kann sich zu einer Eigenschaft auswachsen. Früher war ich in zahlreichen Ausschüssen tätig, in vielen Beiräten, Mitarbeiter in Kommissionen, kurz: Ich kam unter die Menschen. Sie sind sicherlich die Ehefrau eines der hier Anwesenden?
Ich bin Frau Gubitz, Ellen Gubitz, antwortete die Tischdame.
Dieser Name sagte Alban gar nichts. Am Abendessen des ersten Sitzungstags nahmen immer einige Herren der Abteilung Kultur teil, und Alban hielt es nun schon im dritten Jahr für unmöglich, diese Herren kennenzulernen. Er gab sich nun jedoch wie ein Experte in Sachen Gubitz, höchst angetan, und dazu zeigte er eine vertrauliche Miene.
Ja, wenn das so ist, fing er an, wußte sofort nicht weiter, und daher täuschte er einen Hustenreiz vor.
Sie haben meinen Mann gekannt? fragte die Tischdame.
Vorsicht! War sie eine Witwe? Näher lag, sie für geschieden zu halten. Vorsicht! Alban hustete noch ein bißchen, gleichzeitig versuchte er, sich zu Doktor Habicht zurückzuschalten, und er fixierte das regelmäßig lächelnde

Gesicht auf dem kugelrunden bleichen Kopf dieses Gegenübers: Es sollte ihm doch leicht fallen, eine Sottise über die ekelerregende Nivellierungstendenz der Einheitsbibel abzufeuern. Doch die Gesprächspartner des Doktor Habicht hatten Alban den gesamten Jury-Tag hindurch den Verdacht demonstriert, er selber verfüge nur über das Vokabular eines Analphabeten, ja, wie ein Nachfahre des Kaspar Hauser war er sich immerzu vorgekommen, und da befiel ihn wieder die Furcht vorm Verstummen. Lieber hielt er sich an die blonde, leicht keuchende Frau neben ihm, erstens, weil er mit ihr schon glücklich gestartet war, und zweitens, sie war eine Frau, schon deshalb erweckte sie in ihm ein gewisses Vertrauen. Dazu trug der Hauch von Ehebruch, der um sie schwelte, beträchtlich bei. In Bekenntnislaune trug er ihr vor:

Man verdeutliche sich das nur einmal: Da sitzt einer stundenlang mit acht anderen Menschen in einem Konferenzraum, alle reden, kein Menschenfresser dabei, und dieser eine da macht den Mund nicht auf, die Zeit vergeht, Minute für Minute, und dieser eine, der bin ich, ich habe kein Wort gesprochen. Ist das nicht unerhört, was meinen Sie?

Nichts gegen die Stillen im Lande, stille Wasser sind tief, oder nicht?

Die Tischdame lächelte und sah reizbar aus. Ihr Mund war fahrlässig geschminkt und trug nun außerdem dunkelviolette Heidelbeerspuren. Sie aß nicht konzentriert genug. Wahrscheinlich fiel es dieser Frau bei jeder ihrer Lebensäußerungen schwer, sich zu konzentrieren. Ihre

Eßweise paßte zu der zugigen Bluse aus einem etwas schimmernden und schlapprigen Material. Vermutlich Seide, aber davon verstehst du nichts, sagte sich Alban. Alles so durchlässig an ihr, so glitschig, fahrig, unaufmerksam. Wie konnte man einen solchen Menschen auf seine Seite ziehen? Unmöglich. Alban spürte Empörung und er fuhr sie an:

Zu sagen wüßte ich genug! Ich mache, trotz zugegebenermaßen kleiner Praxis, durchaus Erfahrungen. Ich publiziere noch gleichmäßig in wichtigen psychologischen Fachzeitschriften. Von wegen: Stille Wasser!

Halten Sie etwas von Heinheimer und seinen Thesen? fragte die Tischdame.

Cum grano salis, antwortete Alban, pries sich für seine Promptheit, nahm einen Bissen Kuchen zu sich, um für eine zeitlang vom Sprechen befreit zu sein. Von Heinheimer hatte er nie gehört. Was er ebenfalls nicht zugäbe, das war: Seine Praxis versickerte. Seine Manuskripte schickte er zwar dem altgewohnten Verlag, doch täuschte er sich gewiß nicht im Argwohn, keiner dort lese seine Arbeiten noch gründlich. Von Neugier auf seine Postsendungen konnte ohnehin längst nicht mehr die Rede sein. Gebeichtet hätte er gern: Meine Existenz ist lächerlich geworden. Nehmen Sie schon den täglichen Rahmen, diese Farce von einer Rahmenhandlung um jeden einzelnen meiner Erdentage: Um neun Uhr morgens, bevor ich ein zu reichhaltiges Frühstück herunterschlinge, telephoniere ich mit einem Altersheim in Holzminden, genauer gesagt: mit Apartment 4, beziehungsweise mit meinem einundneunzigjährigen Onkel, dem, bis auf mich, Rest der Familie, und dieser Vorgang wiederholt sich jeden Abend um achtzehnuhrfünfzehn, ich vergewissere mich, daß es ihm gut geht. Ich erfahre, wonach es in Holzminden gerochen hat, es riecht dort immer entweder nach alter Lauge oder nach verschiedenen Wurstküchen, sie machen Parfums in Holzminden...

Woran denken Sie? fragte die Tischdame. Alban erwachte aus seiner Ergrimmtheit. Besonders wißbegierig sah sie zwar nicht aus, doch handelte es sich ja wohl eindeutig um Interesse bei ihrer Frage, Interesse an Alban. Weiterhin allerdings schweiften ihre teichfarbenen Augen umher, und ihrem Ausdruck nach sehnte diese Frau sich nach mehr Umgang. Ihre Oberlippe erinnerte Alban an ein Fragezeichen, sie hatte etwas Ungeduldiges.

An meine – nennen wir es Solitude, ja, daran dachte ich vermutlich, sagte Alban. Zeigen Sie sich nur einige Male unentschlossen, einer Einladung Folge zu leisten, schlagen Sie zwei, drei Male in kürzerer Abfolge Angebote aus, geben Sie mehrfach hintereinander zu, das Telephon habe Sie gestört, und schon, gnädige Frau, und schon sind Sie draußen. So schnell geht das.

Alban mißlang eine Geste, die den Vorgang des Katapultierens veranschaulichen sollte. Was entstand, das war ein Schnalzen.

Wie recht Sie haben, sagte die Tischdame. Solitude, das ist Stuttgart, nicht wahr?

Es ist französisch, heißt Einsamkeit. Wie unvernünftig doch weiterhin in deutschen Küchen gekocht wird.

Alban verlangte es nun zurück in die Unterhaltung über Schweinefleisch. Aber Doktor Habichts bleiche Kopfkugel wandte das Vorderteil mit dem lächelnden Gesicht von ihm ab; die waren noch immer bei Wert oder Unwert der Einheitsbibel.

Ist mir persönlich doch vollkommen gleichgültig, ob die Vietnamesen oder irgendwelche Suaheli in den Genuß der Bibel kommen oder nicht, rief Alban aufs Geratewohl den drei Diskutanten zu. Lieber noch ein Gottesdienst auf lateinisch als einer in neudeutschen Redewendungen. Er drehte sich zur Tischdame zurück, empfand einen ratlosen Stolz auf seine Wucht und sagte:

Geht mir alles unerhört auf die Nerven, alles, was mit diesen Verflachungsbestrebungen unserer Epoche zu tun hat. Er schnaubte, deutete im Gastraum umher. Da gibt es zwar auf den ersten Blick keinen Zusammenhang, sagte er, aber auf den zweiten Blick gehört diese *rustikal* genannte Geschmacksverirrung hier völlig dazu. Alles ein Kaliber. Sind wir Bauern? Nein. Na sehen Sie. Haben wir noch irgend etwas mit bäuerlichem Wesen zu tun? Auch nicht. Also bitte. Wozu dann setzt man uns auf steinharte Bauernstühle und vor diese gewürfelten Tischdecken, und was soll diese Gottesmutterattrappe dort in der Ecke. Und dann gibt es Heidelbeertorte nach einem Gericht wie diesem, als hätten wir alle einen Tag lang auf dem Acker gearbeitet, wir Stubenhocker. Nichts Frisches, nichts Gesundes.

Das stimmt, antwortete die Tischdame, und wieder machte sie den ermüdeten, flauen Eindruck eines Menschen, der in einer bestimmten Angelegenheit enttäuscht wurde und seine Erwartungen aufgegeben hat. Alban stieß hervor:

Resignieren Sie nicht, bitte. Mein Unterhaltungswert mag gering sein, aber...

Ein wenig makaber, manchmal, sagte die Tischdame.

Sie war ja doch eine nette Person.

Ich lebe ein wenig kläglich, begann Alban. Vor diesem Hintergrund müssen Sie es sehen. Meinen Patienten habe ich immer zu Selbstbefreiungen geraten, ich hingegen halte mich voller Selbstdisziplin in einer Art Bewußtseinsgefängnis gerade so aufrecht.

Und originelle Ideen haben Sie doch, rief die Tischdame. Wie war noch Ihr Name? Gubitz, richtig. Verheiratet oder verwitwet oder geschieden. Armes Ding, was auch vorgefallen sein mochte.

Man sollte sich Ihrer erinnern, sagte sie.

Erst in diesem Augenblick wurde Alban der Gedanke peinlich, diese Frau bemitleide ihn. Aufsässig sprach er: Nach wie vor bin ich im Gespräch, ganz offenbar auch bei Lektoratskonferenzen und in Redaktionsstuben. Dann klingelt bei mir, jawohl auch bei mir, das Telephon, und man fragt mich, ob ich einen Essay zu schreiben bereit sei... Glaube ohne Religion: Vor ein paar Tagen erst bekam ich diese Aufforderung. Sehr häufig haben die Themen nichts mit Psychologie zu tun, was ja einen Hinweis darauf bedeutet, daß man – na schön, lassen wir das. Man soll sich nicht selbst erheben...

Alban fand, daß er albern lache.

Über Erziehung sollte ich schreiben, ob Erziehung mehr auf die Zukunft in einer Gemeinschaft sich ausrichten solle oder privat im Goetheschen Sinn stattzufinden habe, also, wenn Sie da in dieser Thematik mich fra-

gen... Übrigens zucke ich schon vor einer Vokabel wie dieser zurück: Gemeinschaft! Wissen Sie, ich erlebte noch bewußt genug gewisse Zeiten mit, Nazizeiten, und zwar als ein überaus individuelles Kind...
Bekenne dich zu deinem Alter, befahl er stumm der Frau, die neben ihm absurd lachte, und die allmählich unverhohlen nach einem anderen Unterhaltungspartner Ausschau hielt. Die Mahlzeit neigte sich dem Ende zu, und die Tischdame schien sich für die besseren Abschnitte dieses Abends innerlich zu präparieren. Ich möchte an dieser Frau kleben bleiben, beschloß Alban. Er fragte sein Gehirn nach einem schönen, sanftmütigen Beitrag für Frauen ab, und erkundigte sich dann:
Was schätzen Sie: ob es wieder schneit, da draußen, in der bitterkalten Nacht? Diese Stadt sieht wunderschön aus im Schnee. Die Tulpenbaumallee beispielsweise, schöner als im Frühjahr.
Die Tulpenbaumallee, ist sie nicht die größte der Welt?
Ein barettartiges Pelzgebilde thronte auf dem blonden und, für das Alter der Frau, zu langen Haar von Albans Abendgefährtin, denn wirklich und wahrhaftig, es war die Tischdame, es war Ellen Gubitz, die eingewilligt hatte und nun mit ihm zu Fuß durch die verschneiten Straßen wanderte; es gefiel ihm, daß sie kleine Schritte machen mußte, typisch Frau, dachte er befriedigt. Und alle diese Männer abgehängt zu haben, erleichterte ihn. Hier draußen konnte er viel besser atmen.
Ob die Tulpenbaumallee die größte der ganzen Welt ist oder nur die größte Europas, das weiß ich nicht hundertprozentig, antwortete Alban. Aber das größte Welt-

wunder findet in diesem Moment für mich statt: Sie kommen mit mir zu Fuß ins Hotel – ich will damit sagen, daß es mich erstaunt, eine Frau dazu aufgelegt zu finden, bei minus acht oder zehn Grad und Schnee und Eis in der Nacht durch eine fremde Stadt zu laufen.
Meine Schuhe sind nicht sehr geeignet, sagte die Tischdame.
Es sind doch aber Stiefel, fragte Alban und fühlte sich fast indiskret, und noch lieber hätte er gesagt: Stiefelchen. Mit Pelzstulpen. Er fand sie drollig, eigentlich unmöglich. Es vergnügte ihn, mit liebevoller Schadenfreude ausstaffiert war dieses Vergnügen, wie altmodisch und absolut sie noch eine Frau war, eine Frau im herkömmlichen Sinn, mit vielerlei Krimskrams überfüttert. Pelzmäntelchen, in dem sie untersetzt aussah. Keine langen Hosen und keine Parka oder Polyester-Jacke. Aber sie erzählte, wie gern sie Ski fuhr. Sie machte Winterurlaub. Alban wollte die dritte Person überhören, beziehungsweise die erste Person Plural, in der sie von den Winterfreuden erzählte. Einen Herrn Gubitz hatte es zumindest im Kreis der Juroren und der Herren von der Abteilung vorhin beim Abendessen nicht gegeben. Wo steckte er statt dessen? Mit wem tollte die Tischdame durch den Pulverschnee: so drückte sie ihr Tiroler Treiben aus. Kaltes Kotelett, dem sie glich, einer Beobachtung desjenigen großen russischen Schriftstellers zufolge, den Alban am liebsten las. Sofern er überhaupt außer Fachliteratur, die er mehr durchblätterte, in Büchern las, so las er Erzählungen des Anton Pavlovič Čechov immer wieder. Seine Art zu lesen ähnelte dem Eintauchen in eine Stimmung.

Kaltes Kotelett. Durch viele Hände gegangen. Die Sommersprossen der Tischdame kamen Alban wieder in den Sinn, und tief da unter Pelz und Stricksachen, die vor der kalten Luft dieser besonderen Nacht schützen sollten, rührten sie ihn! Eine besondere Nacht, oh doch. Darauf lief es hinaus.

Als er sich das klar machte, klopfte sein Herz unangenehm. Mit einer Frau würde er in dieser Nacht gern zusammenbleiben. Doch schwebte ihm eher jemand in der Funktion einer Nachtschwester vor. Immer wenn Alban in früheren Zeiten über das Heiraten nachgedacht hatte, ob er sich zur Ehe, ständigem Zusammensein eigne, war ihm bewußt geworden, daß er am besten mit einer Nachtschwester auskäme. Tagsüber schätzte er die Gesellschaft anderer Menschen. Nachts war er gern allein, eingeschlossen die Präliminarien im Badezimmer, Zäsuren vor einem Tag oder vor dem Beginn der Nacht. Seine Rituale brauchte jemand, der von seiner Studentenzeit an immer allein gelebt hatte. »In der Nacht ist der Alban gern alleine«: so hörte er sich ab und zu singen, in Abwandlung eines aus der Mode gekommenen Schlagers.

Alban – er und die Tischdame näherten sich der vom Trottoir aus angestrahlten Kunsthalle – war längst eine Reaktion auf ein unzuverlässig wirkendes Gekicher der Tischdame schuldig und sagte:

Auf seinen Namen komme ich jetzt nicht, aber es handelt sich bei diesem Bau um ein und denselben Architekten, einen der größten des Jugendstils, wie bei den Bahnhöfen von Karlsruhe und Darmstadt. Nach einer Pause lachte er: Ha ha ha. Das einzige, was hier nicht gestimmt hat, das

war die liebe Syntax. Zu viel von diesem Frankenwein. Ich mag Frankenwein nicht besonders. Allgemein ungeheuer beliebt, ich weiß, ich weiß, aber für mich hat er etwas Seichtes.
Worin der Frankenwein, wie Alban plötzlich begriff, der Tischdame vergleichbar war. Seicht. Lieb, jedoch seicht, wie sie neben ihm her trippelte. Alban steigerte unauffällig sein Tempo. Keine schlechte Idee, sie ins Japsen zu bringen.
Ein ungesprächiger Mensch sind Sie ja eigentlich gar nicht, sagte die Tischdame.
Quod erat demonstrandum, antwortete Alban, der sich nie sehr mochte, wenn er konventionell wurde. Er holte neu aus: Von daher, von meiner Redelust her stammt die Beunruhigung über stundenlanges Schweigen bei einem Symposion, bei einer Jury-Sitzung, oder wo Sie wollen. Ich könnte ein Orator sein, verstehen Sie: ich könnte! Er blieb wie angenagelt stehen und hielt sie am dicken Pelzmantelärmel fest.
Ich rede Unsinn, furchtbar! Furchtbaren Unsinn, preßte er hervor. Alban aus Albanien, dem zugeknöpften Staat. Ich werde immer weiter solches Zeug reden, wenn nicht... wenn nicht Sie mich in irgendeiner Weise...
Ja bitte, fragte die Tischdame in einer Wolke aus Warmluft, die aus ihrem offenen Mund in die Kälte dampfte.
Ich müßte sie küssen, sie hat ein Recht darauf, dachte Alban. Sie entspringt meinen eigenen, altmodisch gewordenen Vorzeiten und besteht jetzt auf Umarmung, Kuß und Kitsch und Drum und Dran. Also los. Ergreife die Initiative in der Art dieser hochgeschätzten, verjähr-

ten Kavaliersdeliktüberfälle, die von Frauen ihrer Art und ihres Jahrgangs erwartet werden wie das Amen in der Kirche. Oh, das Amen in der Kirche! Wie viel vernünftiger wäre es gewesen, in der Nähe von Doktor Habichts anspruchslosem Kugelkopf und seiner Verteidigung der Einheitsbibel sich den restlichen Abend hindurch herumgedrückt zu haben. Immer Zuflucht bei Frauen zu erstreben, wie lächerlich sich das allmählich ausnahm. Ich suche eine Nachtschwester! Meine schönsten Erinnerungen an das Zusammensein mit einer erwachsenen Frau stammen von vierzehn Tagen Aufenthalt in einem Mannheimer Krankenhaus. Fußte nicht auch der Bahnhof von Mannheim auf den Bauzeichnungen dieses berühmten Architekten?

Sie kommen nicht mehr so viel mit Frauen zusammen, oder?

Die Tischdame hatte gefragt. Sie sah in der vom Schneelicht hellen Nacht wie jemand aus, der keine Not litt. Ja, sie war verändert. Vom kalten Kotelett in einen schönen, erhitzten Rebhuhnbraten umgewandelt. Nur das Barett störte noch diesen Eindruck. Sogar klug kam ihr Gesicht Alban nun vor. Nicht vorzustellen, daß sie gerade noch dummes Zeug geredet hatte, Wintersport-Banalitäten.

Aus Menschenscheu kann manchmal Redseligkeit, ja Redesucht erwachsen, sagte die Tischdame mit einem Lächeln, das Alban illegal erschien. Unlauter, als wolle sie mit schwarzem Geld zahlen. Besser, er küßte sie nun.

Sie sind nicht verletzt, das sind Sie doch nicht?

Aber woher denn! Gehen wir weiter, schlug Alban mürrisch vor, denn zum Küssen konnte er sich nicht entschließen.
Kriegen Sie kalte Füße?
Noch immer dieses Lächeln, schlampig und souverän.
Nicht unbedingt, sagte Alban. Oder sprechen Sie in Metaphern?
Sie kommen mir wie ein Pferd vor, sagte die Tischdame. Pferde sind Fluchttiere, und doch sehnen sie sich nach Zügel und Peitsche, manche von ihnen, nach Dressur.
Der alte Gubitz hatte recht daran getan, sich aus dem Staub zu machen. Alban erinnerte sich: Kannten Sie meinen Mann? Ellen Gubitz hatte im Imperfekt gesprochen.
Gleich gehen wir weiter, beschied die Tischdame. Nur paßt es gerade jetzt, daß ich Ihnen etwas Mut zuspreche. In der Jury mag man Sie. Sie sind ein guter Ruhepol. Ich bin mit Ludger Rosnik liiert, verstehen Sie, also plaudere ich aus der Schule, und er mag es, wenn Sie schweigend neben ihm sitzen. Zufrieden? Na? Er meint, Ludger meint, Sie sorgten für eine gewisse Balance. Gut so? Tut doch gut, wie?
Es tat überhaupt nichts mehr gut in der nächtlichen Allee vor der angestrahlten Kunsthalle, umgeben von Schnee und mit einem Gesicht, über das der Frost eine Maske zog. Alban spürte seine Haut nicht mehr.
Ellen Gubitz sagte:
In meiner Praxis arbeite ich mit einem Fall wie Sie einer sind. Der einzige Unterschied: Es handelt sich um eine Frau. Diese Patientin hat mich den ganzen Abend lang, schon bei Tisch, an Sie erinnert.

Alban wunderte sich mittlerweile aber am allermeisten darüber, daß die Lippen der Ellen Gubitz tatsächlich immer noch nach Heidelbeeren schmeckten, und ein wenig gewichtiger wurde seine Person – oh ja, immer gewichtiger, nur Geduld, meine Liebe – als er in den Kuß hineinflüsterte:
Wie eine Hundeschnauze, ich sagte es doch. Prophetisch bin ich allemal, immer schon gewesen.

Ferngespräche

Oh doch, solche Momente kennen Sie auch, widersprechen Sie mir nicht. Man spürt: Das Maß ist voll. Du willst dem Nächstbesten an die Gurgel springen.

Mein Kopf glühte wie meistens bei einer Ankunft im Hotel. Auf mich selbst machte ich den Eindruck, als befände ich mich in größter Eile. Diesen Eindruck wünschte ich bei jedem, der mir in die Quere käme, zu erwecken. Im Spiegel des dämmrigen, affektiert mittelmäßigen Entrées betrachtete ich mich so flüchtig, als lasse mein Anblick mich völlig kalt. Beide Erscheinungen – die schreckliche Eile und die Gleichgültigkeit – spielte ich mir und den zwei Zeugen meiner Malaise nur vor. Vom Rezeptionspersonal fühlte ich mich mißtrauisch beobachtet. Sie schienen durch mich erschreckt.

Kälte, Kaltblütigkeit, das Kaltlassen, die Kaltschnäuzigkeit: Allein der Klang solcher Wörter, in denen das Eigenschaftswort *kalt* regiert, erregen in mir ein Durstgefühl. Sehnsucht, wissen Sie! Schon wieder erwische ich mich, wie ich zutraulich werde Ihnen gegenüber, ärgerlich. Wie üblich sollte ich es vermeiden, Intimes über mich auszuplaudern, ich bin ja regelrecht schwatzhaft heute, meine Katastrophenstimmung macht mich unordentlich, leichtsinnig, unbeherrscht... nun gut, ich erwähne gerade noch so viel: Dieses Durstgefühl meldete sich früher, wenn ich mein Gesicht von Randolf zärtlich behandeln ließ, landläufiges Küssen ist anders, seine Gesichtshaut

war so freundlich zu mir, sie war gutgesinnt und hygienisch, besser ich denke nicht ausgerechnet daran, dann schon lieber an das Meer, das Meer geht nicht verloren, und ich hatte mein Durstgefühl immer, wenn ich das Meer betrachtete. Randolf? Ich rede von meinem Mann. Kein Wort mehr darüber, vorläufig.
Die Vollbremsungen der Bahnreise hängen mir noch nach, erklärte ich den beiden jungen Leuten, die jenseits der Rezeptionsschranke meine Ungeschicklichkeit beäugten. Eine lächerliche Auskunft, die ich da gab. Das Lederläppchen zum Reinigen meiner Brille hatte sich im Brillengestell verheddert. Ohne Brille bin ich einem Anmeldeformular blind konfrontiert.
Sonst brauche ich zu diesen Dingen keine drei Minuten, sagte ich. Sind ja leider mein täglich Brot, diese Bürokratismen.
Lassen Sie sich Zeit, sagte der junge Mann.
Sie beide scheinen viel Zeit zu haben, antwortete ich und hoffte, sie mit dieser Anspielung zu verscheuchen.
Keine Reaktion, nichts. Zwei Gefühlslegastheniker.
Nicht mehr lange, und diese Martyrien haben ausgespielt, sagte ich. Noch zwei Reisen, zwei und eine halbe Reise, dann ist Schluß damit. Schluß mit dem Außendienst.
Die beiden sagten nichts. Mittlerweile hatte ich die Brille auf der Nase, tief unten, wie Lesebrillen aufgesetzt werden, und ich wußte, daß ich lächerlich aussah und daß meine Stimme klang, als hätte ich Scherereien mit Polypen. Ich trug Randolfs Nachnamen ein. Nicht nur mit meinem Außendienst bin ich am Ende. Hierher, nach

Homburg an der Saar, war ich auf einer von Randolf ermittelten Route mit günstigen Anschlüssen gereist. Durch die Bundesbahnauskunft werde ich mir in der Zukunft keine Zugverbindungen besorgen. Mein Mißtrauen, das bis zum Einlaufen eines Zugs den Fahrplänen gilt, und mein Bedarf an Spielraum für das Umsteigen, die Bevorzugung langer Wartezeiten am richtigen Gleis – das alles und weitere Eigenheiten, die mich, wenn ich unterwegs bin, plagen und zu mir gehören, es wird niemandes Sache mehr sein, es wird sich kein Mensch mehr dafür finden. Wichtiger zu vermerken, wie strikt ich es ablehne, einen Menschen dafür zu suchen.

Bad, WC, Radio, Fernsehen, zählte ich auf, in mürrischer Tonlage und fast ohne Fragezeichen. Meine übliche Checkliste, fügte ich hinzu. Ich hoffe, es ist alles vorhanden. Telephon sowieso.

Meine rechte Hand, die noch den Kugelschreiber hielt, fuhr nach rechts oben, gewissermaßen in mein vermutlich unzulängliches Zimmer.

Während ich erfuhr, einen Fernsehapparat gäbe es nur an einem Ort, den sie »Aufenthaltsraum« nannten, machte ich wieder diese Empfindung vom inwendigen Siedepunkt mit: Er war erreicht. Es gab in meinem Oberbauch einen Ruck. Immer hätte ich geschworen, große Erschütterungen seelischer Art lösten einen körperlichen Aufstand aus, und ebenfalls hätte ich gewettet, seelisch-geistige Kehrtwendungen und organische Sensationen würden sich am Herzen bemerkbar machen, aber mir tat es oberhalb des Nabels weh, und mein Gemüt trieb Aufwand mit Banalitäten.

Sie sollten mich einmal dabei beobachten, wenn ich vor einer Hotelrezeption und ihren nie zu erschütternden Angestellten um einen Fernsehapparat kämpfe: In ein Hotel, das sich dieser Kategorie rühmt, gehört Zimmer für Zimmer... und so weiter. Über eine bestimmte Sendung schreiben zu müssen, behaupte ich auch. Nie gebe ich meine private Begierde zu. Sie müßten nur einmal die Teilnahmslosigkeit, mit der man mich palavern läßt, erleben, diese Frigidität angesichts meiner Glut, meines schwarzseherischen Taumels! Andererseits lenkt mich ein Affekt in Bagatellfällen gut ab. Es ist gut für mich, mein einziger Mensch, mein Liebling, Freund, Bruder, Ehemann, es ist das Beste für mich, wenn ich jetzt hier unbesonnen streite, entflammbar bin, nicht wahr? So sang es in meinem Innern, und Sie können davon vorerst kein Wort verstehen. Übrigens habe ich immer gewußt, daß mein ganzes Leben wie eine Seifenblase zerplatzen würde, wenn eines Tages Randolf – später mehr.
Als wolle ich Randolf zurückerobern, so redete ich mir den Kopf heiß um einen Fernsehapparat. Leider bin ich im Verlauf meiner Tirade doch zu persönlich geworden. An jedes Wort kann ich mich nicht erinnern, aber daß, als ich abfuhr von zu Haus, Randolf noch schlief, habe ich angebracht, und es ist überflüssig gewesen. Meinen Mangel an Professionalität, den ich unfreiwillig demonstrierte, warf ich diesen Zuschauern vor. Ich dachte, ich müsse ungewaschen aussehen, meine Hände waren rot, meine Haut großporig, die ganze Person der matschigen, unreinen, bräunlichen Spätwinterlandschaft draußen ähnlich und trotz der Dämmerung im Hotelentrée nicht

ausreichend vor der Häme und der Spionage durch fremde, gleichgültige Menschen geschützt. In ein pauschales Unwohlsein hatte sich mein Schmerz von vorhin gewandelt. Randolf, Schatz. Daß ich doch noch immer um mein bißchen Leben besorgt bin, jetzt immer noch, immer weiter! Und nach einem Arzt verlange, wie gerade eben, als diese Stichflamme in meinem Leib mich erschreckt hat. Trübsal, Kreuz, Verzweiflung! Sündenschwer, von der Räude befallen fühle ich mich in diesem armseligen kleinen Überlebenstraining vor lustlosen Zuschauern. Ich kann schlecht gehen, ich kann schlecht sehen, ich kann schlecht mitmachen, hinwegkommen, schlecht leiden, und was ich alles sonst nicht kann, ich kann nicht überlegen, wie ich nach meiner Rückkehr verfahren soll – Pardon: Hierhin vermögen Sie mir noch nicht zu folgen.

Die Angewohnheit, andere Menschen zu beneiden, jüngere Menschen, hat mich weder ehrlicher noch umgänglicher gemacht.

Im Aufenthaltsraum können Sie jede Sendung anschauen, sagte die junge Hotelangestellte.

Aufenthaltsraum! Bin ich in einem Heim? In einem Heim der Bundesversicherungsanstalt für Angestellte oder einer Krankenkasse, oder wo bin ich? In der Nazizeit? Wird gemeinsam gesungen?

Erklären muß ich Ihnen, daß ich meine Anwürfe nicht randalierend vortrug. Wie wenig scharf ich meine Kritik zu äußern wage, entschärft sie. Dem Inhalt fehlt es nicht an Erbitterung, und zum Übertreiben neige ich ebenfalls. Doch aus Feigheit besonders vor jüngeren Menschen gebärde ich mich wie jemand, der andere belustigen möchte. Angefangen zu lächeln hatte ich auch längst. Auf die Frisur der Hotelangestellten war ich neidisch, und daher in Gefahr, die ich zum Glück erkannte, mich in Kürze bei ihr anzubiedern. Ich hörte mich schon: Wissen Sie, heute abend sollte ich einen günstigen Eindruck machen. Literatur! Sie wird sowieso nur von Menschen, denen es gut geht, benötigt. Die anderen nehmen Medikamente, Politik- und Wirtschaftsteile der Zeitungen, Nahrungsmittel oder, wenn schon Kunst, Musik.

Wir wünschen Ihnen noch einen schönen Aufenthalt, sagte der junge Mann.

Ich war auf halbem Weg zum Lift und kehrte um.

Was heißt hier: noch? Was meinen Sie mit: noch? Ich bin eben erst angekommen und vielversprechend sieht es ja bisher nicht aus, oder wie?

Oh Randolf, Lieblingsmensch, mit diesen Nichtigkeiten trieb ich mich immer noch herum, Schimpf und Schande über mich. Man kann es auch so sehen: Ich zögerte den Anblick des Telephons in meinem Zimmer hinaus, nicht wahr? Stichwort Telephon: Man stelle sich nur vor, daß ich wie üblich auf Reisen barsch erklärte, ich erwarte ein Ferngespräch. Und ich habe dich gemeint, Liebling, Ferngespräch! Ich werde Ferngespräche zu führen lernen müssen. Wie bezahlen wir eigentlich unsere Telephongebühren? Jährlich? Wird das abgebucht? Wie machen wir das alles? Nie ist der administrative Humus, auf dem meine Nichtigkeiten und die luxuriösen Seufzer gedeihen konnten, von mir bearbeitet worden. Von nun an wird es schleunigst abwärts gehen. Vom Nichtbezahlen der

Miete an bis zur Pfändung, Zwangsräumung – abwärts; ungedeckte Schecks und Kredite – wie nimmt man Kredite aber auf? – sind meine Zukunft, das Lügen, das Verkaufen des Inventars, bis zuletzt will ich unseren Fernsehapparat behalten, das gesperrte Konto, die Selbsthilfegruppe... ich stand am Lift, regen Sie sich nicht auf, ich weiß, Sie können bis jetzt nicht ermessen, was mich in Rage bringt, und vorläufig gab ich mich noch mit diesem lächerlichen Wunsch ab, ich solle hier einen schönen Aufenthalt verbringen. Was, erstens, weiß man denn von mir? Nichts, überhaupt nichts, und niemand wünscht, diesen Sachverhalt zu ändern. Zweitens: Was tut das Hotel dazu, daß mein Aufenthalt schön wird? Mein Blick geht auf Unrat, Zwischenstationen, Garstigkeiten und sonst gar nichts, auf Widerwärtiges. Ich stehe neben der Tür vom Lift, ich warte, will hinunterfahren, mich nochmals bei den Rezeptionisten zu beschweren – worüber? Ach, die Auswahl ist groß. Kein Briefpapier vorhanden. Was bieten Sie denn hier für eine terrorisierende Aussicht? Verkaufen Sie wenigstens irgendwelche internationalen Zeitungen? Espresso kann man auch nicht haben? Neben dem Lift hängt ein rustikal eingerahmtes Schild, und auf ein Pseudopergament hat in Frakturschrift der Hotelier oder seine Frau gedichtet: »Oh schöne Treppe, breit und fein / Lädst statt des Aufzugs zum Gehen ein...« – den Rest zu lesen, habe ich meinen Nerven nicht zugemutet.
Zum zweiten Mal betrete ich mein Zimmer, und während meiner Abwesenheit hat es sich nicht verwandelt. Sie wollen ein City-Park-Hotel sein? Einen Park zu finden,

ist unmöglich. Nach einer City sucht man ebenfalls vergebens. Statt dessen breiten sich vier Stockwerke unter mir Gewerbebetriebsgelände wie Ekzemaussiedlungen über das wellige Gebiet. Sitzen kann ich entweder auf dem einen oder auf dem anderen steinharten Bauernstuhl mit Schnitzwerkrelief an der Lehne. Nähzeug fehlt und Bade-Essenz! Am besten, ich fahre wieder hinunter und beschwere mich, am sichersten für mich, am weitesten weg vom Telephon. Überall lese ich die Geistestorheiten des Hoteliers oder seiner Frau, die mich auf die Schönheit des Hotels verweisen. Im Badezimmer klebt auf dem Spiegelrand links oben ein Schild mit der Inschrift: »Lieber Gast! Gewiß gefallen Ihnen unsere Frottiertücher ebenso gut wie uns...« Nicht weiterlesen. Vor Diebstahl wird gewarnt, und zwar auf Schritt und Tritt flehen diese Leute mich an, nichts von dem, was ihnen so gut gefällt wie vermutlich mir, mitzunehmen, ich soll es Gästen, die nach mir diese Wunderwelt betreten werden, nicht vorenthalten – mir gefällt nichts, rufe ich halblaut, und jetzt schaue ich das Telephon an, Randolf!

Verstehen Sie allmählich? Pünktlich kurz nach achtzehn Uhr erfolgt, wenn ich im Außendienst bin, das Ferngespräch mit Randolf. Er ruft mich an. Von Hotels aus anzurufen, ist unökonomisch. Es kommt vor, daß Randolf sich verspätet: Überlastete Leitungen, Besetztzeichen, törichte Hotelangestellte verhindern den ungestörten Ablauf unseres Rituals. Oft genug, das können Sie mir glauben, bin ich trotzdem durch derlei Verzögerungen in Panik geraten. Heute nun aber, im City-Park-Hotel ohnehin auf den Hund gekommen, habe ich kurz vor acht-

zehn Uhr plötzlich mitten im Zimmer kehrtgemacht, ich hatte es furchtbar eilig und zog deshalb meinen Mantel erst draußen auf dem Flur an, und um nicht auf den Lift warten zu müssen, befolgte ich den Vorschlag der Hotelinhaber und benutzte die Treppe, ich rannte hinunter und durch die Entréedämmerung, *keine Beschwerde diesmal* rief ich den Rezeptionisten zu, ich lief auf die Straße und durch die mangelhafte, provisorische Gegend rings um das Hotel, ich lief im Kreis, einfach um zu laufen, laufen wie Einspruch einlegen, nicht wahr?
Auch der Bahnhof von Homburg an der Saar, besonders bei unauffälligem Wetter wie diesem, ist eine Gala der Häßlichkeit. Um zehn Uhr pünktlich heulten die Sirenen der Stadt auf, lang zog sich der Probealarm hin. Mir fiel die Notdürftigkeit unseres Existierens auf, ich stand in diesem Geheul, wie unter Vorbehalt wird gelebt, sehr gefährlich, und du, Randolf, schläfst todsicher, und da erst, zwischen den Sirenen, da erst sind mir die Tränen gekommen.
»Das Bild hier, auch wenn du's nicht hast/Laß es dort hängen, lieber Gast.« Liebe Bahnpolizei, sehr geehrte Herren, das war ich, ich habe die kleine Ansicht der Schloßruine Hohenburg, Eigentum des City-Park-Hotels, entwendet und soeben hier in diesen Abfalleimer am Gleis 2, Bahnhof Homburg an der Saar, unbeschädigt geworfen, womit ich um vorläufige Festnahme und die daran geknüpfte Einleitung meiner Angelegenheiten ersuche. Denn mein zuständiger Mensch ist eingeschlafen.

Elefanten ziehen sich zurück

Aber als Idee war es doch sehr lieb von deinem Schwiegersöhnchen, sag selber!
Ich wünschte mir etwas Lebhaftes, etwas Lustiges von ihr.
Sehr lieb, der Herbert ist ein sehr lieber Kerl.
Meine alte Mutter folgte mir zwar brav in die von mir ausgelegte Gemütsspur, was aber zu meinem Glück fehlte, war ihre Selbständigkeit dabei. Ans Dankbarsein ist sie gewöhnt. Ihre Stimme klang heute morgen noch erkälteter als an den vorangegangenen Tagen. Auf ihren Anruf hatte ich mit dem gottungefälligen Geist der Feigheit gewartet. Wenn ich sie *Wie geht es dir heute* frage, höre ich selber einen drohenden strengen Unterton in meiner Stimme mit. An günstigeren Tagen, an Tagen im Geist der Liebe, der Kraft und der Besonnenheit, benutze ich ein hohes Kinderstimmchen, übertreibe die Ängstlichkeit und nehme Schrecken vorweg, ich frage: *Es geht dir miserabel, gibs nur zu!* Weil aber Herbert immer zuhört, bin ich ihm zuliebe die altgewordene Tochter, das heißt: Ich spiele eine Person, die vernünftig spricht und zuhört und nicht aus dem Häuschen gerät bei schlechten Meldungen.
Ihre hauptsächlichen Dankesreaktionen schustere ich am allerliebsten Herbert zu, denn ich genieße es wie eine Le-

benserlaubnis selber, wenn ich meine Mutter in ein überschwengliches Gefühl für meinen Mann versetzen kann. Dieser seelischen Zirkusnummern immer wieder zu bedürfen! Das weist nicht aus, daß meine Entwicklung zu einem unabhängigen und selbstbewußten Geisteswesen abgeschlossen wäre – im Gegenteil! Mit über fünfzig Jahren bin ich doch, in allen verwandtschaftlichen Kombinationen, ein kleines Kind geblieben, aber das stimmt nicht ganz, denn meistens war ich als Kind heiter und mit mir selbst beschäftigt. Entweder muß ich nun Versäumtes nachholen, zum Beispiel die Furchtsamkeit, oder meine Nerven sind eben immer schlechter geworden.
Er hätte so einen Tag ja selbst nicht gern gefeiert, sagte ich ins Telephon. Neunzig Jahre alt, er wäre es gar nicht gern geworden, meinst du nicht auch?
Ich weiß es nicht, sagte meine Mutter.
Sie mußte ein bißchen husten, es hörte sich vorsichtig an, als fürchte sie, sich mit dem Husten zu ramponieren.
Wir haben heute wieder einmal einen kranken Vogel hier, wieder ist einer gegen die Fensterscheibe geprallt, diesmal ein kleiner Buchfink, erzählte ich meiner Mutter. Der Herbert wird sich also wieder als Vogelkrankenpfleger bewähren müssen.
Mich hatte jedoch vorhin schon gewundert, wie reserviert Herbert diesmal mit dem Vogel umging. Seine Vorgänger, diese aufgeplusterten, am Boden hockenden Patienten, hat er doch auch immer in die Hand genommen, oft ins warme Zimmer geholt, sie bewacht und ein paar Körner vor ihre Schnäbel gelegt. Den heutigen Kranken, der verrenkt aussah und unförmig dick, betrachtete er

sich nur aus entfernteren Positionen. Ohnmächtig ist er ja nicht, er läuft ja manchmal ein paar Schritte, hatte er erklärt.
Du darfst nicht vergessen, rief ich meiner Mutter zu, daß du, auch wenn du dich noch so schlapp fühlst, immer für etwas Bewegung sorgen mußt. Wenn du nur auf deinem Bett liegst und dich überhaupt nicht bewegst, kommt es sofort zur Muskelatrophie.
Ich habe auch schon zwei Zimmer ausgekehrt, sagte meine Mutter, der ich einen Lustschwund, was das Telephonieren anging, anmerkte.
Aber daß der Vater ungern seine Geburtstage feierte, das mußt du doch noch wissen, redete ich auf sie ein.
Draußen auf den Waschbetonplatten im Umkreis des Vogelfutterplatzes erschien jetzt wieder, mit ungeschicktem und ganz schiefem Getrippel, der kranke Buchfink. Herbert hatte ihm etwas Futter aufgehäufelt, aber der Buchfink entdeckte seine Ration nicht, blieb wieder stehen, schwankte, legte den Kopf auf die Seite.
Wenn meine Mutter nicht in der Stimmung war, von Herbert und mir mit ins Parkcafé genommen zu werden – Herberts Idee – oder bei ihr zu Haus mit Kaffee und Kuchen den wichtigen Gedenktag zu begehen, dann müßte sie ziemlich krank sein. Ausflüge wie den ins Parkcafé werden doch sonst von uns immer wieder verschoben, uns kommen ständig berufliche Termine dazwischen. Kaffee und Kuchen: Das mag sie doch so sehr gern.
Hast du womöglich mittlerweile auch keinen Appetit mehr? fragte ich.

Doch, ich habe Appetit. Ich bin nur müde.
Ich sagte, vielmehr: Jetzt schrie ich sie beinah an:
Vermutlich hast du recht und Ruhe ist das Beste für dich.
Wir würden dich anstrengen.
Ja, antwortete sie.
Oder sollen wir einfach so mal schnell kommen und nach dir sehen? Mir geht es allerdings selber heute irgendwie komisch.
Meine Mutter sagte, das tue ihr leid. Nach ihr brauchten wir nicht zu sehen.
Ich ruhe mich aus.
Diese Erkältung dauert nun schon länger als eine Woche, Mutter. Wahrscheinlich hatte ich doch von Anfang an recht, und es ist die Grippe.
Herbert sah böse aus, weil er traurig war und einen vergifteten Tag hier bei uns vor sich wußte.
Ohne Fieber wars auch nie und nimmer die Grippe, sagte er.
Herbert meint, es war und ist keine Grippe, weil du kein Fieber hattest, übermittelte ich meiner längst erschöpften Mutter.

–

Als meine Tochter endlich auflegte, bin ich erleichtert zurück in mein Schlafzimmer gegangen. Das Sprechen tut mir etwas weh im Hals. Kein Fieber? So genau weiß ich das ja auch nicht. Den Kindern zuliebe habe ich, vor einer Woche, einmal gemessen, das heißt, ich habe es versucht. Ich glaube nicht, daß ich noch genug Kraft in meinen Armen habe, um den Fieberthermometer fest genug in die Achselhöhle zu pressen. Ärzten gegenüber zählt sowieso nur das rektale Messen, hat meine Tochter mir von meinem Schwiegersohn ausrichten lassen. Sie stellen sich demnach vor, ich könne mich, für solches Fiebermessen, noch geschickt genug bewegen. Wie ich diesen Tag herumbringe, weiß ich noch nicht. Ein kurzer Besuch der Kinder: Das wäre vielleicht doch gut für mich gewesen, ein bißchen Abwechslung, und möglich, daß ich sie gebeten hätte, mir ein paar Dinge aus der Apotheke zu besorgen. Nein, doch nicht, das hätte ich doch nicht vorgebracht. Wie viel die beiden zu tun haben, weiß ich.

Nun möchten sie, daß auch ich mir nicht vorstellen kann, wie du heute, mit neunzig Jahren, dran wärst, und ich kann es mir auch nicht vorstellen. Ich bin jetzt älter als du, seit Jahren schon: Das ist ein Gedanke, vor dem ich mich immer etwas fürchte. Denn du warst der Ältere. Von hier aus, von meinen fünfundachtzig Jahren aus betrachtet, kommst du mir sehr jung vor, und doch warst du sechsundsiebzig, als du gestorben bist. Sechsundsiebzig kommt mir jung vor. In diesem Alter konnte ich noch, ohne davon Notiz zu nehmen, bis zu unserem Lieblingsbäcker gehen und zurück. Ich war zwar dann auch müde, aber so, wie man eben nach einer Dreiviertelstunde Wegs müde ist. Heutzutage beängstigt mich die Strecke bis zum neuen Postamt und auf halbem Weg weiß ich nicht, ob ich nicht besser umkehrte. Ungern treffe ich die alte Frau, die ein Gehgestell benutzt. Ihre Nerven möchte ich haben. Überhaupt stört an meinem hohen Alter, daß ich verlegen und leicht zu beschämen bin. Gut aussehen, gut wirken unterwegs auf den Straßen meiner paar Besorgungen möchte ich nach wie vor. Weniger eitel sollte ich sein. Jetzt merke ich, wie eine Schläfrigkeit zunimmt, ich möchte also nicht ans Telephon gehen, denn das hieße Aufstehen, Sprechen, meine Tochter wird wieder dran sein, sie wird mir noch mal ihre Sorgen um mich beteuern. Habe ich Appetit? Meine Tochter war dagegen, daß ich zurück nach Haus gefahren bin, wo ich allein lebe – wenn es nach ihr gegangen wäre, hätte ich mich noch ein paar Tage länger von meiner Schwester pflegen lassen, doch ganz rätselhaft zog es mich nach Haus. Was war das für ein Scherz, den meine Tochter mir von meinem Schwiegersohn, den wir immer alle als Spaßmacher feiern, ausrichtete? Elefanten ziehen sich zurück, wenn sie sich sehr schlecht fühlen. Wenn es ans Sterben geht, hat sie nicht gesagt. Sie denken überhaupt nicht mehr von mir als einem Menschen, der auch noch ein paar Sachen besser weiß, und Tiersendungen schließlich, die sehe ich alle im Fernsehen. Meine Augen fallen zu, ich lasse es geschehen, trotz der Warnung, tagsüber zu viel zu schlafen; ich sollte die Müdigkeit bis zur Nacht reservieren. Schlafen möchte ich, obwohl ich nun doch etwas mehr Appetit habe, aber der Weg in die Küche ist mühsam. Schlafen. Gute Nacht, Lieber, vielmehr: guten Tag. Da haben sie recht: Geburtstage gefeiert hast du nicht gern. Von dir träumen, das tue ich eigentlich nie, und ist das nun betrüblich oder nicht? Ist das ein schlechtes oder ein gutes Zeichen?

–

Dem Buchfinken geht es immer schlechter, sagte ich zu Herbert.
Woher willst du das so genau wissen, fragte er. Er hat sich vorhin ein bißchen was aufgepickt und jetzt, wer weiß, wohin er sich zurückgezogen hat, sicher, um sich zu erholen.
Er ist der erste Vogel, den du nicht ins Haus geholt hast, sagte ich.
Weil du leider alles so theatralisch machst, antwortete Herbert.
Herbert meint es vor allem gut mit mir. Todesarbeiten übernahm von jeher er. Nicht alle Vögel haben ihr Aufprallen gegen unsere Fensterscheibe überlebt, die aufgeklebten Warnvögel haben keinen Sinn.
Nachmittags, zur Ablenkung und weil mir vor lauter Melancholie schlecht am Magen war, sind Herbert und ich durch die Stadt gebummelt. Für mich kauften wir eine Jacke aus einem Second-Hand-Shop, eine Sonnenbrille, zwei Becher mit Roter Grütze. Es bleibt jetzt im März bis halb sieben hell, und wir haben auf den Waschbetonplatten unterm Vogelhaus, vom Nußbusch bis zum Juniperus, nach dem Buchfinken geschaut, aber nur vom Fenster aus. Zu sehen war er nicht. Sein Futterhäufchen schien uns aber etwas geschrumpft. Heute ist ein so idealer Todestag, sagte ich nicht. Soll ich das Mütterchen anrufen oder lassen wir sie besser in Ruhe? fragte ich nach langer Anlaufzeit.
Ruf sie ruhig an, riet mir Herbert. Er sah aber so sonderbar aus.
Ich konnte mich nicht überwinden. Einmal muß Schluß

sein, dachte ich, ohne zu wissen, was das war, das ich meinte. Herbert zuliebe wählte ich, aber nicht die Telephonnummer meiner Mutter.

Hallo, ließ ich eine ganz angenehm unbekannte Frau mehrfach und ärgerlich fragen.

Vor der Auferstehung

Mit dem Geschirrabwaschen und dem Aufräumen der Küche hatte Anne Oly sich wieder nicht beeilt – alles schön langsam. Oh, wie sehr sie immer wieder vor diesem Gedanken erschrak: Sie legte es darauf an, daß Zeit, ihre eigene Zeit, das unbekannte Quantum, verging! Ihr dauerte es zu lang, bis es, jetzt im März, dunkel wurde. Auch das sprach nicht zu ihren seelischen Gunsten. »Dunkel war's, der Mond schien helle«, fiel ihr plötzlich ein, und merkwürdigerweise half das Gedicht, wie es immer geholfen hatte. In ziemlich guter Stimmung, vorerst von neuem gefaßt, betrat sie das Wohnzimmer.

Alex schon wieder beschäftigt vorzufinden, beneidenswert vertieft in das Umquartieren von Büchern und mit einer Neuordnung in seinem immer noch so hübschen hellhäutigen Kopf, mit dem Prüfen der Titel, ehe er sich fürs Behalten oder fürs *Moderne Antiquariat* oder für den Papierkorb entschied, setzte ihr nun weniger zu als am Nachmittag. Wozu sie ihrem ethischen Potential applaudierte; aber nun unterhielt sich auf dem Bildschirm ein ehemaliger – ehemalig? – Kollege mit einer Journalistin von der gottlob immerhin anonymen Sorte, zweite Wahl, über dessen neues Buch und wurde offensichtlich gelobt, bewundert.

Sieht ja verheerend aus, hast du sie gesehen, Alex? Diese Frau? Ihre Mädchenfrisur, obwohl sie doch kaum noch Haare auf dem Kopf hat, und dazu das alte Gesicht, eine

wahre Schreckschraube, sagte Anne, wollte mehr sagen, da fiel ihr der Verdacht ins Wort, sie beschreibe sich selber. Auch sie trug noch die Frisur von ganz früher.
Na siehst du, kann ihm ja nicht viel Spaß machen, dem alten Schwerenöter, von so einer abgelegten Zimtziege angehimmelt zu werden, antwortete Alex, der jedoch keinen Blick auf den Bildschirm geworfen hatte, dazu war er am Bücherregal nicht abkömmlich genug. Den Ton mitzukriegen, genügte ihm. Anne neidete ihrem Mann seine unverminderte Interessiertheit an allem, was kulturelles Leben beinhaltete; besonders für das Scheitern und das Weiterkommen und für Cliquenbildungen innerhalb der Literaturszene hatte er sich sein altes Feuer aus den Tagen bewahrt, als Anne Oly noch ein Name mit einem gewissen Klang gewesen war.
Besser von dieser ehrpusseligen Biene gerühmt werden als von keinem, dachte Anne. Außerdem: Der Kollege und diese Märchentante, sie traten immerhin im Fernsehen auf. Tausende sähen zu, vielleicht Millionen, oder halbe Millionen.
Sie sind immerhin im Fernsehen, sagte sie. Anne zog, in ihren Sessel mit angewinkelten Beinen eingepaßt, an ihrer post-festum-Zigarette: nach dem Essen, beziehungsweise: nach der Küchenarbeit. Früher hatte sie immer gleich nach dem Essen geraucht. Noch am Eßtisch mit Alex sitzend, Alex hatte damals das Rauchen noch nicht aufgegeben. In Willensdingen kam sie nie so weit wie er, doch machte sie sich vor, daß sie Nichtrauchen prinzipiell anders als er betrachtete: Alles wird sowieso weniger, alles schrumpft, alle Laster werden an der ungewissen

Frist gemessen, die man noch halbwegs gesund zu leben hatte. Und doch wünschte sie schon wieder, es wäre bereits eine Stunde später. »Als ein Wagen blitzeschnelle, langsam um die Ecke fuhr«, zitierte sie stumm.
Denk dran, was du vorgestern noch dem Kuno gepredigt hast, über Außenseitertum und so weiter, Einzelgänger. Bist du doch immer gewesen, eine Einzelgängerin, oder etwa nicht? Ich frage mich – Alex Oly klopfte zwei Bücher gegeneinander, eine Unbedachtsamkeit, die nicht zu ihm paßte, denn Staub wirbelte auf – ob wir unbedingt von C. B. Hutt drei ganze Bücher besitzen sollten.
Vielleicht sollten wir keinen einzigen C. B. Hutt besitzen, meinte Anne. Daß sie überhaupt antwortete, kam ihr wie eine Liebesleistung vor, um Alex nicht aus der behaglichen Einbildung vom Einklang mit seiner Frau zu katapultieren. Das ganze Sortieren und Räumen und Nestchenbauen, dachte sie, kann ich nicht ausstehen, und wenn sie sich nicht beherrscht hätte, wäre sie in diesem Moment hinterrücks an Alex und die Leiter getreten und brutal geworden, mit einem Stoß, einem Tritt.
Alex legte drei weitere Bände, deren äußere Aufmachung unter einem Dreckfirnis an den Geschmack der sechziger Jahre erinnerte, auf den schon ziemlich hohen Stapel aussortierter Ware.
Anne, die mittlerweile bei leise gestelltem Ton an einer Unterhaltungssendung mit dem Namen *Bangemachen gilt* teilnahm – Ehepaarteams versuchten, einander in einem Kochstudio zu erschrecken – Anne Oly, diese Ex-Poetin, dachte plötzlich: Nur weil ich Alex' Frau bin, bleiben meine Bücher im Regal. Vielleicht in diesem Au-

genblick gibt es Leute, die bei einer Inspektion ihrer Bibliothek sich gegen Anne Olys Gedichtbände entscheiden: weg damit.
Und du? Du sitzt wieder ratlos herum, hm?
Alex fragte, von seiner Leiter aus.
Sofort fühlte Anne sich verwöhnt. Alex hatte sie bemerkt! Doch, wer wußte das schon, vielleicht war sie ihm nur eine Last. Alex Oly gehörte zu den Menschen, die ihr Herz nicht auf der Zunge trugen.
Ich fürchte mich vor Ostern, hätte Anne gern gesagt. Sie fürchtete aber noch mehr, auf so viel Kraßheit hin erstürbe der winzige Zwiesprachenimpuls bei Alex, und so formulierte sie gemäßigter:
Ostern liegt mir allmählich etwas im Magen.
Noch wahrscheinlicher, daß du wieder zu viel Kleie in dein Kompott geschüttet hast.
Alex bearbeitete nun ein Bücherbord, mit dem er ganz neue Pläne hatte. Hinter dem Bücherbord befand sich eine Steckdose, und die mußte verlegt werden. Ihm war wohl, ihn barg der Sinn des Lebens wie eine Eischale. Der Elektriker war schon bestellt. Um dem Elektriker genügend Arbeitsspielraum zu verschaffen, würde Alex den kleinen Schreibsekretär ein Stück zurückschieben, vorsichtshalber. Zuvor zöge er die Schubladen aus dem Schreibsekretär und schichtete sie auf dem Boden auf.
Ich werde ja sofort üben, sagte Anne.
Immer zwischen Abendessen und einem Film aus dem Videocassettenvorrat der Olys übte Anne ein fast täglich knapper werdendes Stündchen aus ihrem Jugendrepertoire auf der Querflöte, und bei der Wiederbelebung

dieser Sitte waren Alex und sie vergnügt und animiert gewesen, scheinbar verjüngt, so jung wie die Sitte selber. Das ging fast zwei Jahre lang gut so, Abend für Abend, bis Anne anfing zu reklamieren, die Querflöte sei nun einmal kein Soloinstrument, und seitdem fand sie es furchtbar schwierig, sich zum vorletzten Programmpunkt ihres Lebenstags aufzuraffen.

Sie spielte nicht besser als vor zwei Jahren, keinen Deut, und manchmal schlechter als irgendwann, und Alex und sie wußten es.

Ich bin nicht richtig liiert mit dem Leben, sagte Anne.

Das für morgen angekündigte isländische Sturmtief rüttelte jetzt schon an ihrem Blechdach. »Drinnen saßen stehend Leute...«

Schreib doch ruhig mal wieder ein Gedicht, nur so für dich, vorläufig. Was hältst du von Lorenz Sprecher? Verscherbeln oder Mülleimer? Wir haben *Empfindung I* und *Empfindung III*, Nr. II fehlt, sagte Alex.

Einen Tag geht es, vormittags geht es sowieso, den andern Tag geht es überhaupt nicht, nachmittags geht es beinah nie mehr...

Du nimmst deine Tabletten ja auch nicht zur vorgeschriebenen Zeit, meinst es besser zu wissen.

Aber ich bin über mich gerührt, dachte Anne, weil ich so zuversichtlich morgens anfange. Ich will, Blick für Blick und Schritt für Schritt, mein bißchen liebes armes Leben interessant finden, ach armes Väterchen, ach Mütterchen, ihr habt doch nicht gewollt, daß ich als Heulsuse herumstümpere...

Auf dem Bildschirm bewarf das Siegerehepaar das unter-

legene Ehepaar mit den zerpflückten Teilen einer Cremetorte. Der Moderator duckte sich in vorgetäuschtem Erschrecken.
Schau dir die Küchenkacheln an, riet Alex, und liiere dich mit dem Leben, sie sind sehr interessant, die Kacheln deiner Küche mit den gelben Fettspritzern beim Herd, mach sie weg.
Aus dem kleinen trommelartigen Behälter für ihren Tranquillizer schüttete Anne eine Auswahl weißer Tabletten in die Handmuschel. Unter den halbierten Tabletten suchte sich nach einer großen Hälfte. Sie fielen alle verschieden groß aus, obwohl Anne sie an einem eingravierten Trennungsstrich teilte, stets zwölf auf Vorrat. Die kleinen Hälften blieben bis zuletzt übrig.
Auch die Kacheln im Badezimmer würden sich sehr über deine Zuwendung freuen.
An die Tips zur Herstellung von Lebenssinn, die Alex ohne Übelwollen austeilte, erinnerte sich Anne, während ihr zum dritten Mal das zweigestrichene C mißglückte, und es verlangte sie nach einem lauten, außermusikalischen Geräusch. Sie gab dem Notenständer einen Tritt. Er kippte nach rechts ab mitsamt seiner Notenfracht, doch dämpfte der Buchara-Teppich den Aufprall.
Was passiert? fragte Alex. Sieh dir mal an, wie schwarz dieser Lappen geworden ist, von nur diesem einen einzigen Fach, und das ist bereits mein fünfter Lappen.
Nicht zu fassen, sagte Anne, die Notenständer und Hefte aufhob. Sie mußte wie jedesmal beim Üben, an Onkel Ludwig denken, einen pensionierten Musikerzieher, der, seit Annes Liebe zur Musik wieder aufgeflammt war, sich

immer seltener erkundigte: Na, Ännchen, sind wir denn bald ein Duo? Sehr gut und sehr allein spielte Onkel Ludwig Klavier.

Am Ostersonntag würden die Olys, für die altgewordenen Verwandten weiterhin die *jungen Olys*, in den beiden Altersheimzimmern von Onkel Ludwig und Tante Kim Ostereier suchen. Alex Oly würde seine Flasche Himbeergeist nach einem Verzögerungsspiel, wirklich liebevoll von ihm, oben auf dem Schrank hinter dem antiken Lampenparavant finden, und sie selber, Anne, hätte bis dahin viele sträfliche Male heimlich auf die Uhr gesehen.

Fehlerdurchsetzt spielte Anne ein Siziliano, ihr mißfiel der verstopfte, gelispelte Ansatz, es lag kein Segen auf diesen Tonfolgen, und Alex' Stummheit war der sicherste Beweis dafür. Früher hatte er an guten Flötentagen Konzertpublikum gespielt, mit *Bravo*-Rufen, mit dem Ruf *Zugabe*, und zum Spaß auf Patzer mit einem *Buh* reagiert, was sehr lustig gewesen war. Seit geraumer Zeit konnte Anne besser spielen an Abenden, an denen Alex ihrem Drängen nachgab, und sich beim Fernsehprogramm mit dicken, autoreifenähnlichen Kopfhörern gegen ihr Üben abschirmte.

Das Reinigen der drei auseinandergeschraubten Flötenteile nahm Anne wieder langsam und gründlich vor.

Vielleicht spiele ich nur noch, weil ich das Instrument so gern putze, sagte sie.

Zum Putzen kann ich dir überreichlich Material vorlegen, sagte Alex.

Du bist nicht bereit, auf meinen Notruf, mein SOS einzugehen, beklagte sich Anne.

Arbeit hat noch jedesmal abgelenkt, jeden Menschen. Alex blieb ruhig und sachlich.
Daß Putzen mir prinzipiell gut bekommt, glaube ich nicht, sagte Anne.
Es war ein Kraftakt, die Stimme nicht erhoben zu haben, innerlich fühlte sich Anne angeschwollen, bald würde sie platzen: vor Zorn und Neid auf Alex, vor Schuldbewußtsein aber auch. Sie dürfte sich keine trübe Phase bei Alex wünschen. Aber wenn er pflegebedürftig wäre, dachte sie, wie springlebendig, wie beseelt könnte ich aufleben – nach Art der Auferstehung, der bevorstehenden Karwoche angemessen.
Ihr Tranquillizer-Vorrat kam ihr in den Sinn, doch lieber verschob sie jetzt jegliches Plänemachen, und nahm sich für den Rest des Tages kleinräumiges Denken vor, und zwar ein gemütliches.
Duschen kostete jedesmal Überwindung. Alles ist ein unentwegtes Aufraffen, Punkt für Punkt. Wann wäre sie so originell, einen ganzen Tag ohne Jammern und Seufzen durchzustehen? War sie womöglich ein klassischer Fall von *Frau im Klimakterium*? Nein, Unsinn, das meiste an diesen weltberühmten Beschwerden sei Geschwätz, hatte ihr Gynäkologe einmal erklärt. Alex, als habe er Annes Gedanken erraten, sagte freundlich bei ihrer Rückkehr ins Wohnzimmer: Übrigens habe ich etwas vielleicht ganz Vielversprechendes gelesen, ich glaube in der Funkzeitschrift, und zwar über Hormonpflaster. Vielleicht solltest du ein Hormonpflaster tragen.
Er lag endlich auf dem Fernsehsofa und studierte die Liste, auf der ihr Film-Proviant notiert war.

Hast du mich überhaupt angesehen? fragte Anne.
Was nämlich bis jetzt gefehlt hatte, das war Alex' gewohnte Begrüßung: *Hallo, Aprikose!*
Im Bademantel, den Anne jetzt anhatte, hieß sie *Aprikose*.
Hallo, Aprikose, rief Alex.
Es hörte und hörte nicht auf mit seiner guten Laune.
Weißt du noch, wie du vor circa einem Jahr immer so müde und so schwach warst, Alex?
Im blauweißgestreiften Sommerbademantel hatte Anne keinen Abendnamen. Eigentlich lauter liebe und gut eingefahrene Gebräuche hier zwischen uns: Anne spürte es mit der leichten Zuversicht, die sich um diese späte Stunde herum einzustellen pflegte.
Du brauchtest damals so viel Schlaf, aufraffen konntest du dich zu kaum was, weißt du noch?
Herrliche Zeiten, dachte sie. Windstöße drückten gegen die Fensterscheiben, wieder polterten Böen auf dem Blechdach, und es hörte sich so an, als veranstalteten Katzen dort oben ein Rennen.
Ich überanstrenge mich vom Aufstehen an bis in den späten Abend, dachte Anne, als während des Spielfilms, den sie sich doch aus dem Reservoir gewünscht und auf den sie sich gefreut hatte, eine dicke Suppe von Schläfrigkeit ihr ins Bewußtsein schwappte. Sie bekam Angst um ihren Verstand. Wieso hatte Mary Astor als Mrs. Wonderley in Istanbul den Kontakt zum Malteser Falken verloren? Manchmal fürchtete Anne Oly sich vor der Geistesgestörtheit. Plötzlich träumte sie von einer Schulfreundin, an die sie seit sicher zehn Jahren nicht mehr gedacht

hatte, und dann ekelte sie sich schrecklich vor dem feindseligen, bleiernen Profil des Malteser Falken, der aber – oh, wie gut, sie verstand diesen Teil des Inhalts – nur eine wertlose Fälschung war.

Am Tag, an dem durch Alex Olys Überlebenskraft der Elektriker ins Haus kam, am Gründonnerstag, stand Anne hinter Alex, der mit dem Staubsauger die Rückwand vom Schreibsekretär reinigte. Und du mein Lieber, sprach sie stumm, du mein Ruhestandsgenießer, du gehst mit dem Verständnis eines Sportlehrers auf mich ein. Warte nur.

Tränen bissen in den Augen. Laß sie dir doch übers Gesicht laufen, nur Mut! Aber Anne, geübt in einer Verstellung, die den lieben guten Alex vor deutlichen Offenbarungen noch immer schützte, empfand: überanstrengend war diese unaufhörliche Selbstdisziplin. Sie müßte nachher, wenn Alex mit dem Bücherordnen weitermachte, ihre Tabletten zählen. Zum Frühstück bekam Alex immer von Anne ein Gebräu serviert, einen Anti-Cholesterin-Trank. Aufgelöste Tranquillizer würden in dieser sämigen weißlich-gelblichen Flüssigkeit gar nicht auffallen. Dargereicht zum Karfreitag. Am Karsamstag, sie hörte sich schon, würde sie entweder Tante Kim oder Onkel Ludwig, wer eben zuerst ans Telephon käme, mit trauriger Stimme verkünden: Es geht Alex höchst sonderbar. Er wacht immer noch gar nicht richtig auf. Er ist ganz und gar nicht der lustige Osterhasenbubi, versteht ihr. Machen wirs halt diesmal wie erwachsene Leute.

Wir sind ja auch alt, alle miteinander, steinalt zum Teil,

ihr Guten! Das würde sie den lieben beiden Verwandten nicht auch noch eröffnen.

Ehe es aber so weit war, taten ein paar ketzerische Fragen an den quicklebendigen Alex richtig gut:

Bereiten wir uns eigentlich auf einen Umzug vor? Hier kann man sich bald nirgendwo mehr hinsetzen. Wozu das ganze Theater?

Irgendwas Gemeines, was Hartes, sie müßte ihm etwas Grobes und Feindseliges, geradezu Abtrünniges an den Kopf werfen – an seinen hübschen, gepflegten, gescheiten, freundlichen und von ihr geliebten Kopf – wodurch sie ihn aus seiner existenziellen Geborgenheit verscheuchen könnte. Aber er, großer Sinnstifter, der er war, antwortete:

Ich hatte seit zwölf Jahren auf meiner Checkliste stehen: Steckdosen versetzen. Machs nicht zum Jux, und das Saubermachen erst recht nicht.

In der Mittagspause vertiefte Alex sich in die Literaturbeilage der Tageszeitung. Nur ihm zur Strafe, ihm zur Strafe, aus Rache an irgendwas Unerklärlichem, und damit ich vielleicht Mitleid errege, nur deshalb tue ich es, murmelte Anne vor sich hin, als sie – ein von Alex' Checkliste abgelesener Programmpunkt – alle ihre Schuhe aus ihrem Kleiderschrank räumte und den Boden des Schranks auskehrte. Zwar haßte sie ihre Betätigung, doch, fast wider Willen, sie fühlte sich etwas besser. Nahtlos weiter, spornte sie sich an, und trieb sich vor sich selber her in die Küche, wo sie mit einem Messer anfing, die auf den Kacheln überm Herd festgeklebten Fettspritzer abzukratzen.

Weil sich diese Tätigkeit nach wenigen Minuten schon als Schinderei erwies, weil sie nun laut genug stöhnte, um Alex vom Literaturblatt und allen diesen Kollegen von einst zu vertreiben, weil Alex aber nicht kam, gab Anne vorübergehend auf und schlich sich – ja, sie zog ihre Hauspantinen für diesen kurzen Weg aus – an ihr Medikamentenkörbchen, das neben den Gewürzen auf dem Eßtisch stand. Den Tranquillizer-Behälter nahm sie mit ins Badezimmer, und dort schloß sie sich ein. Die Idee, am Karfreitagsmorgen Alex mindestens über Ostern aus dem Verkehr zu ziehen, gefiel ihr nicht mehr so gut. Nicht ausschließlich aus Gründen der Moral und weil es problematisch wäre, sich die Freundschaft des Himmels zu erhalten. Das mit dem Vergeben hatte noch immer geklappt. Höheren Orts mochte man sie. Nur, sie schien ein wenig in Vergessenheit geraten zu sein. Eine Aktion, durch die sie wieder einmal so richtig auffiele, könnte demnach nicht schaden.

Anne wußte aber nicht genau, warum sie sich eine große halbe und eine ganze Tablette jetzt in den Mund schob, außer der Reihe, womit sie unter anderm die Dosis verringerte, die für Alex' lange, pflegebedürftige Schläfrigkeit garantiert gereicht hätte.

Und schon eine halbe Stunde später könnte Alex, wenn er nur auf diesen romantischen Gedanken käme, seine Phantastin in der Küche dabei erwischen, wie sie aus Fettspritzern kleine Ostereier machte, mit diesem giftgelben Text-Markierer-Stift, den Alex zum Hervorheben der wichtigen Sätze in Zeitungsartikeln, auf Notizzetteln, Checklisten immer benutzte. Gar nicht leicht zu bewerkstelligen, daß die Farbe auch haftet und hält auf den Kacheln, wollte Anne später bei einer Demonstration stolz erklären. Er, Alex, würde hoffentlich schimpfen, sie würde wissen, warum sie weinte, und ihn hätte sie verschont. Ach du lieber Verschonter, sagte sie leise. Der Sturm nahm Orkanstärke an.

Die Liebe zu den kalten Ländern

Gerade dann passiert etwas... gerade dann, dann erst recht. Thomas erlebte das nicht zum ersten Mal. Warum nur fiel er immer wieder auf das Glück herein und hinunter, tief hinunter ins Unglück? Das Bild – er sah einen Steilhang und sich auf dem Gipfel, danach den Absturz, er lag in einem Gebirgsschacht. Ach: Glück! Er war vorhin endlich ein bißchen ins Gleichgewicht gekommen und hatte seine Gastrolle akzeptiert. Erstens: Es regnete, und er brauchte deshalb nicht draußen mit den Nachbarskindern zu spielen. Und zweitens wurden seine Landkarten anerkannt. Jobst und Ellis, seine Gastgeber in den Osterferien und Freunde seiner Eltern, hatten ihn für die kompliziert ausgezackte Westküste Islands gewürdigt.
Hier hast du mehr Platz, schau mal, hier an meinem Schreibtisch. Da ist sowieso gottlob während der Feiertage nicht viel los.
Jobst hatte ein paar Akten aus der Schreibtischmitte nach rechts geräumt und Thomas einen breiten günstigen Arbeitsplatz geschaffen. Eine Zeitlang noch stand er hinter ihm, während Thomas, nun ein wenig aufgeregt und in seiner Kunst leicht behindert, das graue gefährliche Meer bis in die winzigsten Buchten hinein schraffierte.
Komm mal her, Bettina, komm, und bewundere diese Technik unseres jungen Freundes.

Jobst hatte Thomas ausnahmsweise nicht als *kleinen Mann* tituliert. Aha, er war zum *jungen Freund* aufgestiegen. Das könnten doch noch ganz brauchbare Ferien werden. Thomas wußte auch nach dem fertiggestellten Meer schon weiter und nahm sich eilig den nächsten Bogen vor. Am sichersten fühlte er sich mit Neufundland, dazu benötigte er kaum die Hilfe der Seite 112 in seinem kleinen Atlas.

Jetzt, nachträglich, war es schwierig, an Respekt und Wertschätzung seiner drei Zuschauer zu denken. Jetzt, eine Viertelstunde später, nachdem alles, was zuvor noch Hochachtung verdient hatte, abgekanzelt und widerlegt und zunichte gemacht worden war. Jetzt gebot es sich, den dreien aus dem Weg zu gehen.

Warum nimmst du dir nicht zur Abwechslung Marokko vor? Wäre doch nett, du könntest bei der Arbeit an deine Eltern denken, hm?

Seine Eltern kreuzten zur Zeit mit einem VW-Combi durch Marokko. Mindestens ein Mal pro Jahr brauchten sie das: absolute Unabhängigkeit, Isolation zu zweit, Abenteuer, Welt-Kennen-Lernen, Sich-Umtun, oder wie immer sie es Thomas darlegten und im Freundeskreis herumerzählten.

Mich interessieren nur kalte Länder, erklärte Thomas.

Er betete innerlich, Bettina möge das Zimmer nicht verlassen, und um sie in Schreibtischnähe zu halten, hätte er sich auch das langweilige Marokko vorgeknöpft.

Keine Ahnung, wann ich je wieder in diesen verdammten Ferien mich an diesem verdammten Schreibtisch niederlasse, dachte Thomas, dem der Zorn und die Verwünschungen gut taten, richtiges Fluchen, aber lautes Fluchen wäre noch besser. Zur Arbeit werde ich hier nicht mehr kommen. Nachdem das passiert ist, garantiert nicht.

Eigentlich wünschte er gar nicht, auf seine Schmach zurückzublicken. Er lief nun schon zum dritten Mal um denselben Häuserblock. Blöde affige kleine Gärten, braun und kahl mit dunkelgrünen Klecksen: Sie hatten überall die gleichen niedrigen Koniferen angepflanzt, und das ganze Areal hätte ebenso gut bei ihm zu Hause sein können. Der Regen ließ nach, was ihn wegen Ellis ärgerte. Gern wäre er triefend und beschmutzend naß zurück in die Nummer 14 des Reger-Wegs zurückgekommen – gab es überhaupt ein Zurück? Verdauung ade, sagte er diesmal; bisher hatte er das nur gedacht. Sollte er wirklich nachher – weil es ja doch ein Zurück gäbe, was denn sonst, dort in Nr. 14 waren alle seine Sachen – sollte er das wirklich, in diesen Worten, mit *Verdauung* als Hauptinhalt, zu Ellis, Jobst und womöglich Bettina sagen? Es kam ihm etwas zu vulgär vor, oder so: zu nah an dem Peinlichen und Niedrigen, das ihm zugefügt worden war. Keine geeigneten Racheworte, entschied er.

Kaum regnete es nicht mehr, da quollen auch schon da und dort Kinder mit Fußbällen und kleinen albernen Fahrzeugen auf die Straße. In den Gärten erschienen erwachsene Menschen, die entweder irgendwelches Laub harkten oder am Boden auf ihren Zufahrtswegen hockten und an Moos und Unkräutern herumkratzten. Widerwärtiges Leben, fand Thomas und nahm sich vor,

diese Stimmung – der Welt überlegen / im Groll entgegen – auf jeden Fall beizubehalten.
Daß er sich nun doch auf dem Rückzug befand, nannte er im Innern: Ich beute sie aus. Er hatte nämlich einen grauenhaften Hunger bekommen, seine Mutter und sein Vater nannten so etwas Plötzliches für gewöhnlich: von eben auf jetzt. Komisch, nun an seine Eltern zu denken. Völlig ohne Sehnsucht. Ein furchtbarer Mangel, der zu seinem Hunger paßte, fiel ihm auf. Mir ist ganz leer im Herzen und im Körper, dachte er.
Hallo, Mimose, begrüßte ihn Bettina.
Und etwas später sagte Jobst tatsächlich wieder einmal *kleiner Mann* zu ihm, als wäre alles nicht gewesen, keine westisländische zerfetzte Küste und kein bis zu den Uferrändern ziseliertes Meer.
Ich beraube euch, nahm Thomas sich vor, doch wann käme der Moment, in dem er nicht zu feige wäre, im Eisschrank zu stöbern? Vorerst wartete er ab, bis sie alle zusammen um den Abendessenstisch versammelt waren. Nie werde ich in diesem Haus satt werden, während dieser ganzen verdammten Osterferien niemals, spürte er mit Zorn und Kummer. Schneller zu essen als die andern, aber so, daß es nicht auffiel: was für ein blödes Trainingsprogramm. Und seit heute war etwas Beschämendes im Spiel, denn Thomas' Appetit galt seinen drei Beobachtern sicher als die Vorstufe zum zweiten Akt, und sie dachten vielleicht alle drei hier am Tisch bereits wieder an den Vorfall vom Nachmittag. Als spiele er mit seinen Videobändern herum, Filmvorlauf, Filmrücklauf, so wiederholte Thomas unfreiwillig das üble Erlebnis seiner öf-

fentlichen Herabwürdigung. Er sah sich selber, gerade eingelebt bei begünstigendem Regen, diesem Freispruch von der Straße mit den andern Kindern, wie er am Schreibtisch saß und die erste Hochachtung für seine Küstenzacken ihm warm durch den Kopf flutete.
Welche Farbe, Thommy, wähl dir deine Lieblingsfarbe aus, nur paß bitte auf bei den blauen Eiern, ein oder zwei blaue Eier sollten noch übrigbleiben.
Ellis hatte ihm das Bastkörbchen mit den bunten Ostereiern über den Tisch gereicht. Thomas griff bei einem violetten Ei zu. Überhaupt nicht zu verstehen, dachte er, daß jemand wie Bettina mir heute morgen noch gefallen hat, diese Piepsstimme und diese Rattenzähnchen. Schöner Idiot, der ich war.
Er sah jetzt Bettinas Lachanfall vor sich. Thomas, Thomas, kommst du mal bitte sofort zu mir ins Bad: Das war nun wieder die scharfe Stimme von Ellis. Thomas verließ den Schreibtisch und blöderweise trottete Bettina hinter ihm her, und auch Jobst stand in dem kleinen Flur zum Badezimmer plötzlich im Weg. Ellis hielt die Klobürste warnend in die Höhe. Was hast du nur mit dieser Klobürste angestellt? Thomas, hm? Wenn du nicht weißt, wie man damit umgeht, dann laß sie besser völlig in Ruhe.
Weg mit diesem Bild!
Woran denkst du eigentlich, Thomas?
Kleiner Kartograph, noch Appetit auf etwas Käse? Eier hatten wir, denke ich, alle miteinander genug.
Darf ich das Eierkörbchen mit in mein Zimmer nehmen, Mami?

Thomas räusperte sich. Nur dummes Zeug, nichts als dummes Zeug wurde an diesem Tisch geredet.
An Alaska, sagte er.
Wie bitte?
Und an die Hebriden, sagte er.
Ach so, sagte Jobst, er denkt an seine eiskalten Gebiete.
Wollen wir nicht nachher alle vier ein Briefchen an Thommys Eltern schreiben, immer jeder einen Satz, das wäre lustig, und schließlich, wir haben diese eine postlagernde Adresse. Sie würden schwer enttäuscht sein, wenn sie nichts vorfänden.
Ellis' Vorschlag fand bei Jobst und Bettina Zustimmung, während Thomas sich heraushielt. Nicht nur, weil er seit dem Vorfall mit der Klobürste lediglich das Allernotwendigste zu sprechen bereit war. Ein Quantum von etwa sieben Sätzen, kurzen Sätzen, pro Tag, das müßte für die Dauer dieses Aufenthalts durchzuhalten sein. Er schwieg aber auch aus einem noch wichtigeren Grund, denn in ihm reifte jetzt ein Plan zur Rache. Da war sie, die Idee, endlich.
Am Ostermontag-Abend war eine kleine Party für gute Freunde von Jobst und Ellis und deren beide Kinder geplant. Die Kinder, mit 14 und 12 Jahren kaum älter als Thomas und Bettina, hatte aber gestern, ausgerechnet am Ostersonntag, die Grippewelle erwischt, und die Geselligkeit mußte abgesagt werden. Eine leichte Bowle, von der die Kinder je zwei Gläser mittrinken könnten, war aber schon angesetzt, und Jobst entschied, er werde sie zu Ende brauen, man könne den Rest am Dienstag strekken und eventuell die Nachbarn dazu einladen.

Kein Grund zur Enttäuschung, kleiner Mann, kleiner Geograph vielmehr, doch so ist das bei uns: Versprochen ist versprochen, und ein Fest fällt hier in diesem Haus so leicht nicht aus.
Bettina klatschte in die Hände und rief:
Das hat sich gereimt, Papi!
Hier in diesem Haus, da fällt ein Fest nicht aus.
Alle waren sehr vergnügt, und mit Notizblöcken in den Händen beteiligte man sich an einer Quiz-Sendung, die im Fernsehen lief. Daß die Bowle, auf Pfirsich-Basis, ausgezeichnet schmeckte, fand auch jedermann, ausgenommen Thomas, der nicht mittrank.
Abstinenzler, hm?
Kleiner Moralist, oder?
Aber zum Herumfragen ließ die Quiz-Sendung keine Zeit. Und weil, um den Fernsehgenuß zu vertiefen, das Zimmer fast dunkel war, sah keiner was. In der hellbeleuchteten Küche hatte das ein bißchen gestört, ein leichter Blauschimmer bildete sich nämlich doch. Thomas hatte es ja von Anfang an, beim Heranwachsen seines Racheplans, gestört – aber Jobsts Rasierwasser war nun einmal ziemlich bläulich.
Bläulich. Blauverfärbungen der Lippen, vielleicht der Gesichter, am nächsten Morgen. Als erster war Thomas aufgestanden, nicht nur um als erster die Toilette benutzen zu können; dort hatte er wieder *Verdauung ade* gedacht, ungesunde Ferien, doch besonders deshalb war er so früh dran: In der Küche mußte er nachschauen, ob im Tageslicht die blaue Farbe zu erkennen wäre. Und sie standen und standen ja nicht auf, heute morgen, und eine

leichte Vergiftung seiner Gastgeber, das war ja wohl das mindeste, was man erwarten konnte. Mit Genugtuung und in schöner Ruhe, allein im weiten Umkreis dort am Schreibtisch und wieder bei Regen, nahm Thomas sich den nördlichen Polarkreis vor, und ein blaues Osterei, eins von den knappen blauen, hatte er schon aus dem Zimmer von Bettina, die offenbar sehr tief schlief, entwendet, und er aß es jetzt, bevor er noch sehr viel mehr äße. Schön blau. Blau wie eiskaltes Meerwasser am Nordpol, blau wie die Vergiftung.

Halb so schlimm

Und eine andere gute Freundin von uns beiden hat es erst zwei Tage danach erfahren und mir Obst gebracht. Weil sie zwei Luftballons, an die Obstschale gebunden, dann doch für etwas unpassend hielt, ist sie furchtbar traurig geworden, und ich habe sie trösten müssen und schon wieder *halb so schlimm* gesagt, wie vorgestern nachmittag zum Ersatzdienstler. *Halb so schlimm*, das ist eine Wendung, die ich früher nie benutzt habe, stimmts? Es trifft zu, daß ich mich seit vorgestern nachmittag untreu fühle.
Verstehst du, mit Briefpost will ich dich verschonen, also rufe ich dich lieber an.
Es geht nicht um Bequemlichkeit oder so etwas, aber ich sags dir lieber spontan am Telephon... ist das nicht alles ganz und gar schrecklich? Wie fühlst du dich? Ach, was sollst du darauf schon antworten.
Schreiben kann ich schlecht, aber sagen wollte ich dir auf jeden Fall, wie entsetzlich leid es mir tut...
Und wie geht es denn dir selber? Dumme Frage, doch sollst du wissen, daß ich viel an dich denke.
Alle diese Variationen habe ich mir angehört und aufgepaßt, nicht wieder *halb so schlimm* zu sagen. Ich wollte mich nicht gehenlassen, erstens aus Stolz, weil ich die Anrufer verachte zweitens, und Rachsucht kam hinzu.
Schon wieder das Telephon, kaum hatte ich unsere Freundin, die mir zur Stärkung das Obst brachte, ausreichend getröstet.

Und wie geht es dir? Briefe dieser Sorte schreibe ich nie, mußt du wissen.
Es geht, es geht.
Ein Gutes hat das gegenwärtige Unglück ja sicher.
Wieso gegenwärtig? Ich fragte nicht nach. Dieser mit uns befreundete Anrufer dachte an die Auswirkung des Unglücks auf die schöpferische Arbeit, zunächst erging er sich im Allgemeinen, dann meinte er meine zukünftigen Publikationen.
Daß ich *es wird keine geben* – endlich endlich deine Aufwertung – zu ihm sagte, hat er nicht gehört, oder zumindest nicht beachtet. Meine Arbeit, so zynisch sich das anhöre, sie werde davon profitieren. Ob nicht Zufriedenheit und Glück doch aufs Ganze gesehen sich als produktionserschwerend auswirkten?
Unser Freund kritisierte sich selber und korrigierte: Nein, schöpferische Erlahmung kann man dir nicht vorwerfen, eher einen gewissen Philemon-und-Baucis-Finalismus der Zeichnungen. Eine Erfahrung wie die jetzige, privat höchst schmerzlich und bedauerlich, haut eine neue Schneise in deine existenzielle Kulisse.
Das ungewöhnlich viele Telephonieren hätte dir gefallen. An Abwechslungen hat es ja gefehlt, für dich, und nachträglich bereue ich es, unseren früheren Vormittagsgängelchen mein Herumhocken am Zeichentisch vorgezogen zu haben.
Du nimmst mir das doch nicht übel?
Ganz und gar nichts zum Übelnehmen.
Bei den Freunden die seelische Faulheit, bei mir die Verräterei und die Feigheit. Sogar darauf, den Telephonpart-

nern zu imponieren, und zwar mit meiner Stimme, habe ich geachtet. Ja, mein Lieber, nicht so sehr durch die Auslassungen, denen ich bei den anderen zuhörte, fühlte ich mich gekränkt; ich beleidigte dich, und mich entsetzte am meisten die Verleumdung unserer Unzertrennlichkeit. Daß ich überhaupt zuhörte. Daß ich bei keiner Mitleidstirade den Hörer hinschmiß. Daß ich überhaupt jeweils den Hörer abnahm!

Zu deinem letzten großen Anlaß wird es demnach kein Päckchen Post geben. Gern hast du es jeden Morgen gehabt, wenn die Post kam. *Meine* Post, du bist nie neidisch gewesen.

Krank im eigentlichen Sinn war er ja nicht?

Wieder das Telephon, diese Frau hast du gut leiden können, denn wenn sie zu Besuch kam, hat sie immer nur dir etwas mitgebracht, und außerdem teilte sie deine Neigung für längere Spaziergänge.

Nein, nicht wirklich krank, antwortete ich, außer großem Durst.

Ich weiß, was er dir bedeutet hat, und ich habe vorhin mit Mattis Kupfer drüber gesprochen.

Unsere Freundin bezog sich nun ausführlich auf meine künstlerische Produktion und Mattis Kupfers günstige Prognosen. Er war es, der eine Stunde vorher von der neuen Schneise geschwafelt hatte, und ich nahm mir vor, meinen Hochverrat von vorhin zu verrechnen, du verstehst mich, aufzurechnen gegen den tönernen seelenlosen Unfug, den ich nun zu hören bekäme.

Mattis Kupfer hat gewiß nicht ganz unrecht, und witzig wie er nun mal ist, hat er ihn und dich mit Philemon und

Baucis verglichen. Er ist originell, das ist er, man muß es ihm lassen.
Gewiß, sagte ich.
Mein Blick fiel auf die Obstschale und die Luftballons und auf deinen Lieblingsplatz gegenüber vom Telephontisch. Du lägst jetzt da drüben und die Welt wäre dir recht.
Arbeiten können wirst du von nun an ungestörter, ich meine nur, du kannst dir deine eigene Zeiteinteilung machen. Es sei denn, du bleibst gar nicht allein, fängst noch mal von vorne an. Das ist möglich, glaub mir ruhig. Man kommt drüber weg. Ich weiß es von einer Bekannten.
Gewiß, habe ich wiederholt.
Der Treuebruch – oder soll ich mich vielleicht der Geheimhaltung rühmen? Wie zuverlässig du warst. Du an meiner Stelle, dichtgehalten hättest du auch, denn im Verschweigen warst du groß, aber unseren Zusammenhalt und seinen Verlust, den hätte jeder dir angemerkt.
Das Dumme ist: Jetzt, um halb zwölf in der Nacht, wird keiner mehr anrufen. Bei aller Kränkung, die Leute haben mich doch auch abgelenkt. Immer früher, wenn ich bei einer deiner wenigen, von mir aber jedesmal ängstlich beobachteten Unpäßlichkeiten an unsere Trennung denken mußte, hat mich die Aussicht darauf erleichtert, sie hätte doch wenigstens keinerlei Bürokratie zur Folge. Mittlerweile aber finde ich, daß es mit dir schwieriger ist als – ich will sagen: Ich kann dich ja nicht einmal anschauen. In den Garten zu gehen, in der Nacht, und ein Grab auszuheben, das hatte ich vorhin

noch vor, und der Gedanke an körperliche Arbeit hat mir Mut gemacht. Inzwischen weiß ich nicht mehr, wie ich das schaffe. Wirklich, ich wage es nicht, ins Bügelzimmer zu gehen. Dorthin habe ich dich vorgestern vom freundlichen Ersatzdienstler legen lassen.

Den Autofahrer, der dran schuld ist, kann ich wegen Fahrerflucht nicht anzeigen. Ich rufe, egal wie spät es ist, noch einmal die Freundin an, die das Obst und die Luftballons gebracht hat. Um Hilfe für morgen, wenn es endlich getan werden muß, kann ich sie, die ich am aufwendigsten habe trösten müssen, am ehesten bitten. Sie hat die Luftballons bei mir wiedergutzumachen.

Ich wähle die Nummer. Sie meldet sich verschlafen, freut sich aber sofort, mich zu hören.

Du warst also nicht verletzt? Ich wußte nicht, wie ich darauf reagieren sollte.

Schon gut, schon gut, sagte ich.

Und was treibst du jetzt? Du magst nicht ins Bett gehen, nicht schlafen? Um diese Zeit wäre er doch auch sicherlich nicht mehr wach, oder?

Nein, nein, da wäre er nicht mehr wach, das stimmt.

Willst du dir wieder einen anschaffen?

Leg nun auf, leg genau in dieser Sekunde auf, so drohte ich mir. Leg auf und geh zu ihm hinüber, schau ihn an und faß ihn an, und zeig es der ganzen Welt.

Vorerst nicht, antwortete ich höflich.

Erstaunlicherweise habe ich schon wieder ziemlich gut geschlafen, wie in den beiden Nächten vorher, wie seit es passiert ist, und ich habe von einem Polizisten geträumt, der mich mit in ein gemütliches Revier genommen hat,

wo ich sehr viele Pralinés heimlich für dich aus einem Schubfach genommen habe.
Die Hundesteuer werde ich sofort zurückrufen, jetzt am Monatsdritten. Immerhin eine kleine bürgerfeindliche Maßnahme. Mit meiner Gnade für die Welt ist es aus und vorbei.

Das blaue Wunder

Dann aber, nach stundenlanger Kühle zwischen Kuno und seiner Mutter, konnte sie ihn doch wieder fanatisch umarmen, ihn abküssen, ihn von oben bis unten bewundern: Wirklich, von Kopf bis Fuß, sie rühmte seine Details. Sprunghaft, das war sie nun einmal. Abends, nach zwanzig Uhr, stand eigentlich immer fest, daß sie ihn sehr liebte.

Kuno verbrachte die Sommerferien bei seiner Mutter. Täglich mehrmals wurde er sich seiner Hauptrolle in dieser Ära bewußt. Von ihm hing alles ab, empfand er und dachte dabei weniger an seine eigene Zukunft als an die von Mami und Papi. Dem Papi war er vom Gericht zugesprochen worden. Die Mami aber, ausgerechnet sie, die doch, mehr als 500 Kilometer entfernt, sein tägliches Ergehen gar nicht mitbekam, sie wußte, daß Kuno sich beim Papi inmitten seiner neuen Familie – zwei sogenannte Geschwister, ha! – nicht gut fühlte.

Richter hin, Gesetz her – Kuno ist alt genug und er sollte selber entscheiden, wohin es ihn zieht, sagte Mami.

Die kleine Konferenz fand damals im Hauptbahnhofsrestaurant statt. Kuno aß ein Eis, die Eltern tranken Kaffee.

In Kassel lebt er sich doch nie und nimmer ein. Er hat eben Geschmack, stimmts, Kuno?

Was wir ihm aber bieten, das ist ein richtiges und geordnetes Familienleben, wandte der Papi ein. Kati behandelt ihn schon jetzt wie ihren eigenen Sohn.

Das kann sogar hinkommen, dachte Kuno, aber er war jetzt zu nervös, um die Behauptung zu prüfen.
Er ist ein Einzelgänger, sagte die Mami.
Weil sie in diesen Augenblicken die Oberhand hatte, bemitleidete Kuno seinen Vater, aber nicht sehr. Den Vater bekam man kaum je zu sehen, denn er half seiner Firma dabei, den internationalen Anschluß zu gewinnen, und reiste so viel herum, daß vor einiger Zeit, trotz frischer Verliebtheit, ihm Kati, seine neue Frau, vorgeworfen hatte: Du machst es richtig, gondelst unentwegt durch die Weltgeschichte, und mir überläßt du drei Kinder, die sich nicht leiden können.
Womit sie oberflächlich geurteilt hatte, denn Jens und Ror – idiotisch, so zu heißen – konnten sich gut leiden, vielleicht, korrigierte sich Kuno, recht und schlecht konnten diese zwei sich leiden.

–

Eigentlich hatte er längst genug von den Rückblicken. Wenn es nach ihm allein gegangen wäre, liefe er mindestens schon seit einer Stunde durch die Wohnung. Er lag in seinem Bett; verdunkeltes Zimmer, das, wenn Kuno nicht zu Besuch war, der Mami als Abstellraum diente. Und wieder überlegte er, ob er sich melden, beziehungsweise ob er aufstehen und in Erscheinung treten sollte, oder gelänge es ihm, immer noch weiter und weiter in Viertelstundenportionen seiner Klugheit und seiner Erfahrung zu folgen? In diesem Fall müßte er den Langschläfer spielen und noch eine Ewigkeit hier im Dunkeln liegen, abwarten. Je später er auftrat, desto beliebter machte er sich.

Am Telephon erzählte die Mami oft irgendwelchen Bekannten oder Freunden: Immer erst so gegen elf, halb zwölf, da laufe ich zur vollen Form auf. Ein Morgenmensch bin ich nicht mehr, ein Abend- oder Nachtmensch bin ich nur auf dem privaten Sektor, ich bin seit einiger Zeit offenbar ein Mittagsmensch, was die Produktion angeht.

Die Mami war Karikaturistin.

Augenblicklich arbeite ich, unabhängig von diversen Aufträgen, an einem Buch über geschiedene jüngere Leute mit Kindern, weißt du, über mitteljunge Leute, die aus den ersten halbwegs revolutionären Illusionen rausgewachsen sind und die Kinder hin- und herverteilen. Zuerst habe ich versucht, ganz ohne Sprechblasen auszukommen, aber mittlerweile denke ich, mit Sprechblasen wird es schlagkräftiger.

Die Mami lachte und lauschte vergnügt ins Telephon, dann sagte sie:

Klar, autobiographisch. Was tun mit den eigenen Miseren, wozu anders sollten sie gut sein, wenn nicht zum Verwerten, zum Gestalten.

Weiter erzählte sie irgendwem von einem ungeheuerlichen Ehrgeizschub, der sie seit etwa einer Woche mitreiße, was sie nicht habe voraussehen können, denn zeitlich falle dieser Schub ungünstigerweise in Kunos Sommerferien hier bei ihr in der Wohnung. Das störe nicht wenig. Doch sei Kuno anpassungsfähig, was man von ihrem Schub nicht behaupten könne. Doch, Kuno assimiliere sich, ihr kleiner Kavalier, und angenehmerweise sei er ein erstaunenerweckender Langschläfer.

Mein Herzchen, mein kleiner Dickmops, auf der rechten Kopfhälfte hast du ja furchtbar wenig Haar!
Das war einer der Momente bei der Mami, in denen sie ganz verrückt, fast liebestoll mit Kuno wie mit einer großen Puppe umging. Kuno wiederholte im dunklen Abstellzimmer und in seinem allmählich zu verwohnten Bett die gemischten Gefühle, die er bei solchen Anfällen der Mami mitmachte. Einerseits genoß er es sehr, ihr so wichtig zu sein, und das Umarmtwerden, das Gedrückt- und Geküßtwerden, es erwärmte ihn und er mußte lächeln. Sie besang ihn, doch stets pries sie vor allem seine Nachteile. Sie weidete sich an seinen kurzsichtigen Augen, spielte Brille auf/Brille ab. Kuno wußte nicht recht, ob er das wirklich gern hatte. So erging es ihm auch mit dem Baby-und-Amme-Stückchen, Mamis Favorit im Repertoire. Morgens ganz selten, morgens, wenn die Mami, noch nicht zur vollen Form aufgelaufen, und Kuno ihr zu früh unter die Augen kam, aber abends immer, abends wurde es immer aufgeführt. Die Bühne: das Badezimmer, anschließend: Kunos Bett. Die Mami zog ihn aus. Für so was war er längst zu alt, wußte er. Aber er wagte nicht, an Mamis Glück zu rütteln. Wie süß und speckig dein Nacken ist! Na, wie heißt das, wenn ich rufe:
Guck guck? Na? Wie sagst du, wie antwortest du deiner Mami, mein Baby? Na? Guck guck? Und dann, aufs Stichwort, machte Kuno: Ga! Guter Mitspieler. Noch mal üben! Du mußt doch eines Tages lernen, den Buchstaben D auszusprechen. Da! Da! So heißt es: Da. Na, probieren wirs noch mal? Guck guck? Ins über ihn ge-

beugte Gesicht der Mami, ganz dicht an der Mami, die lachte und lieb aussah, rief Kuno:
Ga!
Und was er dabei empfand, das mußte wohl doch das Glück sein. Etwas stimmte nicht ganz mit diesem Glück, aber Kunos Argwohn stammte vielleicht nur von Vorurteilen. Nicht nur vor Jens und Ror, vor der ganzen Welt müßte das Baby-und-Amme-Spiel geheimgehalten werden.
Jetzt, erheitert vom Erinnern, jetzt stand er aber wirklich auf. Geheimhaltung war etwas Herrliches. So, Vorhang auf. Schon zweimal hatte er gehört, wie die Mami an seinem Zimmer vorbei ins Bad geschlichen war. Empfinge sie ihn auch heute wieder – denn es war dummerweise erst zehn Uhr vorbei – mit diesem elendmachenden blinden Blick, in dem er überhaupt nicht auf der Welt vorkam, dann nähme er selber die Zügel in die Hand, das Heft in die Hand – oder wie das hieß – und riefe ihr Ga! zu. Ga, ga! Vielleicht fiel der Mami tagsüber nur nicht ein, daß es ja das komische Stück gab, Baby und Amme, es kam ihr ja vielleicht nur gar nicht in den Sinn.
Kuno zog sich leise an, aber daß die Mami ihn wirklich nicht hörte, kam ihm unwahrscheinlich vor. Er vermutete, sie säße brütend und kritzelnd an ihrem großen Zeichentisch, mit dem verquollenen mißmutigen Vormittagsgesicht. Eigentlich hielt Kuno viel davon, wenn erwachsene Leute gleichmäßig gut aufgelegt waren. Von seinem Papi schimmerte jetzt folgende Erinnerung auf: Jens und Ror grinste der Papi ausgesprochen albern an, kaum sah er einen von ihnen irgendwo, wenn er mit sei-

nem schwarzen Köfferchen aus imponierenden Flughöhen zurückkehrte; kaum sah er Jens oder Ror, da schnitt er auch schon diese umgarnenden, einseifenden Fratzen, so daß man ihm nichts, keinen Hauch, von Wolkenschichten, Stratosphären, mexikanischen oder japanischen Flughäfen anmerkte, und ihm, Kuno, versetzte er einen sachlich gemeinten Klaps auf die Schulter, bestenfalls. Der Vater dachte wohl, um Kuno zu werben, das erübrige sich.

Katis Stimmungen waren gleichmäßiger, da gab es keine Höhenunterschiede, alles ziemlich flach. Man wußte, woran man war, zwischen Anpfiff und Siegerehrung.

Nun in Hosen, Hemd, Pullover und ein bißchen parfümiert, damit der Mami nicht auffiel, daß er wieder ungewaschen war, nun wagte sich Kuno in die leere Küche, und als er sich Milch über seine gezuckerten Frosties goß, fiel ihm zu seinem würdevollen Ferienauftrag ein: Nirgendwo war er so richtig eindeutig lieber. Nicht hier, nicht dort. Erst recht nicht dort, dachte er mit Absicht, damit er überhaupt zu seinem Standpunkt käme.

Wie komisch, völlig unerwartet: Die Mami schien, obwohl es nicht die Tagesstunde dafür war, bei Laune zu sein. Rief ihm doch tatsächlich Guck Guck! zu und erwartete sein babyhilfloses Ga! Offenbar waren ihr ausnahmsweise schon vor elf, halb zwölf einige Karikaturen gelungen. Mit ausgebreiteten Armen, bereit zum Abspulen des kleinen Theaterrepertoires, erwartete sie ihn. Kuno, den Hauptdarsteller dieses Sommers: Guck guck? Na? Kuno war auf einmal aufgeregt und wartete auf den nächsten Zuruf.

Hallo, Kunochen, guck guck! Na, wie antwortet mein winziges specknackiges Babylein? Na? Können wir denn heute nicht mal mehr Ga sagen?
Da, machte Kuno laut und erwachsen. Da Da Da!
Drei deutliche, spielverpatzende D!
An der halb kauernden Mami, die ihn ein wenig erstaunt beobachtete, aber doch noch Lust auf die Nummer »Speckrillenprobe« oder auf die Nummer »Brille auf/Brille ab« hatte, an ihr steuerte Kuno mit streng in sich gekehrtem Gesichtsausdruck vorbei, gar nicht leicht durchzuhalten, ein Blatt Papier und einen Schreibkuli in den Händen, und nun müßte die Mami ihn fragen: Was machst du denn da?
Einen Brief schreiben an Jens und Ror, wollte Kuno antworten.
Wartet nur, ihr alle miteinander, wartet nur, wenn meine Entscheidung erst fällt, ihr werdet euer blaues Wunder erleben, notierte er unter den Briefkopf der Mami.
Die nicht fragte. Die sich mit seinen angeblichen Absichten gut arrangiert hatte und eben am Telephon sagte:
Hallo, Lia, mein Schätzchen, wie gehts, wie stehts, also mir gehts prächtig, hab eine Masse hingekriegt und immer noch Energien drauf. Wie bitte? Ja, stimmt, das Weltgeschehen ist nicht gerade rosig, dieser Nahe Osten kann einen noch ganz verrückt machen... wie? Hab jetzt nicht verstanden. Ach so, ob das ein Völkerrechtsbruch war. Nun, Lia, wir werden wieder mal nicht gefragt werden. Furchtbar bedrohlich, das alles, aber es bricht mir eigenartigerweise nicht den Hals, ich meine, meinen Ehrgeizschub, und ich bin bei einer Folge über mein kleines

lebendes Modell hier in der Wohnung, du weißt doch, Kunochen ist hier, Probezeit, soll rausfinden, wo er lieber leben möchte. Bitte? Hab ich das anfangs so gesagt, in der ersten Zeit mit ihm, soll ich gesagt haben, daß er stört? Na, wenn du meinst. Kann sein, kann sein, aber inzwischen denke ich so: Alles hat sein Gutes, ich mach jetzt einfach das Beste draus, gewiß, er ist noch ungewohnt für mich und etwas stört er schon noch, aber seit ich ihn zeichne...

»Das blaue Wunder«, betitelte Kuno seinen einen und einzigen Satz, den er vor dem Zuhören beim Telephonat hingekriegt hatte; er dachte an die Himmelsphotos mit der Boeing 727 in der tiefblauen Mitte, die sein Vater ihm oft mitbrachte, auf Ansichtskarten, denen er in seinen Flugzeugen nicht widerstehen konnte und die er doch nicht schrieb. Kuno dachte an 22000 Fuß Flughöhe und bemerkenswerte Geschwindigkeiten und: Das blaue Wunder, es geschieht noch – aber welches denn nur?

Guck guck? fragte die Mami.

Kuno, weil in diesem Moment schrecklichste Verlassenheit in ihm aufkam, die Verlassenheit eines kleinen Flugkörpers über der riesigen atlantischen Wolkendecke, Kuno antwortete, wozu er die Baby-Grimasse aufsetzte: Ga!

Der Ernst des Lebens konnte warten. Das blaue Wunder und der Ernst des Lebens, die würden sich, hoch oben am Himmel, zusammentun. Danach erst entschiede Kuno über ihrer aller künftiges Geschick.

Genie und Pfleger

In den Zoo gehen wir auch gern, wir haben auch zu Ausflügen in die Umgebung Lust; das Unterwaldhaus und den Tiefenbachteich mit oder ohne Ruderbootfahrten, ist auch bei uns beliebt, und Onkel und Tante Klammer hätten uns noch mehr verlockende Vorschläge machen können, es wäre jedesmal ein bißchen betrüblich gewesen, sie nicht anzunehmen. Das Spielzeugmuseum? Einen Augenblick lang sah meine Schwester so aus, als wiche sie von unserem gemeinsamen Plan ab. Das Spielzeugmuseum ist nämlich neu hier, und ich verstand meine Schwester ganz gut, wenn sie Spielsachen betrachten wollte, das reizte auch mich, aber ich sagte sofort, um ihr Schwanken zu beenden:
Da würde man nur neidisch, man kann ja dort nichts kaufen.
Braves Schwesterchen, Schluß mit seinem kurzen Zaudern.
Es bleibt dabei, wir wollen zum Genie.
Gut, dann besuchen wir das Genie.
Onkel und Tante Klammer fanden sowieso zum Glück für uns, sie hätten schon ein wenig zu lang sich nicht ums Genie gekümmert. Ihr letzter Besuch dort lag ein paar Wochen zurück.
Seit einem halben Jahr geht es dem Genie etwas besser, wußten meine Schwester und ich, und ich muß zugeben, dieser Umstand dämpfte unsere Erwartung, wir waren

nicht ganz so gespannt und so aufgeregt wie sonst, während wir im Auto die Strecke aber genossen, vor allem vom Waldstück an: Der düster undurchsichtige Nadelholzwald paßt zum Genie. Besseres Ergehen beim Genie: Es freute uns ja. Wir lieben doch das Genie. Doch das Unheimliche wünschten wir uns voll erhalten.
Genie und Pfleger, müßte es eigentlich von nun an heißen, seit dem halben Jahr, seit die zwei zusammen wirtschaften. Onkel und Tante Klammer unterhielten sich auf den Vordersitzen, sie sprachen wie zu sich, aber auch für uns im Fond mit. Der Pfleger ist fast zwanzig Jahre jünger als das Genie, er ist körperlich sehr kräftig, ziemlich dick und, wie das Genie, trunksüchtig, doch während das Genie immer wieder fast wochenlang ohne Alkohol leben kann – das Asketische kommt bei ihm durch, aber es überanstrengt ihn auch; wissen wir vom Zuhören – trinkt der Pfleger sein tägliches Quantum. Der Pfleger, durch Gewohnheit abgebrüht, erreicht keinen Vollrausch, oder man merkt ihm keinen an. Das Genie aber erreicht sogar Wahnwelten, und dann erreicht ihn keiner mehr. Doch, den Pfleger ausgenommen, der Pfleger spricht fremde Sprachen mit ihm und er scheint seine Wachtraumfiguren zu erkennen. Delir ist ein schönes Wort, finden meine Schwester und ich.
Im Parterre des heruntergewirtschafteten kleinen Backsteinhauses lebt Herr Zwinger, den Onkel und Tante uns als »Mädchen für alles« erklärt haben, was bedeutet, daß er dem Hausmeister, dem Koch, aber auch den Angestellten aus dem Verwaltungstrakt und dem Gärtner jederzeit verfügbar und zu Diensten sein muß. Wegen sei-

nes Holzbeins – wir vermuten, daß es sich um ein Bein aus Holz handelt, und wir hätten es gern gesehen – kann Herr Zwinger, wie man uns erläutert hat, über seine Verwendung als Hilfskraft noch heilfroh sein. Seine Frau zu sehen, hoffen wir auch bei jedem Besuch. Wir kennen überhaupt keinen Menschen, der so dick ist wie Frau Zwinger. Ihr Kopf sitzt in mehreren Speckringen wie eingeschraubt, und sie bewegt ihn nur, indem sie den ganzen Körper, der die Gestalt einer zu viel gerollten und davon beschädigten, verformten Tonne hat, langsam dreht und wendet. Dem gleitenden Hin und Her von Frau Zwinger sehen wir gern zu. Es ähnelt einem Tanz, der im Schlaf stattfindet.

Gehen Sie nur ins Haus, sagt uns Herr Zwinger, der die schlammige Zufahrt hinunterhumpelt. Beide sind oben. Alles soweit in Ordnung.

Auf den zwei Treppenstufen zum Haus liegen immer alte Lappen. Starrt die Leute nicht an, weder die beiden Zwingers, noch Genie und Pfleger. Macht den Mund auf, erzählt was.

Wir hören immer die gleichen Ratschläge und Richtlinien. Meine Schwester ist schüchtern, sie wird wieder nichts sagen, ich werde mich für uns beide anstrengen müssen.

Der Pfleger begrüßt uns mit seinem dröhnenden Gelächter, dem keine Gemütsverfassung zu entnehmen ist. Fröhlichkeit? Ingrimm? Sein weicher Händedruck überrascht uns jedesmal. Der Pfleger paßt anscheinend darauf auf, uns nicht zu zerdrücken, was ihm leicht möglich wäre. Sofort nachdem er uns auf seine lärmende und sar-

kastische Art willkommen geheißen hat, wirft der Pfleger sich wieder auf ein sonderbar gestaltetes Lager, das aus einem breiten alten Clubsessel mit blatternarbigem Lederbezug, einem gepolsterten Klavierschemel und einer Matratze besteht, die, gestützt von zwei Pilastern aus aufeinandergetürmten Backsteinen, zwischen Sessel und Schemel eine Verbindung herstellt, so daß der Pfleger liegen kann. Am Fußende befindet sich, durch Stapel aus Kisten und Büchern in Sichthöhe gebracht, ein großer Fernsehapparat, den der Pfleger nie ausschaltet. Oben auf dem Fernsehapparat thront, wie ein böses Insekt, ein Videogerät, in dessen Gehäuse unentwegt Digitallichtchen blinken, und flankiert ist des Pflegers hauptzentralemäßiges Lager von einem Tonbandgerät zur Rechten, zur Linken einem großen Radiotransistorapparat. Der Vorhang ist meistens geschlossen. Heute nicht. Aus Verlegenheit und auch, weil das Genie sich noch nicht blicken ließ, sind meine Schwester und ich an das Fenster getreten. Zwischen abgebrochenen Fichten und jenseits der Straße, die hügelaufwärts nach Neustadt führt, kann man von hier aus gut die Nordfassade der Landesheilanstalt sehen, und immer auch kleine Gruppen, in denen die Patienten sich zusammenscharen. Wenn die Patienten nicht herumstehen, dann führen sie sehr langsame Fortbewegungen aus. Unsere Begier, mehr und vor allem aus mehr Nähe zu erkennen, stieg erheblich.
Gestern hättet ihr da sein müssen, sagte der Pfleger. Da war hier ganz schön was gefällig.
Lautes Lachen des Pflegers.

Wir haben euch wieder ein paar gesunde Säfte mitgebracht, sagten Onkel und Tante Klammer.
Warum bringen wir immer Säfte mit? Kastenweise Säfte? Früher fragten wir so. Längst wissen wir, daß Genie und Pfleger einen unlöschbaren Durst haben. Alkoholische Getränke, was den beiden lieber wäre, können wir keine mitbringen. Dem Pfleger, der im Gegensatz zum Genie das Haus noch verläßt, hätten wir weite Wege und schweres Schleppen ersparen können. Andererseits: Der Pfleger braucht körperliche Betätigungen. Oft empfindet er großes Verlangen nach Bewegung, vielleicht vom dauernden Herumliegen, oder, weil sogar er sich manchmal vor dem Trinken fürchtet, und dann zieht er ab, wenn die Vorräte fast verbraucht sind, bald hinauf nach Neustadt, bald sogar noch viel weiter weg nach Steinach oder Ochsenrot, um sich und das Genie dort in Wirtschaften und in kleinen Lebensmittelläden neu zu proviantieren.
Und was war gestern so Bedeutendes hier los?
Er da drin, antwortete der Pfleger und deutete aufs benachbarte Zimmer. Der Teufel selber war los. Er war zuerst, beim Aufstehen, sofort Nietzsche, dann war er Hegel, mittags wurde es richtig schlimm, als er ein Student war, der mit seiner Arbeit über, ich glaube es ging über Talleyrand oder so einen mehr politischen Burschen, nicht zurechtkam. Dann hat er bis zum Abend furchtbar rumgebrüllt, weil er den Kontakt zur Sprache verloren habe, aber Professor der Philosophie war und einen Tag vor Semesterbeginn noch keinen Satz der Vorlesung niedergeschrieben hatte.
Wenn man ihn läßt, dann spricht der Pfleger ununterbro-

chen. Auch beim Genie kommt gelegentlich Redesucht auf. Nun der pulsschlagsteigernde Moment: Das Genie trat ins Zimmer. Das Benehmen von Genie und Pfleger ist außerordentlich unterschiedlich. Der Pfleger kopierte früher Unsitten jugendlicher Rabauken und hat sich mittlerweile ein rüpelhaftes, vandalisches, gegen uns aber – das zeigt sein Gesichtsausdruck – doch sanftes und tolerantes Wesen angeeignet. Ziemlich verjährte, aus der Mode gekommene Manieren hingegen beim Genie. Handküsse hat das Genie sofort ausgeteilt. Als unser Onkel an die Reihe kam und das Genie auch seine Hände mit Küssen bedecken wollte, er aber *halt* rief und *aufgepaßt*, da entschuldigte das Genie sich mit großem Wörteraufwand, man verstand aber nichts, weil der Pfleger zu laut lachte, und dann schlug das Genie die Hacken zusammen und salutierte.
Von Mann zu Mann, nicht wahr?
Zu Befehl, Herr General.
Heute so militärisch aufgelegt?
Der Pfleger hatte mittlerweile mehrere Programme seines Schaltzentrums so laut aufgedreht, daß wir kein Wort mehr verstanden.
Ihr trinkt doch einen Whisky mit? fragte das Genie.
Als ich gerade noch bedauern wollte, daß das offenbar heute kein unheimlicher, sondern ein geisteswacher Tag beim Genie war, abgesehen von dem Irrtum mit Handküssen und soldatischem Theater, da fing auch schon das Genie an, wirr und sehr schnell zu sprechen.
Mach doch das Radio leiser oder den Fernsehapparat, baten Onkel und Tante Klammer.

Das Genie redete in langen, mit Adjektiven überladenen Sätzen zuerst von ökumenischen Bestrebungen, dann mündete er ein in sein Lieblingsprojekt, das meine Schwester und mich immer zu Phantasien anregt: Die Wiederaufholzung des Amazonasgebiets, er prangerte, ohne Übergang zwischen den Themen, die Universitäten als geistige Hinrichtungsstätten an, und der Pfleger, sein bester Freund und genauer Kenner seiner Stichworte, rief:

Besser Opfer als Henker sein.

Da aber erging sich das Genie bereits über den gescheiterten Vermittlungsversuch eines Erlangener Dozenten und die Versöhnungslehre, und er sprach aus, worauf meine Schwester und ich immer angstvoll und mit Hoffnungsbeben warten: die Wörter *Jesus Christus*, *Kreuzigung*, *Auferstehung*. Am liebsten haben wir, wenn er *Auferstehung im Fleische* sagt.

Wir verlassen euch nun bald wieder, kündigten Onkel und Tante Klammer an. Sieht so aus, als bekämen wir noch ein Unwetter auf dem Rückweg mit.

Unwetterwolken passen besonders gut dorthin. Ich dachte auf der Rückfahrt, ohne meine Schwester anzusehen, daß uns diese beiden Unglückseligen etwas voraushätten. Aber sagen, was es ist, das könnte ich nicht. Bei *Auferstehung im Fleische* hat der Pfleger wieder vor Lachen gebrüllt, aber sein Gesicht sah doch weich und zärtlich aus. Wir können uns dann die toten Eltern gut vorstellen und vor allem ihre ewige Unterbringung.

Keine Rückfahrt, mit oder ohne Gewitterdämmerung, bei der Onkel und Tante Klammer sich nicht leise dar-

über verständigten, wie gut, aber auch wie eigenartig es sei, daß, im Gegensatz zu den Brüdern, die Töchter verschont geblieben seien. Wir zwei Schwestern im Fond, wir sollen das nicht hören. Wir hören es aber immer.
Es muß irgendwas mit den Genen zu tun haben.
Oh ja, das hat es, und sicher kann man das mittlerweile längst erforschen.
Es hat nur die männlichen Gene erwischt, falls das irgendwie so hinkommt.
Kurz vor der Ankunft beim hübschen Landhaus von Onkel und Tante Klammer habe ich gewußt, daß sie unsere Stellvertreter sind, Genie und Pfleger, unsere beiden armen, aufs Ganze und für später gesehen vielleicht aber glücklicheren Brüder.

Gottfried

Beim Verlernen des Heimwehs nach Gottfried half ja auch sehr, daß Abend für Abend die Nenni ihm Geschichten erzählte. Fortsetzungsgeschichten über Gottfried. Ihr Thema: Gottfrieds Wanderschaft in der Freiheit von Wäldern und Wiesen. Verkehrknotenpunkte, sogar zwei Autobahnen und den Niederrheinhafen hatte Gottfried mit Talent und Schutzengel unbeschädigt überwunden, so daß Pit trotz Trauer gut einschlafen konnte. Hätte, andererseits, die Nenni an diesem ersten Abend ohne Gottfried nichts von Gottfrieds gefahrenvoller Anfangsetappe erzählt, dann wäre in Pit nicht ganz so viel Sorge wegen aller dieser Tücken da draußen in der Welt aufgekommen. Es müßte doch möglich sein, einfach immer am Niederrheinufer entlang vorwärts zu kommen, oder nicht? Aber nein, Pit, du mußt bedenken, zuerst hat er sich natürlich verirrt, das ist kein Wunder, und stell dir vor, sogar die U-Bahn mußte er benutzen, ja, Gottfried ist U-Bahn gefahren! Niemand hat je zuvor einen kleinen schwarzweißen Hasen in einer U-Bahn gesehen! Du kannst stolz auf ihn sein, selbst wenn er nicht gleich mit den Himmelsrichtungen zurechtkam.

Und Pit, Gottfrieds ehemaliger Besitzer, war nachträglich auch stolz auf seinen Liebling, der mittlerweile genau wußte, wo Nordwesten war. Gelehrt worden war Gottfried allerdings keiner von den Tricks, die er jetzt

schon seit fünf Tagen so geschickt gegen die widrigsten Umstände anwendete.
Er will also gar nicht hierher zurück?
Nein, Pit, ich glaube, das will er nicht.
Dieser Sachverhalt war nicht leicht zu verstehen, doch endlich zu verschmerzen, denn Nenni hatte sofort *ja ja* gerufen, als Pit fragte: Will Gottfried vielleicht wieder ans Meer?
Sehnsucht nach dem Meer begriff Pit gut. In den Sommerferien, Gottfried war noch neu gewesen, hatte Pit ihn mit nach Den Hoorn nehmen dürfen, aber ziemlich oft *nie wieder* von Nenni und manchmal auch von seinem Vater zu hören bekommen. Weil sie dort einen kleinen Bungalow besaßen, legte Pit sich zurecht, den strebte Gottfried an, das feuchte Gras in seinem Gittergehege mit überdachtem Wohnteil aus grünangestrichenem Holz hatte ihm enorm gut geschmeckt, dummer kleiner Kerl, der noch nicht wußte, wie dringend er der Menschenhilfe bedurfte, um in sein kleines Paradies eingelassen zu werden. Doch in Nennis Fortsetzungsgeschichten wußte er Rat. Gottfried, der sich nach dem Meeresrauschen sehnte, plante wohl, im Bungalow-Park Westerduin auf seinen Herrn zu warten. Keine Ahnung hatte Gottfried von den festen Verpflichtungen eines Menschen, von Abhängigkeiten wie Schule, Zimmeraufräumen, Brotarbeiten, wie Pit die kleinen Hilfsdienste nannte. Mit diesen festen Jobs verdiente er sich Geld für ein Fahrrad. Pit besaß ein Kinderfahrrad mit zwei Sicherheitsrollen an den Hinterrädern, aber das benutzte er nur auf der Zufahrt zum Haus, und ein richtiges Dreirad war

auch noch vorhanden. Das Schlimmste war, er fuhr gern auf dem Dreirad, doch wagte er das nur noch auf den drei Plattenwegen im Garten, und nie vor Zeugen.
Es war jetzt etwas nach fünf Uhr am Nachmittag, und Pit kehrte von einer seiner unschlüssigen Suchaktionen am Niederrheinufer zurück. Gottfried hatte er bekommen, damit er ihm die Verpflanzung nach Kaiserswerth und die Umstellung auf andere Kinder, einen anderen Schulweg, andere Lehrer mitten im ersten Schuljahr erleichtere.
Es klingelte an der Haustür, und zufällig war Pit in der Nähe, drückte sich in der Diele herum, zu mutlos und deprimiert, um sein leeres Zimmer, mit leerem Gottfried-Körbchen, zu betreten, und deshalb öffnete er. Er lebte noch nicht sehr lang in Kaiserswerth, aber die meisten Leute, die ins Haus kamen, kannte er.
Ist deine – eh, Moment, ich meine, ist sie da, die Chefin? Ist die Hausfrau da?
Der fremde Mann wirkte trotz seiner Derbheit und seiner wuchtigen Körpergröße verlegen, fast weich. Mit Pit an der Haustür schien er gar nicht gerechnet zu haben. Er machte einen verwirrten und zugleich empörten Eindruck. Vom einen Arm auf den andern verlagerte er ein schlecht eingepacktes Gebilde, etwas, das in rohes sperriges Packpapier gewickelt war, doch tat er das offensichtlich nicht, weil ihm das Gebilde zu schwer wurde. Pit dachte, der Mann wolle etwas vor ihm verheimlichen, was ihm aber aus Scheu und Ungeschicklichkeit nicht gelang.
Ich weiß nicht, ob sie da ist, sagte Pit.

Die Hausfrau, die Chefin. Die Nenni. Nenni kam von *Nennen*, und Nenni sagte Pit, so lang sie alle noch nicht genau wußten, wie er sie eines Tages anreden werde.
Pits Vater tauchte überhastet aus dem Arbeitszimmer auf. Offenbar war der fremde große Mann erwartet worden. Pits Vater nahm dem Mann sofort das schlampig eingepackte Ding ab.
Schon gut, danke, Herr Mixner. Scheint so, als wäre meine Frau noch unterwegs. Geh doch raus, Pitchen, geh spielen. Wenn mich nicht alles täuscht, blockieren deine sämtlichen Fahrzeuge die Zufahrt. Los, los, an die Gewehre!
Auf dem Sicherheitsfahrrad riskierte Pit sogar die Begegnung mit anderen Kindern, obwohl er die Hilfsrollen ziemlich albern fand. Komischerweise wurde er des Hin- und Herfahrens vom Gartentor bis zur Ecke Hölderlinweg nicht recht froh. Der Fremde und das Paket und seines Vaters linkischer Übereifer gingen ihm durch den Kopf. Lieber lief er zu Fuß ein Stück weiter die Straße hinunter bis zum schönen Niederrheinufer, dem einzigen Platz seit Pits Umzug, der ihn interessierte – ausgenommen die düsteren dunkelroten hohen Feierabendhäuser im Diakoniezentrum, von denen Pit sich gleichzeitig angezogen und abgestoßen fühlte und wo die vielen über hundertjährigen winzigen dunkelblauen Schwestern wohnten – ja, das Niederrheinufer war ihm lieber, obwohl, seit Gottfried entlaufen war, auch die schweren und langen Schleppkähne, die Schubschiffe, der Bug-Gischt, die Namen und Fähnchen der Schiffe und die Strömungswellen nicht mehr so richtig zogen.

Als Pit ins Haus zurückkam, hörten ihn sein Vater und Nenni nicht. Über irgendwas zankten sie sich in der Küche, und die Tür zur Küche stand halb offen.
Ich seh nicht ein, wozu du ihn erst noch lang und breit einfrieren solltest, murrte Pits Vater. Zeitverschwendung.
Findest du es etwa netter, ihn sofort zu servieren? fragte die Nenni.
Rausgeschmissenes Geld. Das Ganze. Mit allem Drum und Dran.
Herr Mixner hat es fabelhaft und fachmännisch vorbereitet. Und ich dachte nun mal an Ostern, mit ihm da, und deshalb wird er eingefroren.
Deine Ideen möchte ich haben, sagte Pits Vater.
Das klang aber so, als wolle er Nennis Ideen überhaupt nicht haben, fand Pit, der sich über sein Herzklopfen wunderte. Etwas warnte ihn davor, hier in der Diele noch länger die Erwachsenen zu belauschen. Furchtbar, daß er so neugierig war und sich doch nicht vom Fleck bewegen konnte. Die Erwachsenen hatten ihn schon öfter beim Lauschen ertappt. Kleiner Spion! Kleiner Kriminalist! So korrigierte der Vater die Nenni – oder vielleicht war es umgekehrt gewesen. Pits Gedächtnis gab aber immer dem Vater die besseren Noten. Er konnte noch nicht ganz gerecht sein, wußte er auch von den Erwachsenen, es war noch zu früh, ganz gerecht gegenüber Nenni zu sein.
Das Ganze war deine Idee und sie war total schlecht, ging total in die falsche Richtung, sagte Pits Vater.
Es wurde eine Platzfrage, sagte Nenni.

So etwas muß man vorher wissen. Ich hab keinen Schimmer von einer Ahnung, wie dumm du und ich, wie dumm wir dastehen werden, wenn er dahinter kommt.

Plötzlich ging es ja offenbar um ihn, um Pit selber. Pit fürchtete, sein Herzschlag sei bis in die halboffene Küche hinein vernehmbar. Besser, er verdrückte sich doch. Nichts zu machen, er blieb, wie angenagelt, dachte er.

Und was ist mit deinem Vertrauen zu mir passiert? Nenni sprach jetzt etwas leiser und schneller, aber so streng und akzentuiert, daß man sie sehr gut im Schutz der Trenchcoats und Jacken in der Dielengarderobe verstehen konnte. Du hattest absolutes Vertrauen, als wir ihn holten, Vertrauen in meine berufliche Qualifikation wars übrigens nicht allein, soviel ich mich erinnere, hat auch die Liebe eine gewisse Rolle gespielt – ha ha, in diesen goldenen Tagen, ha!

Nenni war eine Logopädin und jetzt arbeitete sie, um irgendwelchen schwierigen Kindern noch besser zu helfen, außerdem mit Musik. Diese Problemkinder, wie sie genannt wurden, bekamen Musik zu hören, dann mußten sie sich nach der Musik bewegen, einige mußten das Blockflötenspiel erlernen, so viel Pit wußte. Pit dachte, das Einschnürungsgefühl an der Gurgel, von dem er auch einen ganz heißen Kopf bekam, habe mit den Mänteln zu tun, zwischen denen er sich verborgen hielt, und als er nach ein bißchen Luft schnappen wollte, quietschte über ihm ein Kleiderbügel.

Pscht! machte sein Vater. Hast du da draußen was gehört?

Pit tat beiläufig und war rascher als diese beiden zugleich:

Wie zufällig erschien er in der offenen Küchentür. Vielleicht, weil auch sie heiße und aufgeregte Köpfe hatten, entdeckten sie an Pit nichts Auffälliges, es fehlte ihnen einfach an Zeit. Pits Vater erzählte unaufgefordert und auf der Stelle drauflos, der Mann vorhin, Herr Mixner, besitze ein Boot und er fange seltene Niederrheinfische. Er war wieder so beflissen und übertrieben, auch hastig, wie vorhin an der Haustür mit dem fremden Mann und seinem Paket.
Pitchen, sag mal, hättest du gern, wenn wir eines Tages einen Hund zu uns nähmen, einen Hund für uns alle zusammen?
Die Nenni fragte. Pit war desinteressiert.
Wenn ihr einen wollt, sagte er. Ich brauche keinen.
Es wunderte ihn, daß beide Erwachsenen nie wissen wollten, keinmal in diesen fünf Tagen ohne Gottfried, ob er sich einen neuen kleinen Hasen wünsche. Er hätte so schrecklich gern abgelehnt. Aber dummerweise fragten sie ihn nicht. Ach, so kam er drum, ihnen ein ganz scharfes *Nein* entgegenzuschmettern. Nein: aus Treue zu Gottfried, erstens, allerersten. Gottfried war nicht einfach ersetzbar. Nein: aus noch einem anderen Grund, über den Pit sich bis jetzt nicht ganz klar war. Aus Rache? Aber gegen wen denn? Gegen Nenni und ihre *Nie wieder*-Drohungen während der Ferien in Den Hoorn? Aber sie war es doch, wirklich nett von ihr, die ihm abends erzählte, wie gut es Gottfried in der Fremde erging. Doch irgendwie hatte sie Gottfried nicht so recht gemocht, als er noch da war. So heißt auch kein vernünftiger Hase: Der Ausspruch stammte ebenfalls von ihr.

Vielleicht, weil ich ihn Gottfried getauft habe, vielleicht gehts ihm deshalb jetzt immer noch so gut, auf der Wanderschaft, sagte Pit.
Das ist Unsinn, antwortete Nenni etwas zu scharf.
Ist das die Nähe zu all der düsteren Backsteingotik hier, die unsern Pit so macht, so ein bißchen frömmlerisch, hm? Unseren kleinen Pit? Ich überlege, ob wir ihn mit der Blockflöte anfangen lassen sollten.
Ach, diese Erwachsenen! Pit war vorher in Wendlingen genau derselbe gewesen.
Rumstreunen und rumlungern ist hier verpönt, rief ihm die kleine gebückte Diakonisse zu, der er in der kurzen Allee zum Mutterhaus begegnete, und Pit kehrte um.
Komisches fremdes Abendessen, am Sonntag. Fleisch aß Pit sowieso nicht gern, weil er lieber nur Sachen aß, bei denen man mit der Gabel oder dem Löffel allein auskam.
Versuchs ruhig mal damit, komm, stell dich nicht so an. Du willst ja jeden Tag ein etwas größerer Junge werden, stimmts? Nur kleine Kinder mögen kein Fleisch und können nicht mit dem Messer umgehen. Probier schon.
Tu was sie sagt, sie meint es gut, mahnte sein Vater.
Dunkelbraunes Fleisch, faserig und gar nicht in richtige Scheiben geschnitten wie sonst.
Gottfried fand an diesem Abend zur Erzählstunde in den Dünen von Den Hoorn neue Freunde, ja, zum erstenmal gewann er andere Lebewesen wirklich lieb.
Du meinst diese schwarzen Kaninchen dort?
Ja, genau die.
Sie nahmen ihn mit in ihre Höhlenwohnungen zwischen Sanddorngestrüpp.

Und mich? Vergessen hat er mich nicht? Hat er mich noch so lieb, daß er Heimweh kriegt, wenn er an mich denkt?
Hasen denken nicht so viel nach. Natürlich hat er dich noch lieb und nicht vergessen.
Mir ist das Abendessen nicht so gut bekommen, dachte Pit, weil er trotz Nennis tröstlicher Fortsetzung der Serie *Gottfried*, die in Pit Phantasien über das Innere von Hasenwohnungen auslösten, überhaupt nicht einschlafen konnte.
In der Nacht hatte es Unwetter mit Regenfällen gegeben, die der Radiowetterbericht *ergiebig* nannte, und nach der Schule zog es Pit zum Niederrheinufer hin: Meistens waren mit starken Niederschlägen spannende Flußwellen verbunden, und am Ufer lag angeschwemmtes Zeug, das Pit gern untersuchte. Diesmal war nichts Besonderes dabei, nur die üblichen leeren Flaschen, Kanister, modriges Holz, zerbrochene Lattenkisten. Trotzdem wäre Pit länger hier unten geblieben, aber als er einen großen Mann sah, der auf ihn zu schritt, machte er einen Bogen und kehrte um. Den Mann hielt er für Herrn Mixner, und Pit wußte nicht genau, warum er den nicht treffen wollte.
Vierzehn Tage nach Gottfried. Neue Zeitrechnung. Gestern abend hatte Nenni zum erstenmal gefragt:
Lassen wirs nicht allmählich ausklingen?
Was denn? fragte Pit, kannte jedoch bereits die Antwort, wenigstens ungefähr.
Die Gottfried-Geschichten. Ich meine, wir wissen ja, er hat es gut, er ist am Ziel.
Aus Stolz und Verletztheit widersprach Pit nicht. Gegen

seine Traurigkeit nützte die Schadenfreude: Sicher hatte Nenni gehofft, er werde protestieren, womöglich jammern, gar: ein bißchen Tränen vergießen! Schwerer Irrtum.

Pit kaufte den Erwachsenen, denen das Bier ausgegangen war, im *Stern* vier Flaschen Pils – und als er das dämmrige Lokal verlassen wollte, in jeder Hand eine Plastiktüte mit je zwei Flaschen drin – Nenni achtete gewissenhaft auf Pits Rückgrat – da traf er, diesmal aber unumgänglich, Herrn Mixner. Obwohl Herr Mixner ja eben erst das Lokal betreten wollte, machte er auf Pit einen betrunkenen Eindruck. Der damals beinah schüchterne große Mann hielt ihn an der rechten Schulter fest. Wieso erkannte der ihn überhaupt? Die Begegnung an der Haustür war kurz gewesen. Und doch wunderte Pit sich eigentlich nicht. Ein erschüttertes Gesicht, wie beim ersten Treffen mit dem sonderbaren und hinderlichen Paket, hatte Herr Mixner jetzt wieder.

Na, du Zwerg, wirst doch nicht heimlich schon in die Kneipen gehen, he?

Herr Mixner lachte, was nicht glücklich klang.

Fangen Sie wieder Fische? fragte Pit zurück.

Fische? Was denn für Fische? Ich und Fischefangen...

Der Mann wollte lachen, bekam aber einen Hustenanfall.

Komm ruhig noch mal mit rein, ich spendier dir was, na komm.

Völlig verrückt, mitzugehen, spürte Pit, und mit Nenni und seinem Vater gäbe das auch Ärger.

Nur ganz kurz, sagte er.

Herr Mixner brauchte, auf seinem Barhocker sitzend

und über den Tresen so tief gebeugt, als wolle er gleich einschlafen, überhaupt keine Bestellung durchzugeben, die dicke Frau mit trüber Schürze, vielleicht die Inhaberin, zapfte sofort und wortlos ein Bier und schob ein Glas mit Schnaps ins Zentrum von Herrn Mixners vorgestreckten, angewinkelten Unterarmen.
Von seiner Höhe aus, mit rotem Kopf, schaute dieser Mann sonderbar traurig auf Pit.
Hat er denn geschmeckt?
Wir haben noch nicht von diesem seltenen Fisch gegessen, sagte Pit, ich glaube, sie haben ihn eingefroren, ich glaube, es gibt ihn an Ostern.
Ach, sieh mal an, sagte Herr Mixner. Seinen Schnaps hatte er mit einer ruckartigen Kopfbewegung – so machte Nenni ihre Halswirbelgymnastik, nur längst nicht so schnell – sachlich in den Schlund gekippt, und nun sog er am Bier wie in einem fürchterlichen Durstanfall.
Fisch nennt man das neuerdings. Na gut, selten ist so ein Fisch, weißderhimmel.
Und das Boot? Mit einem Boot, wie weit fahren Sie denn da? Bis zur Mitte vom Niederrhein?
Was für ein Boot? Ein Boot kann ich mir nicht leisten. Wozu auch. Bring mir noch mal dasselbe, Elsbeth, mach schon.
Die dicke Frau gefiel Pit, er sah ihr gern dabei zu, wie sie eine blanke kupferne Stelle des Spülbeckens immer wieder abrieb, und ihr Gesicht war betrübt und mütterlich.
Ich weiß nicht, ob man bis in die Mitte fahren kann,

wenn man ein Boot hat, wegen der Strömung. Ich dachte, Sie hätten natürlich ein Boot, weil Sie seltene Fische fangen.

Pit versuchte, den Nachbarhocker zu erklimmen, aber es war, auch wegen der Plastiktüten, die er nicht aus den Händen ließ, zu kompliziert. Auch mußte er von hier weg, nicht nur wegen Nenni und seinem Vater.

Damit du es weißt, das ist Herr Mixner, und er arbeitet drüben im *Prima*.

Prima, was?

Herr Mixner lachte derb, doch wurde sein Ausdruck noch um Schattierungen dumpfer und auch verdächtiger, fast verzweifelt kam er Pit nun vor.

Der *Prima* war der Supermarkt am Ortsrand, auf der grünen Wiese, wie alle diese Gegend nannten, und wo Pit vergeblich nach grüner Wiese Ausschau hielt; dort sah man nur Parkplätze, Tankstellen, es gab kleine Industriebetriebe und eben dann vor allem die vielen flachen aneinandergebauten Gebäude des *Prima*. Herr Mixner trank seine zweite Portion und sagte zur dicken Elsbeth:

Und damit reichts an Informationen. Laß das Kind in Ruhe. Sag dir später, warum.

Er ist Metzger, der Herr Mixner, sagte die Frau zu Pit.

Schluß jetzt, hab ich befohlen, rief Herr Mixner.

Pit erfuhr trotzdem, Herr Mixner habe vor drei Jahren seinen eigenen Betrieb verkauft, und nun arbeite er als einer von vielen für den Markt, in der Metzgerei.

Du solltest den Mund halten, und ich sag dir später den Grund. Hast du nichts für das Kind, Saft, Kakao? Hast du ihm gar nichts anzubieten in deiner sauberen Kneipe?

Nein danke, antwortete Pit höflich, ehe die dicke Frau sich ihm zukehrte, und dem Druck von Herrn Mixners Hand auf seiner Schulter entwand er sich.
Ich muß nämlich nach Haus. Die warten auf das Bier. Vielen Dank.
Seinen Abgang hatte er mit Anstand hingekriegt, fand Pit, den im Freien, geblendet vom noch immer hellen Abendlicht – es war erst acht Uhr – ein Gefühl der Panik anfiel. Mit den Tüten mußte er jetzt schnell nach Haus kommen, dann aber, wohin dann? Er wollte doch lieber die Erwachsenen damit erschrecken, daß er von seiner Unterhaltung mit Herrn Mixner berichtete. Was versprach er sich davon? Irgendwas stimmte nicht, zwischen Herrn Mixner, dem Vater, der Nenni und schließlich ihm selber, Pit. Herr Mixner fing keine Fische, auch keine seltenen. Ich bin schließlich kein kleines Kind mehr, sagte Pit vor sich hin, ich gehe schon in die Schule, ich bin schon verpflanzt worden, ich stamme aus Wendlingen.
Pit machte trotzdem einen Umweg über das Diakonie-Gelände. Nur speziell ausgesuchte Schwestern, kleine Frauen in dunkelblauer Tracht und mit Kapuzenhauben, knöchellangen hin und her schwappenden Röcken, sprach er an:
Haben Sie vielleicht einen kleinen Hasen gesehen, einen mit schwarzweißgeflecktem Fell?
Pits Mutter war im Krankenhaus in der Gesellschaft von Mädchen gestorben, die auch Krankenpflege machten, aber kurze helle Kittel anhatten. *An den Folgen eines Unfalls*, wie es dann immer hieß, aber Pit wurde den Verdacht nicht los, diese Mädchen in Kitteln, die ihn immer

weggescheucht hatten, wären die wahren Schuldigen. In einem entscheidenden Augenblick hatten sie der Mutter abgewinkt, dieser Patientin, die vielleicht einen Wunsch geäußert hatte, und *keine Zeit, Feierabend* gesagt.
Mein Feierabend-Verdienst, fiel es Pit ein.
Nein, dein Häschen haben wir alle miteinander nicht gesehen, sagte eine von diesen kleinen Schwestern mit strengem Gesicht. Feierabend. Die Feierabendhäuser ließ Pit nun links liegen, mit dem unheimlichen und gierigen Wunsch, eine über Hundertjährige irgendwo zwischen den Vorhängen ins baumbestandene Freie spähen zu sehen.
Hier wird nicht herumgelungert, Kind, du mußt schön nach Haus gehen, marsch, marsch. Höchste Zeit!
Eine andere Schwester von der ausgesuchten Sorte, in Tracht, rief ihm das zu. Merkwürdig, fand Pit, daß – ähnlich wie zum risikoreichen Niederrhein – es ihn doch immer wieder hierher zu den eigentlich meistens barschen Diakonissen trieb.
Da bist du ja endlich, rief die Nenni ihm entgegen.
Wo hast du bloß wieder gesteckt, fragte sein Vater.
Ich habe mich mit Herrn Mixner unterhalten, sagte Pit in langsamer und beinah feierlicher Weise, mit der Absicht, die Erwachsenen zu alarmieren. Aber mehr als ein *Soso* kam gar nicht dabei heraus. Zu seinem Erstaunen beleidigte Pit diese lahme Reaktion überhaupt nicht. Eigentlich war er dankbar dafür, denn allmählich sehnte sich sein Gemüt nach Ruhe.
Die fand er auch, tagelang. Gottfried-Geschichten wurden nicht mehr erzählt. Pit verdiente sich bis zu einer

Höhe von hundert Mark – sein Anteil – Geld für das neue Fahrrad, und das Rad mit den Sicherheitsrollen und erst recht das Dreirädchen, sie wanderten endgültig in den Keller. Gottfried vergessen, das tat er nicht, doch es stimmte, daß er nicht mehr dauernd unter Heimweh nach Gottfried litt.

Viele Wochen später – Ostern war lang vorbei, es hatte weder Fisch noch Fleisch gegeben, sondern sie waren in ein Restaurant gegangen – so viele Wochen später, daß sogar die neue Zeitrechnung, die mit Gottfrieds Entlaufen eingesetzt hatte, in Vergessenheit geraten war, da passierte es. Pit trat ins Schlafzimmer der Erwachsenen, weil er keine Taschentücher mehr fand, als Nenni vor dem mannshohen Spiegel, der in die Türfüllung ihres Kleiderschranks eingepaßt war, etwas ausprobierte. Sie nestelte an ihrer Halsgegend. Bei dem kleinen Ding, mit dem sie herumfuhrwerkte, handelte es sich um ein schwarzweißes Fellkrägelchen. Nenni hatte ein Kleid, das auch schwarzweiß gemustert war, für den Ausgang in die Stadt angezogen. Sie und Pits Vater wollten ein Konzert besuchen.

Hübsch, oder?

Pits Vater war wieder so erstaunlich schnell zur Stelle, ganz so wie damals, als Herr Mixner mit dem formlosen Paket in der Haustür gestanden hatte.

Sieht gut aus, wirklich, es war also doch eine gute Idee, sagte die Nenni.

Schwarzweißes Fell. Abendelang vorm Einschlafen nicht an Gottfrieds Fortsetzungen dort oben in den Höhlengängen und der Dünenstruppigkeit von Den Hoorn gedacht.

Komm, sei ein erwachsener Junge, sei doch endlich mal ein erwachsener Junge, rief der Vater hinter Pit her, Pit hörte auch Nennis Stimme mit irgendwas über eine neue Gruppe, in der sie nun mit Blockflöten anfingen, Pit, Pit, nimm Vernunft an, so warben und kämpften sie um ihn, der davonrannte, ohne Taschentücher, wozu auch, alles zu spät, was sie jetzt vorbringen würden, niederrheinwärts Pit, mit der Absicht, Gottfried auf dem kürzesten Weg zu folgen, schnell, schnell, nun doch endlich!

Mit dem Rücken zur Wand

Anja zählte zur Sicherheit noch einmal nach: Nein, leider, es war nicht bereits der siebte Tag, an dem sie nur noch die Hälfte aß, es war erst der sechste. Hunger hatte sie dauernd, besonders schlimm, wenn sie an die Zukunft dachte. Es würde nämlich qualvoll werden, vom Plan nicht abzuweichen und ab Sonntag, achter Tag, nur noch ein Drittel zu sich zu nehmen. Wenigstens bei Tisch. Andere Eßquellen mußten aufgetan werden. Es ging schließlich um ihr Leben, und deshalb würde sie mit schlechtem Gewissen heimlich essen, was sich in unbeobachteten Momenten aufschnappen ließe. Der Keller fiel Anja ein. Im Keller hatte sie sich überhaupt noch nicht richtig umgesehen. Leider war die Küche ein unsicherer Platz. Die Großeltern hatten sie zum Lieblingsraum erklärt und von einem Architekten in das große Wohn- und Eßzimmer integrieren lassen. Wenn Besuch kam, hieß es immer wieder: Wie viel man doch mit so einem alten Bauernhof anfangen kann. Das hätten sich die früheren Besitzer nicht träumen lassen.
Über Geld verfügte Anja auch noch. Immer wieder zählte sie ihren Vorrat. Die Eltern hatten ihr bei den Abschiedszeremonien zugesichert, mit Taschengeld sei monatlich weiterhin zu rechnen, eine Verabredung mit den Großeltern, Anjas Taschengeld betreffend, habe keine

Probleme verursacht. Noch zwei Wochen bis zum Mai, mal abwarten. Sie brauchte ja Geld für die Monatskarte. Mit dem Bus fuhr Anja nach Sankt Veith in die Internatsschule, die sie nur aushalten konnte, weil sie dort eine Externe und obendrein Gastschülerin war. Ein Jahr müßte durchzustehen sein. Und ehe ich hier auf dem Bauernhof verhungere, kaufe ich mir im Dorf ein paar Riegel. Mit einer dahinsiechenden Vorkämpferin könnten die Hühner überhaupt nichts anfangen.

Häufig auftretendes Bauchweh erschreckte Anja, und sie vermutete, das hänge mit dem Hunger zusammen. Nur hatte sie früher, wenn sie hungrig gewesen war, nie Bauchweh gehabt. Wenn es stärker würde, müßte sie es erwähnen. Sie war zwölf, aber bei Fragen nach ihrem Alter gab sie immer zur Antwort: Ich werde dreizehn.

Es ist heute schon wieder passiert, erzählte Anjas Großmutter beim Abendessen dem Großvater.

Es gab Eiersalat und kaltes Huhn. Anja pickte sich aus dem Eiersalat die Chicorréblätter und die Tomatenschnitzel und vom Huhn nahm sie gar nichts, aber niemand achtete auf ihren Teller. Sie träumte ein bißchen vor sich hin und dachte an ihr Pamphlet-Gedicht, das mit den Worten *Ach ihr lieben, lieben Hühner* anfangen sollte.

Was denn, was ist denn heute schon wieder passiert? fragte Anjas Großvater. Für seinen grauen, mit Braun wie in Anjas Pullover melierten Bart war typisch, daß darin etwas Eigelb klebte.

Man hat mich wieder für Anjas Mutter gehalten, und zwar wars diesmal die Frau des Bürgermeisters höchstpersönlich.

Anjas Großmutter sah nicht alt aus, aber ältlich und etwas künstlich, fand Anja. Die Nachbarin, eine Bäuerin von jeher, die zweiundfünfzig war wie Anjas Großmutter, gefiel Anja besser, ihr Haar wurde grau und ihr Gesicht sah entschlußkräftig und vergnügt aus.
Anjas Großeltern waren erst vor drei Jahren auf die Idee verfallen, einen alten Bauernhof zu erwerben, nicht nur, um darin zu wohnen, sie wollten, was wenige Städter taten, auch ihren Lebensstil ändern. Wir haben uns abgeseilt, erklärte Anjas Großmutter manchmal Neulingen unter den Bekannten. Manfred hing das hektische Erwerbsleben zum Hals raus, er hat die Robe ausgezogen. Und auch ich, ich hatte ja mein Leben lang von Hühnern keine Ahnung.
Mach es uns hier nicht unnötig kompliziert, warnte Anjas Großmutter schon am zweiten Tag nach Anjas Einzug auf den Hof.
Ich konnte ja nicht ahnen, daß ihr die Hühner einsperrt. Ich dachte, sie laufen im Freien herum, wehrte sich Anja.
Von Hühnerhaltung und vom Risiko in der Landwirtschaft hast du nun mal nicht die mindeste Ahnung, meine Kleine, sieh lieber zu, wie du mit deiner Umstellung in der Schule zurechtkommst, das wird dich voll in Beschlag nehmen.
Ich weiß aber nicht, ob ich das aushalte, sagte Anja.
Was denn, was denn *aushalten*?
Wenn ich einschlafen will, fallen mir diese winzigen Behälter ein, ich muß an die Hühner denken.
Sie spricht von der Batteriehaltung wie der Blinde von

der Farbe, sagte Anjas Großmutter zu ihrem Mann, der einwandte: Sie spricht so davon, wie die Journalisten es den Leuten vermitteln. Keine Spur anders.
Und die Tierschützer, rief Anja.
Der Eiersalat sah verlockend aus, und sie hatte noch einen gehörigen Appetit. Überaus demonstrativ, fand sie, wie sie bei der heutigen Kost fast nicht zugriff, wieder einmal. Wenn diese zwei Alten nichts bemerkten, verpuffte dann nicht ihr Affront? *Gott ist mein Zeuge*, dachte sie da merkwürdigerweise und zum allerersten Mal. Sogleich fühlte sie sich viel besser. Mit dieser Empfindung, höheren Orts doch aufzufallen, hielte sie ihre Rebellion durch. Ein Jahr lang würde sie dauern. Anjas Eltern forschten an verschiedenen Universitäten in Nordamerika, ihr Vater war hinter den Rätseln der Moleküle her und sammelte in jeglicher Freizeit mit einem Leihwagen Eindrücke rings um San Francisco, ihre Mutter spürte Unentdecktes über Emigrantenliteratur in Salt Lake City auf, fand aber an den Wochenenden Zeit für die Erkundung entweder der Wüste oder der Rockies. Postkarten brauchten vierzehn Tage.
Was schneidest du nur wieder für ein Gesicht, Anja. Gleich ist es acht, gleich schlägt die Uhr, dann bleibt dein Gesicht für immer und ewig so häßlich, wie es jetzt ist, und du willst doch bald ein hübsches junges Mädchen werden.
Auf solche Kindermärchen fiel Anja schon lang nicht mehr herein. Sie bekam wieder etwas Bauchweh.
Sieh mal her: So groß ist ein Huhn, ich rede jetzt von der Rasse, die wir halten.

Der Großvater redete. Mit seinen Händen machte er schichtende Bewegungen, und Anja wandte sich ab.
So hoch, so breit, so lang ist ein Huhn. Und – na nun sieh doch auch her, wozu demonstriere ich es denn wohl – so groß ist der Käfig. Nochmals: Das hier – wieder schichtete der Großvater über seinem leergegessenen Teller einen unsichtbaren Quader – das ist das Ausmaß eines Huhns. Und nun zähle an allen vier Seiten des Huhns zwei Zentimeter dazu und dann hast du das Format des Käfigs, in dem das Huhn drin ist. Zu ducken braucht das Huhn sich nicht. Das Huhn steht aufrecht und eckt doch nirgendwo an.
Ein Huhn hat nicht allzu viel Köpfchen, sagte Anjas Großmutter und lachte.
Sie schenkte jetzt den abendlichen Hagebuttentee in die drei handgetöpferten Keramikbecher. Die Idee mit der Hühnerfarm besaß den Vorteil, daß eine Frau, die mehr mit sich selber vorhatte als nur Hausarbeit und Familienversorgung, noch anderen Neigungen nachgehen und sogar schöpferischen Impulsen folgen konnte. Das Töpfern gehörte dazu bei Anjas Großmutter, die in diesen Tagen nur ein wenig in Sorge war wegen des bevorstehenden Besuchs ihrer Schwiegermutter. Sie hoffte, die Schwiegermutter würde nicht zu viele Scherereien machen, denn da war schließlich noch die kleine Gebrauchtwaren-Boutique, gegründet von Anjas Großmutter zusammen mit einer Freundin im Dorf – auch einer ehemaligen Städterin. Die gesamte EG ist stolz auf den neuen Erfolg, sagte Anjas Großvater, der neue Erfolg sind die paar Zentimeter mehr für das Huhn, verstehst du?

Sie trinkt viel Tee, die kleine Anja. Großen Appetit hat sie nicht, aber Durst, sagte Anjas Großmutter.
Anja mußte plötzlich an den kleinen bräunlichen Fleck auf ihrem Laken denken. Heute morgen hatte der ihr einen Schreck versetzt. War der Hagebuttentee eine Erklärung dafür? Wie Blut sah es eigentlich nicht aus.
Und in der EG, wo sie über diese Dinge gründlich nachdenken, da sitzen erwachsene Männer, lauter Minister, erfahrene Leute, kompetente Leute. Weder Kindsköpfe noch Phantasten.
Noch Kriminelle, ergänzte Anjas Großmutter ihren Mann. Sie schluckte eine Kapsel, die zweifarbig, weiß und blau, war und hübsch aussah.
Wir sind gegen Tierversuche, ganz so wie du.
Kann das Huhn sich aber umdrehen? Kann es doch nicht, hm, sich umdrehen?
Anja trank eine dritte Tasse von dem scheußlichen Tee, aber den schlimmsten Hunger bekam man durch reichliches Trinken in den Griff.
Wozu sollte das Huhn sich umdrehen? Was gibts zu sehen, nichts gibts zu sehen außer der Rückwand vom Käfig. Sollte sich das Huhn nach der Rückwand vom Käfig umdrehen?
Lachend, die Zeitung in die Achselhöhle geklemmt, trottete der Großvater vom Eßtisch weg in Richtung auf die Sesselgruppe beim Kamin.
Machst du uns einen schönen Kaffee? fragte er seine Frau.
Möchtest du Espresso oder Kaffee? fragte sie.
Espresso, glaube ich. Wir sollten den Kaffeegenuß er-

heblich reduzieren. Coffein zerreißt die Chromosomenkette. Ich fürchte, du trinkst so den Tag über viel zuviel Kaffee, Liebes.
Während Anja beim Geschirrabtrocknen half, begann sie sich über einen Brief an den Welttierschutzverband Gedanken zu machen. Falls der überhaupt so hieß. Wenn man die Leute, denen man schrieb, nicht kannte, redete man sie mit *Sehr geehrte Herren* an. Sehr geehrte Herren, ich möchte schwere Mißstände und Hühnermißhandlungen auf dem *Stadtflucht*-Hof anzeigen... Das Huhn steht mit dem Rücken zur Wand...
Als habe er ein schlechtes Gewissen oder das Gefühl, Anja nicht überzeugt zu haben, war der Großvater in den Küchenteil des großen Zimmers zurückgekehrt und sah den Frauen beim Abwasch zu. Er sagte:
Was sie mit den Schweinen machen, die Bauern hier in der Gegend, wahrhaftig...
Und mit den Ochsen übrigens auch, weißt du, warf Anjas Großmutter ein.
Das steht auf einem andern Blatt, fuhr Anjas Großvater fort. Finden wir auch inhuman, deine Großmutter und ich.
Großmutter! rief Anjas Großmutter in einer Mischung aus Heiterkeit und Horror. Denkt euch endlich eine andere Bezeichnung für mich aus.
Oder nimm Tierversuche. Halten wir auch dagegen.
Anjas Großvater hielt die zusammengerollte Zeitung wie eine Schußwaffe, er riß sie hoch und machte: Peng, peng! So, das waren die Tierversuche. Abgeknallt.
Kein Lacherfolg, außer bei Anjas Großmutter, und als

der Großvater sich wieder zu der Sesselgruppe aufmachen wollte, rief sie ihn zurück:
Gut, daß ich dran denke, komm mal her, Schatz. Bring deine Untertasse mit.
Was sie jetzt aus einer Plastikdose in ihre körbchenförmig zusammengedrückte Handmuschel schüttelte, waren kugelrunde rote Dragées. Auch für Anja war täglich solch ein Dragée vorgesehen. Anja mußte wieder an den Klecks auf dem Bettuch denken. Die Großeltern schluckten ihre Kügelchen mit Leitungswasser hinunter. Anja steckte ihres in die Hosentasche.
Ja, die Schweinemast. Anjas Großmutter seufzte stark. Man darf einen Stall ja nicht einmal mehr betreten, nicht mal mehr rein darf man, in so einen Schweinestall. Stört sofort die Mastruhe. Darüber solltest du dich aufregen, kleine Tierfreundin.
Wir sind ja keine Unmenschen, ließ der Großvater sich vernehmen.
Warum stört man die Mastruhe, wenn man in den Stall geht, fragte Anja. Es entging ihrer Großmutter, die das Spülbecken trockenwischte, daß Anja sich eins von den kleinen selbstgebackenen Roggenbrötchen in die Hosentasche zum Dragée stopfte.
Weil sich die Schweine ein paar Millimeter bewegen, wenn einer in den Stall kommt, Schweine sind hochsensibel, anders als deine Hühner. Bewegung macht schlank.
Wenn du die Tiere so liebst, rief der Großvater von der Sesselgruppe herüber und er war etwas lauter als der Sprecher der Nachrichten im Fernsehen, warum hältst du dich dann nicht an Pferde, beispielsweise.

Oder an Vögel, schlug Anjas Großmutter vor. Gibts was Vernünftiges heut abend aus der Glotzkiste, dem Stumpfsinnskasten? Weißt du, ich hoffe nur, deine Mutter wird nicht drauf bestehen, daß wir Abend für Abend diese Idiotisierungsmaschine aufdrehen.

Diesmal seufzte Anjas Großmutter noch lauter als vorhin beim Nachdenken über die Schweinemast.

Weiß die Uromi, daß ihr euch nicht auf sie freut? fragte Anja.

Wer sagt denn so was, antwortete ihre Großmutter ärgerlich.

Du redest nicht so von ihr, als würdest du dich sehr freuen, sagte der Großvater zur Großmutter. Es kam selten vor, daß dieses Paar sich nicht in einer einheitlich gefärbten Stimmung befand. In diesem Moment können sie sich nicht ausstehen, dachte Anja, und sie fühlte sich wohl wie vorhin, als ihr *Gott ist mein Zeuge* beigestanden hatte.

Schon der siebte Mai und noch keine Rede von Taschengeld. Die Buskarte hatte der Großvater ihr besorgt. Im Keller aß Anja, wenn beispielsweise Kultursendungen im Fernsehen liefen, Brombeergelee aus dem Einmachglas, und das Entwenden von Brotscheiben war längst eine Bagatelle, kein Herzklopfen mehr wert.

Doch alles Fasten zielte ins Leere. Die Landluft müßte ihr mehr Appetit machen, hieß es höchstens dann und wann, aber gleich diente Anjas Umstellung auf die neuen Lebensgewohnheiten samt Schulproblemen in Sankt Veith als Erklärung. Mangelerscheinungen blockte ja sowieso die tägliche knallrote Vitamin-Kugel ab.

Es kam auch kein Brief an den Welttierschutzverband zustande. Und das Pamphlet-Gedicht: nichts an Fortschritten. Dennoch rumorten Ideen in Anjas Kopf, zur Ächtung der Batteriehalter und zur Rettung der Hühner, Ideen, welche allmählich in ihr reiften.

Seit ihre Urgroßmutter mit am Tisch saß, fiel Anjas Hungerplan wenigstens der auf, wenn auch nicht als Skandal. Die Urgroßmutter stotterte ein bißchen, deshalb sagte sie sehr wenig. Sie war vor einem halben Jahr achtzig geworden und fast den ganzen Tag über stumm. Auch aß sie selber kaum etwas und furchtbar langsam. Wahrscheinlich wurde auch sie im Haus ihrer Kinder nicht satt.

Willst du heute nachmittag mal wieder für ein Stündchen den Second-Hand-Shop hüten? fragte Anjas Großmutter ihre Schwiegermutter.

Wie bitte? Die Schwiegermutter mußte immer *Wie bitte* fragen, weil sie beinah nichts mehr hörte. Und jedesmal, ehe die Schwiegertochter die Mitteilungen wiederholte, machte sie ein gequältes Gesicht, seufzte kräftig, schrie dann. Vielleicht tat deshalb die Urgroßmutter immer häufiger so, als hätte sie verstanden.

Das *Waisenhaus* hüten, mein Lädchen, für eine knappe Stunde?

Arbeitest du nicht zu viel? fragte die Urgroßmutter.

Ich habe Schwung für drei, vier, viele... drei vier viele Vietnam, hätte ich fast gesagt.

Anjas Großmutter lachte, froh über sich selber.

Furchtbarer Selbständigkeitsdrang, so siehst du das sicher, Schwiegermutter, stimmts? Ha, war wieder nicht laut genug. Stimmts? Ich bin quirlig und ehrgeizig, bellte

sie die alte Frau an, die ein schiefes freundliches Zahnwehgesicht zog.
Aber sei so gut, rief ihre Schwiegertochter und artikulierte jetzt überdeutlich, als wolle sie sich einem Ausländer verständlich machen: nicht wieder fremde Jacken und Blusen anziehen. Nix Jacke, nix Bluse!
Endlich und hipp hipp hurra/Ist der liebe Frühling da! Anjas Großmutter frohlockte und sang schon den ganzen Tag lang herum. In diesem Jahr hatte die Sonne lang auf sich warten lassen. Sitz nicht im Zimmer, Anja, raus mit dir in den Sonnenschein!
Die Photosynthese, verstehst du, die Sonne bewirkt die Photosynthese, sagte Anjas Großvater. Er sprach eigentlich nur noch wenig, seit seine Mutter im Haus war und für eine etwas gespannte Atmosphäre sorgte, was an dem Gegensatz zwischen der Altersstarre seiner Mutter und einem wahren Jugendlichkeitsschub bei seiner Frau lag.
Die Photosynthese, und dir verschafft das ganze physikalische Wunder eine frischere Farbe. Gut möglich, daß auch dein Appetit sich bessert.
Und daß die liebe Sonne dein mürrisches Gesicht aufhellt, sagte Anjas Großmutter.
Großmutter, kommen jetzt auch die Hühner mal raus? fragte Anja.
Großmutter Großmutter Großmutter! Die Angeredete stöhnte. Wie wäre es mit Gomi? Ist neutraler. Klingt nett.
Gomi, ahmte der Großvater nach, und so, als müsse er eine Suppe abschmecken, schmatzte er ein bißchen und bewegte die Lippen auf und ab.

Von den Hühnern wurde nicht mehr geredet, die Urgroßmutter chauffierte man ins *Waisenhaus*, wo zwischen drei und vier Uhr wenig los war, und Anjas Großeltern wollten die Zeit nutzen, gemeinsam in der Stadt Materialien für den großen Frühjahrsputz der Batterien zu besorgen.

Anja durchfuhr ein Erschrecken, ähnlich mußten Propheten erschrocken sein, wenn sie eine göttliche Weisung erhielten. Ihre Stunde nahte. Heute noch!

Das große Aufräumen im Stall machen wir zwei immer zusammen, erzählte der Großvater brüllend seiner Mutter. Diesmal saß man am Frühstückstisch. Beim Blick auf ihre Urgroßmutter fühlte Anja sich an das Echsenhaus im Frankfurter Zoo erinnert. Sie spürte die große Anstrengung, die es die Urgroßmutter kostete, wenn sie selber endlich auch einmal einen Unterhaltungsbeitrag liefern wollte. So wie jetzt. Sie sagte, fast frei vom Stottern, aber doch mit gerunzelter Stirn, weil sie sich so große Mühe gab, ordentlich zu sprechen:

Stellt euch mal vor, aus Versehen bin ich heute nacht hier drüben am Küchenherd gelandet, ungefähr um drei Uhr nachts, und es hat ein ganzes Weilchen gedauert, bis ich merkte, wohin ich wollte... Die Urgroßmutter wartete vergeblich auf Beifall, auf Anteilnahme. Aber nur Anja klatschte in die Hände. Damit war sie zwar nicht zufrieden, aber es war immerhin etwas.

Ich wollte natürlich aufs Klo. Ich meine, auf die Toilette.

Sie und die Hühner und ich: Wir gehören zusammen. Diese starke Empfindung erwärmte Anja bis unter die Haarwurzeln. Ihre Großmutter, die Gomi, sagte nun:

So komisch ist das aber gar nicht. Warum stehst du auf, du bist doch noch nicht fertig, Lieber? fragte sie ihren Mann, der plötzlich davonstrebte. Hast dein Gackei ja noch gar nicht angerührt. Komm, man kann ja, einziger Vorteil ihrer Schwerhörigkeit, ganz normal laut drüber sprechen, aber ich finds nun mal nicht so komisch, was sie da erzählt hat.

Kann doch jedem mal passieren, sagte ihr Mann.

Muttersöhnchen, sagte Anjas Großmutter. Hast du den Artikel über das Demenz gelesen? Oder heißts: der? Demenz, was hat das für ein Geschlecht? Apropos: Geschlecht. Anja, wir zwei, wir müssen uns baldigst mal über diese Flecken auf deinem Bettuch unterhalten. Vielleicht heut abend, nach getaner Arbeit... eh wir mit den Hühnern zu Bett gehen.

Sie lachte lang, herzlich, zuerst allein, dann, sinnlos freundlich wie immer und ohne etwas begriffen zu haben, lachte ihre Schwiegermutter mit.

Sie fängt jetzt an, eine kleine Frau zu werden. Kommt ins Alter, in dem ihre geliebten Hühnerchen sind, ins Alter zum Eierlegen. Hast du heute wieder gar keinen Appetit, kleine Frau?

Anja hatte heute zum ersten Mal wirklich keinen Appetit, sondern etwas mehr Bauchweh als beim letzten Mal, dieses Bauchweh kam in Intervallen, und sie hatte es fast schon vergessen; doch nun griff sie plötzlich zu, sie schüttelte sich einen Hügel von Gomis selbstgemachtem Haferflockenmuesli in den Suppenteller und übergoß ihn mit Milch, die, vom braunen Zucker trübe, ein bißchen zu sehr an Erbrochenes erinnerte. Das Hungern war

nicht mehr ihr Ziel, sie wußte etwas viel, viel Besseres.
Beim Demenz vergessen sie alles, total, sagte Anjas Gomi.
Gomi Gomi Gomi/Du dumme blöde Omi, dichtete Anja im Innern. Gomi Gomi du/Dumme alte Kuh.
Das ist doch die Alzheimer-Krankheit, verbesserte aus seinem Sessel-Versteck Anjas Großvater.
Geht Hand in Hand, meistens.
Gomi Gomi falsche Frau/Gomi Gomi alte Sau. Ha, die Stunde der Sühne war nah. In der Nähe hieß ein Dörfchen *Schuld*. Anja versuchte sich an einem Zusammenhang zwischen dem Dörfchen Schuld und ihrer Großmutter, aber nichts gelang, denn sie war schrecklich aufgeregt wegen der entdeckten Kleckse auf ihrem Bettuch und dieser Bemerkung vom Eierlegen und vom Geschlecht, und daß sie eine kleine Frau und damit den Hühnern ähnlich werde.
Demenz, ja, da steht uns was bevor. Wenn sie das erst hat. Beim Demenz passiert dann das mit dem Kontrollverlust. Ich sage nur das Wort: Schließmuskel.
Ob sie meint, daß auch ich das oder diesen Demenz habe? fragte sich Anja, und ihre Urgroßmutter sagte mit Anstrengung und dem bemühten schräg nach unten abschüssigen Lächeln:
Darf ich abräumen? Darf ich spülen?
Du darfst, ausnahmsweise, schrie ihre Schwiegertochter. Und du, meine Anja, bist längst für deinen Bus überfällig, stimmts etwa nicht? Paß aber gut auf, Urgroßmütterchen, bitte, bitte. Es ist eine Ausnahme, um so gründlicher können wir im Stall hantieren. Kommst du? rief sie

ihren Mann, der einen unglücklichen Eindruck auf Anja machte. Um ihn wäre es eigentlich schade, dachte sie, doch nur einen Augenblick dauerte ihr zögerndes Bedauern. Es war ja nur die Anwesenheit seiner Mutter, durch die er sich gehemmt fühlte, und deshalb war er, seit sie auf dem Hof lebte – ungewiß für wie lang – viel zurückhaltender, und das hieß: freundschaftlicher. Wenn das für alle Erwachsenen galt, daß sie netter waren, je weniger man von ihnen merkte, dann machte das eigentlich nicht viel Mut. Anja fiel auf, daß sie nicht wirkliches Heimweh nach ihren Eltern hatte: wie enttäuschend, wie öde!
Nach einem heißen Tag, der Frühling schien durch eine Welle von Sommer überrollt worden zu sein, war es abends immer noch still auf dem Hof.
Die lassen sich immer noch nicht blicken, sagte die Urgroßmutter. Sie saßen beide in den Fernsehsesseln und schauten die Nachrichten an.
Die brauchen immer so lang, wenn sie es im Stall gründlich machen, behauptete Anja, deren Urgroßmutter sowieso nichts davon verstand. Jetzt kam die Nachricht über eine Gasexplosion in einer Textilverarbeitungsfirma dran, man zeigte zerstörte Mauern, Schutt, Trümmer, und Anja dachte: Wäre auch eine Möglichkeit gewesen, aber aussichtslos ohne Komplizen. Das Blöde an der Schule in Sankt Veith bestand unter anderm darin, daß nur Mädchen in ihre Klasse gingen; für kompliziertere Rachemaßnahmen wie Feuersbrünste, Explosionen hätte sie einen Jungen gebraucht.
Später aßen sie Nudeln, die Anja aufgebacken hatte, einen Rest vom Vortag, dazu Kopfsalat, keine Eier. Im

Fernsehen lief jetzt ein Ratequiz, das die Urgroßmutter mehr als alles, was sie bisher während ihres Besuchs auf dem Hof mitgemacht hatte, interessierte und wachkriegte.
Anja fand, sie müsse eigentlich ab heute dringend an die Zukunft denken. Den Schlüssel zum Stall umklammerte sie in ihrer Hosentasche, die klebrig von den vielen versteckten roten Vitamindragées war. Wie lang dauerte eine Rache? Wie lang galt, und in welcher Weise denn von nun an, *Gott ist mein Zeuge*? Und wen konnte sie selber um Rat fragen wegen des Alters der Hühner in den Käfigen, in das auch sie nun gekommen war? Wie ekelhaft, wie ekelhaft. Sie ließ die Urgroßmutter, die zerstreut *Bleib doch da, es ist lustig* sagte, allein vor dem Fernsehapparat sitzen und schlich draußen zwischen Gartenwiese und Hühnerstall herum. Aber wie in einem Käfig fühlte sie sich auch hier. Wie ekelhaft. Mit einem Glücksrausch hatte sie gerechnet, mit Aufklärung, dem klaren Licht des Erkennens. Kein Geräusch zu hören aus dem Stall. Die eingesperrten Großeltern konnten sich nicht gefangener fühlen als Anja, die jetzt auf einmal die schichtenden Handbewegungen ihres Großvaters vor sich sah: Aufrecht stehen kann das Huhn. Zwei Zentimeter Spielraum außerdem. Zu ducken brauchte auch sie sich nicht, und der einzige Vorsprung, den sie vor den Hühnern hatte, war der: Sie konnte sich umdrehen. Für die Hühner lohnte sich das angeblich nicht. Wozu umdrehen? Da ist doch bloß die Rückwand, nicht wahr? Ich kann mich aber umdrehen, sagte Anja laut in die unheimlich stille Nacht.

Der kleine Freund

Ich liebe ihn jetzt schon, rief Mona Schroth dem Werkstattbesitzer zu. Fanatisch, wie sie es sich als Nichtraucherin nun einmal angewöhnt hatte, Luft einzuatmen, schnupperte sie in das Autoinnere hinein, dann saß sie stolz hinterm Steuer, klatschte in die Hände und stellte fest: Wundervoll frische Luft hier drin.
Streng genommen war es eher stickig, kein Wunder bei dieser ersten Hitzewelle im Mai. Aber wonach es bestimmt nicht roch, das war alter Tabakqualm. Ach, der köstlich unberührte Aschenbecher: Sie klappte ihn auf und wieder zu. Dann wieder auf: um ein Bonbonpapier darin zu verstauen. Bertrand Rumor hatte Bonbonpapiere in Aschenbechern schrecklich ungern. Mona lachte in sich hinein, den Werkstattleuten rief sie launige Anmerkungen zu, in denen das neue Auto mit dem Wonnemonat Mai in Verbindung gebracht wurde.
Trotz allgemeinen Rauchverbots in Mona Schroths Umkreis: Bertrand Rumor, schwerer abhängiger Raucher der er war, ihm allein gewährte sie Ausnahmen, von denen er jedoch nur mäßig profitierte. Der Druck, Rauchen werde bloß geduldet, war allgegenwärtig. Die Bonbonpapiere stellten nur die gegenständlichen Zeugen von Mona Schroths Anti-Raucher-Gesinnung dar. Mona gedachte – und mußte schon wieder lachen – des kleinen Zwischenfalls, der fast zu einer Katastrophe geführt hätte, nämlich zu einem Brand. Der gesamte Aschenbe-

cher war ein unlöschbares Feuer. Auf dem Seitenstreifen der Fahrbahn hatten sie ihn ausgekippt und das Feuer mit den Schuhen zertreten. In pädagogischer Hinsicht genoß Mona damals das risikobefrachtete Erlebnis, zeigte es Bertrand doch, wie umfassend gefährlich Rauchen war. Es handelte sich beim Rauchen nicht nur um eine individuelle Leichtfertigkeit im Umgang mit dem eigenen Organismus. Über das weite und ergiebige Thema *Passivrauchen* hatte Mona Bertrand Rumor zum Zeitpunkt des Aschenbecherbrands bereits genügend Vorträge gehalten.

Vergnügt trat Mona zum erstenmal aufs Gaspedal. *Kleiner Freund*, so hieß laut Aufschrift an der Heckscheibe ihr neues Renault-Modell, hübsches Weinrot. Noch zwei Raten, dann wäre der *kleine Freund* ohne Schuldenrest ihr Eigentum. Drollig, schwer verständlich, diese Männer, fand Mona, als am Tag, an dem die Entscheidung für den *kleinen Freund* fiel und der Verkaufsvertrag von ihr unterschrieben wurde, der Chef der Niederlassung – übrigens ein Raucher – ihr anbot: Die Aufschrift können wir Ihnen selbstverständlich entfernen.

Eine so nette Aufschrift doch nicht! Sie sollten vorsichtig sein, hier in Ihrer Werkstatt mit all dem Benzin und Öl und was weiß ich noch! Ist denn Rauchen an einem solchen Platz überhaupt zulässig?

Den Glimmstengel hab ich voll im Griff, antwortete der – bis jetzt noch, dachte Mona – frisch und gesund aussehende Mann.

Besuchen Sie unsern kleinen Club, erinnerte sie ihn

jetzt, ehe sie abfuhr. Vergessen Sie es nicht! Vierzehn Tage und Sie sind ein freier Mensch!

»Wir alle hassen/Die es nicht lassen«: So hieß der Eröffnungs-Slogan des kleinen Clubs der *PNR*, Kürzel für *Passionierte Nichtraucher*. *MNR*: *Militante Nichtraucher*, war abgelehnt worden, unter anderm von Mona Schroth, die den freundlichen Einstieg propagierte. So gesehen, paßte auch der Gründungs-Slogan nicht mehr gut in das doch humane Konzept. »Wir alle lieben/Die standhaft geblieben«. Ganz nett, aber auch noch nicht das Wahre. Es machte so viel Spaß, bei der wöchentlichen Runde im kleinen, absolut nikotinfreien Separatraum des Gasthofs *Zwingburg* sich Werbetexte auszudenken.

Noch viel vergnügter war Mona Schroth am späten Nachmittag beim Herrichten des Innenraums vom *kleinen Freund*. Sie liebte es, im Auto – zu dem sie stets *Wagen* sagte – eine private Atmosphäre zu schaffen. Das Inventar vom Vorgänger, dem auch herzlich und persönlich behandelten R 4, fand Platz im etwas geräumigeren *kleinen Freund*. Schon baumelte der Teddy neben einer niedlichen, in der Halseinkerbung erhängten Madonna, die sie einmal in Innsbruck erstanden hatte, und diese zwei würden sich, bei der ersten zügigeren Fahrt, wieder umschlingen, kleine amüsante Kombination unterhalb des Rückspiegels. Einen winzigen Jesus am Kruzifix, der an die Trophäe eines Schmetterlingsjägers erinnerte, brachte sie zwischen Blumenväschen und der Helgoland-Möwe rechts über dem Beifahrersitz an. Den weißen Plastikkörper der Möwe hatte Mona eigenhändig beschriftet. Wer genauer hinsah, konnte lesen *Ich rauche nicht*. Auf

dem Armaturenbrett brachte Mona die Aufkleber *Bitte nicht rauchen* – zwei Exemplare – und zusätzlich eine Plakette mit rotdurchgestrichener Zigarette an.
Auch in ihrer Wohnung und im kleinen Wartezimmer zu ihrer Kanzlei, und selbstverständlich in der Kanzlei, warnten verschiedenartige Schilder und Inschriften vor dem Rauchen. Vor Übertretungen. Vor dem Genuß, wie diese lasterhaften Menschen beteuerten.
Mona Schroth war neununddreißig Jahre alt, Eheberaterin, großgewachsen und kräftig, aber doch nicht dick, vielleicht nicht schlank, genau richtig, so beschloß sie meistens die Beurteilungen ihres Erscheinungsbilds. Ein munteres, offenes Gesicht hatte sie, von braunem Haar, das ein Mittelscheitel in zwei gleiche Hälften teilte, glatt bis hinunter zu einer Innenrolle gerahmt. Die Innenrolle reichte gerade bis zur Schulter und mußte alle vierzehn Tage begradigt werden. Sonst machte Mona nicht viele Umstände mit sich. Zwei Geheimnisse für ihre frische Farbe auf faltenloser Haut gab sie sehr gern und so oft wie möglich preis: Waschungen mit kaltem Wasser ohne Abtrocknen und gesunde Lebensweise. Schauen Sie auch an, wie stabil bei mir jedes einzelne Haar ist, forderte sie Klientinnen gern auf. Ehen boten oft die banalsten Gründe fürs Mißlingen. Sehen Sie, fein ist mein Haar, das einzelne Haar, aber es ist haltbar in sich. Kein Nikotin beispielsweise macht es mürbe, es spaltet sich nicht.
Männer kamen kaum in die Kanzlei, oder: nicht mehr. Bertrand Rumor war eines Tages gekommen, aber keines Eheproblems wegen. Verheiratet war er gar nicht, und in seiner Eigenschaft als ihr neuzugezogener Wohnungs-

nachbar suchte er sie auf. Schon bei seinem Eintritt in das in hellen Farben gehaltene kleine Büro – Levkojenduft damals – sah sie ihm sein Laster an. Und sein Laster war der Anlaß dieses Auftritts. Beschweren wollte er sich, wie undankbar von ihm. Weil nur eine knapp zweieinhalb Meter hohe Bastwand ihren Balkon von seinem Balkon trennte, hatte sie, seit die ersten Frühlingslindigkeiten sie ins Freie lockten – und den Nachbarn offenbar auch – unter seinen Qualmschwaden zu leiden. Mona bastelte für ihr Leben gern, und das boutiqueartige *Dies und Das*-Lädchen einer Freundin belieferte sie regelmäßig mit irgendwelchen Plaketten und Anhängern, die seit der Gründung des *PNR*-Clubs sich allesamt mit der Thematik *Nichtrauchen* befaßten.

Mona hatte ein gemmenartiges Gebilde so über die Bastwand gehängt, daß der Nachbar ihre rechtmäßigen Ansprüche zur Kenntnis nehmen müßte. Das Gebilde zeigte im Mittelpunkt eine brennende Zigarette, umrahmt von blauen, roten und gelben Blumen, die ihre Köpfchen hängen ließen. Dieses hübsche Machwerk hatte der Nachbar brutal abgerissen, so daß der Haken auf ihrer Bastwandseite vor lauter Wucht auf den Balkonboden gefallen war. Aber ein Mensch, der aufgab, war Mona nicht. Noch am selben Tag – sie hatte nicht viel Zeit und konnte nichts Selbstgebasteltes bieten – stieg sie auf einen Stuhl, langte über die Wand, brachte gewissermaßen blind den Aufkleber *Rauchen schadet Ihrer Gesundheit* dort gegenüber an.

Einfallsreichere Handarbeiten, darunter richtige kleine Kunstwerke, und die Texte: Geistesblitze, alles in der

Stoßrichtung *Lassen Sie das Rauchen sein*, waren dann im Lauf der Zeit entweder kaltblütig vom Nachbarn weggerupft oder, in beschädigtem Zustand, auf ihre Seite zurückgeworfen worden. Der kleine vergebliche Krieg lag nun ein Jahr zurück. Mona lächelte vor sich hin, als sie jetzt, nach fertig eingerichtetem Innenraum vom *kleinen Freund*, in ihrer blitzend sauberen Küche ihr gesundes Abendessen herrichtete. Denn an Bertrand Rumors erstes Herumpoltern damals in ihrem Büro dachte sie immer wieder gern. Warum nur? Doch nicht seiner Tiraden wegen, die hatten sie tatsächlich ein klein bißchen getroffen, nur da und dort, und nur ein kleines bißchen, wie gesagt. Warum also? Nun, sie hatte sich wahrscheinlich damals schon in Bertrand verliebt. Merkwürdig genug. Sie kannte so viele wirklich furchtbar sympathische Nichtraucher, Männer, deren inwendige Reinlichkeit nach außen durchschien, so kam es Mona vor – doch nie war sie in einen von ihnen verliebt gewesen.
Erstaunlich massig und vital für einen Raucher: Bertrands Körperlichkeit. Aber kurzatmig, ha ha – ätsch, machte Mona leise, während sie Sellerie als vierte Zutat zum Rohkostsalat zerschnipselte.
Je was gehört von Jod 131? Trinken Sie womöglich Frischmilch? Essen Grünzeug wie eh und je? Lesen Sie keine Zeitungen? In Rumänien dürfen die Leute nicht mehr vor die Tür, was im Raum Kiew los ist, können Sie sich also vielleicht selber zusammenreimen, ja und da sorgen Sie kleine selbstsüchtige, pedantische, intolerante Nichtraucherpartisanin sich um Ihre heilige Frischluft, deren Qualität Sie weit überschätzen! Sie fürchten sich

doch wahrhaftig vor meinen fünf Gauloises pro Abend! In zehn Meter Abstand von Ihnen rauche ich mein Quantum, und zwar in meine eigenen Lungen und Bronchien hinein...

Aber von der Krankenkasse wünschen Sie, genauso wie jeder andere unterstützt zu werden, in irgendwelchen Notfällen.

Oh doch, Mona war damals schlagfertig gewesen. Wenns zum Streitwert *Rauchen/Nichtrauchen* kam, dann verschlief sie ihre Stichworte nie, sie war Expertin. Nur mit der unheimlichen Wolke, die seit dem ukrainischen Reaktorunfall bald da, bald dorthin über die angrenzenden Länder wehte, mit der hatte sie in dieser sowieso unerwarteten Auseinandersetzung nicht gerechnet. Mona hielt sich an die Worte der Politiker: nichts dramatisieren. Furchtbar schwer verständlich ohnehin, alle diese *Rem* und *Becquerel* und Halbwertzeiten, und was war mit Jod? War es nun gefährlich oder war es weiterhin gesund? Jodsalz fügte Mona doch stets ihren Salaten und Gemüsen hinzu.

Wissen Sie was, grollte damals in der Kanzlei der Nachbar Rumor und wagte es doch tatsächlich, sich eine Zigarette anzuzünden, obwohl x Schilder ihm das untersagten und Mona mit den Händen fuchtelte, wissen Sie, diese verfluchte verseuchte Wolke da am Himmel über uns allen, uns armseligen Kreaturen, die sollte wahrhaftig Ihre sauberen penetranten Händchen lahmlegen, wenn Sie das nächste Mal eins von Ihren albernen Ideologieschildchen basteln.

Oh doch, sie war von ihm gekränkt worden, aber seine

Dreistigkeit, sein Zorn und die sichtbaren Ausschweifungen – vermutlich trank er auch gehörige Portionen Alkohol – sie beeindruckten Mona Schroth auf eine Weise, die ihr in die Gliedmaßen fuhr.

Freundschaftsangebot hieß die Botschaft, die sie ihm diesmal auf einem selbstbemalten Tellerchen in seine Balkonhälfte abseilte, und das Wort hatte sie mit Zigaretten, von denen Rauch aufstieg, umsäumt, und diese Zigaretten waren, darin lag der besondere Witz, bis auf eine einzige durchgestrichen.

Eine ist erlaubt, erklärte Mona ihrem Nachbarn bei einer Begegnung auf dem gemeinsamen Wohnungsflur. Besuchen Sie mich doch heute abend zu einer Tasse Kaffee. So im Grimm kann man nicht gut nebeneinander herleben.

Bei der einen Tasse Kaffee und der einen erlaubten Zigarette war es nicht geblieben. Mona hatte herausgefunden, daß man erstens ihr Wohnzimmer ziemlich rasch gründlich durchlüften konnte, und daß sie zweitens einem Menschen – diesem Menschen Bertrand – gern beim Ruin zusah. Geheimnisvoller Vorgang. Für die Bevölkerung war endlich Entwarnung gegeben worden, Spätschäden durch all diese Strahlen konnte sowieso keiner ausschließen, und Mona fühlte sich wieder freigegeben für die überschaubarere Welt ihrer Nichtraucherkampagnen. Voller Elan arbeitete sie in Führungsposition einmal wöchentlich im Club mit; jetzt schrieben sie alle Kurzgeschichten, was sehr anregend war, Themenstellung: Jemand überzeugt jemanden vom nicht nur privaten, sondern gesellschaftspolitisch belangbaren und der Kriminalität nahestehenden Wahnsinn des Rauchens – aber in einer vor ihren Freunden geheimgehaltenen Welt verkehrte sie eng nachbarlich mit dem Rauchschwerenöter Bertrand. Ach, wie ärgerlich, sie sagten immer noch *Sie*, irgendwie schafften sie es nicht, miteinander intim zu werden. Doch aß er zwei Mal pro Woche bei ihr zu Abend. Gern sah sie ihm zu, wie er das Essen hinunterschlang, nie wurde er satt, auch das sah sie gern, gieriges Gesicht, und dann dieses entsetzliche Inhalieren von Nikotin. Hurra, meine Lungen sind säuberlich und hell wie eine kleine blitzblanke Klinik, sang Mona vor sich hin, wenn die Luft rein war und sie sich im Bad auch äußerlich, beim reichlichen Duschen, immer sauberer fühlte.

Bertrand Rumor, der Versicherungsvertreter, nahm an einer Fortbildungstagung im Schwarzwald teil, und verband diese Reise mit einigen Abstechern zu Familienmitgliedern, die in Süddeutschland lebten. Mona Schroth verbrachte eine ausgesprochen öde, farblose Zeit, obwohl der Mai – ihr Lieblingsmonat – wirklich und wahrhaftig alles erfüllte, was sein Beiname verhieß: Wonnemond, sagte Mona vor sich hin, während sie im *kleinen Freund* durch ihr hübsches heimatliches und geliebtes östliches Westfalen chauffierte; es hatte sich, außer den zwei Mahlzeiten in der Woche, eine Fahrgemeinschaft mit Bertrand eingebürgert, und die bestand darin, daß er neben ihr im Auto auf dem Beifahrersitz saß und *rechts frei* sagte, wenn rechts frei war, und trotz aller Verbotsschilder rauchen durfte und sich über ihre Bonbonpapiere ärgerte.

Fast zwei Stunden Fahrzeit täglich, hin und zurück, stadteinwärts und in den Vorort, aufs Land; Mona in bester Luft, kein Nikotin weit und breit – wie langweilig. Stinklangweilig, sagte sie laut in die unverqualmt gute Luft. »Lieber Gott, ich bin klein, mein Herz ist rein, meine Lungen sind rein, mein Kehlkopf kratzt nicht, meine Bronchien sind rein, soll niemand drin wohnen, als Gesundheit allein.« Zog alles nicht so recht. Warum nur fehlte Mona zu ihrem Glück, um es komplett zu machen, so ein großes Stück, das gewaltige Stück Bertrand Rumor eben, wenn sie es allein erlebte, das Glück, sich gesund zu halten? In der Metzgereiabteilung des Supermarkts, wo sie auf Rückfahrten oft Besorgungen machte, erinnerte rotes, mit leichtem Blauschimmer und bräunlichen Rändern schattiertes Rinderfilet plötzlich an Bertrand, Mona hatte keine genaue Erklärung dafür, doch ging ihr das Wort *ungeschlacht* durch den Kopf. Bertrand, der arme Schlucker, Nikotinschlucker, der arme Qualmer, Schornstein, Superreaktor, Brikettschlund, du Kohlenmeiler du, wie in einer Grube, wie in einer schwarzen altwestfälischen Zeche sieht es wahrscheinlich in deinem breiten Brustkasten aus – ui je! Ein haariger Brustkasten war das, wenigstens im Hemdausschnitt, wenn drei Knöpfe offen waren. Mehr von seiner Körperlichkeit war ihr ja lächerlicherweise immer noch nicht bekannt. Als Eheberaterin wußte Mona, wie gedankenlos und ohne Umschweife erwachsene Menschen heutzutage miteinander ein Verhältnis eingingen. Liegt es an mir, mache ich ihn spröde? Mona fiel auf, daß sie sogar beim inneren Monolog und wenn sie nachdachte ein wenig förmlich blieb – war das prüde, war sie das womöglich, prüde? Sie sah doch gut aus, und auszuschließen war, daß sie Bertrand mißfiel, denn schließlich fuhr er mit ihr, manchmal auch ohne dienstlichen Grund, einfach so aufs richtige Land, und er aß zwei Mal in der Woche bei ihr – aber er wurde nicht satt. Und die Bonbonpapiere. Und vielleicht ließ sie sich zu deutlich anmerken, wie gern sie seinen Selbstvollstreckungen zusah: Höhepunkte erzielte sie, wenn Bertrand sich, zu reichlichem Rauchen, mit Bier, Wein oder Schnaps in äußerster Gesundheitsverwahrlosung verlor: wie wundervoll, dann bei Fruchtsäften oder Mineralwasser nicht zu rauchen! Ja, sie vervielfachte ihr Empfinden der eigenen inneren Reinlichkeit, fühlte sich bis zum wohligen Bersten proper, sofern sie ihm beim Lasterfrönen zuschauen konnte. Mona versetzte es einen kleinen Schock: zum einen, weil sie beinah bei *rot* an der Kreuzung zweier Bundesstraßen durchgefahren wäre, und zum anderen, wegen dieser Erkenntnis. Da ich Bertrand Rumor vermutlich liebe, will ich, sobald er zurückkommt, mich nicht mehr an seinem Untergang weiden, sondern hinaufziehen will ich ihn, zu mir und zu den Club-Mitgliedern, *Zügeln Sie Ihre Wünsche*, und *Bitte nicht im kleinen Freund*, würde sie als erstes sagen, denn daß sie ihn vom Bahnhof abholen wollte, kam ihr jetzt zu Hilfe, und ihre gute Laune, typisch für sie, kehrte wieder in ihr Gemüt ein.

Zu spät, zu spät! Vor lauter Überraschtsein tat Mona plötzlich das Brustbein weh. Die Tür zur Nachbar-Wohnung zierte ein Schild, wenn von *zieren* die Rede sein konnte. Es handelte sich um ein lieblos und ungeduldig heruntergefuhrwerktes Schild, grob mit einem Reißnagel

in die Türfüllung gehauen, und hingeschmierte Druckbuchstaben signalisierten: *Nichtraucher nicht willkommen!*
Mona mußte sofort zur Klärung der Angelegenheit schreiten. Sie klingelte. Bertrand zeigte sein erhitztes und wie gewohnt vom Laster unterjochtes Gesicht, und Mona fiel die Fleischabteilung vom Supermarkt ein, diesmal mußte sie aber mehr an geräucherten Schinken denken.
Schon zurück? So viel früher schon zurück?
Gut beobachtet, knurrte Bertrand.
Was meinen Sie denn bloß mit diesem Schild da? Doch nicht mich?
Oh doch, genau Sie und Ihresgleichen.
Wir trafen uns doch immer bei mir und rauchen durften Sie ja?
Mona war sehr aufgeregt, geradezu taumelig.
Stimmt alles haargenau. Bertrand klang ein bißchen freundlicher. Das Problem ist nur, ich rauche nicht mehr, wenigstens vorerst, aber ich muß unbedingt Nichtraucher meiden. Nichtraucher machen mich verrückt. Ich gehöre unter Raucher.
Was sie fühlte, wußte Mona selbst noch nicht genau. Die Gnade, einem Menschen, der unterging, die Hand zu halten, die entfiele von nun an. Sie öffnete den Mund, die Kreuzung fiel ihr ein, die rote Ampel, die Lebensgefahr, das Durchstarten. An einer Kreuzung kann man sich immer entscheiden. In der Enge der Angst kreuzen sich zwei Hauptstraßen.
Nun passen wir ja erst richtig zusammen, sagte sie wie in

Trance. Schwerer Irrtum, antwortete Bertrand, der die Tür schließen wollte.

Mona kannte das, was sie nun tat, nur aus Gangsterfilmen: Sie setzte einen Fuß in die Tür, hielt einen Spalt offen: Ich rauche neuerdings, sagte sie, sehr somnambul nahm sie Abschied vom reinlichen Innenraum ihres Oberkörpers, aber im *kleinen Freund* sah sie sich auf der richtigen von zwei möglichen Hauptstraßen.

Ein russischer Sommer

Wir haben uns umgestellt. Im Mai noch nicht, im Mai waren wir einfach noch nicht so weit. Jetzt aber wissen wir, wie wir den Sommer doch nützen können. Gute Fensterplätze zum Garten. Den betreten wir selten und dann in Gummistiefeln. Und auch nur, wenn wir beispielsweise nach einer Nacht mit Wind oder Regen die Puppen neu aufstellen müssen. In der Hängematte ruht die größte Puppe, die wir auftreiben konnten. Sieht man mit einem falsch herum gehaltenen Fernglas dorthin, dann kann man sich sehr gut täuschen, und im Netz zwischen Rotahorn – riesige Blätter augerechnet in diesem Jahr! – und Weymouthskiefer scheint das Kind zu baumeln. Obst, das an Bäumen und Büschen verdirbt, sieht auch sehr schön aus: eine Erfahrung, die wir ja erst jetzt machen können. Zu denjenigen, die ihre Kirschbäume mit einem Flor gegen Vögel absichern, haben wir nie gehört – aber unter den gegenwärtigen Bedingungen haben wir uns dieses grünliche Nylongewölk angeschafft: Wir möchten unseren kleinen Sicherheitsbeitrag zur Gesundheit der Vögel leisten. So hochgewachsenes Gras habe ich mir übrigens immer gewünscht, von Rasen kann endlich keine Rede mehr sein, das jetzt, das ist eine Wiese, Gänseblumen, Butterblumen, verblühter Löwenzahn üppig darin eingebettet. Und diese Stille. Wir an den Verandafenstern, wir hören nur aus dem ersten Stockwerk des Hauses Alex, der auf seiner Schreibmaschine eine Satire

nach der anderen hämmert. Für ihn wandelte sich, nach einer Phase der Ratlosigkeit im Mai, dieser veränderte Sommer zur Quelle der Produktivität; wie gesagt, aufs Satirenschreiben hat er sich verlegt. Die Umstellung von Science-fiction-Geschichten auf Texte aus der Gegenwartsrealität scheint endlich geglückt zu sein.
Der Großvater kommt über die Zeile *unser täglich Brot gib uns heute* nicht hinaus, er gleicht dem Tonarm in einem alten Plattenspieler, der in der Rille mit dem *täglichen Brot* – noch sind die Vorratsschränke voll – festsitzt. Der Großvater kommt nicht weiter, er denkt an die zukünftigen Ernten. Wir aber lachen ihn dann aus, denn er ist ja gut dran, so alt, so alt, was kann denn ihm in zehn Jahren noch schaden! Doch dann sieht er traurig aus und wiederholt, er habe das alles nicht miterleben wollen. Vor sich hingeredet, erst recht vor sich hingebetet: Das hat er früher auch nicht gemacht. Manchmal beruhigt ihn für eine zeitlang mein Hinweis, unter *täglichem Brot* aus dem *Vaterunser* haben wir uns längst nicht mehr konkret die Nahrung vorzustellen. Großväterchen: Das *tägliche Brot* ist Seelenkost! Hörst du? Du bittest, wir sollen alle einander täglich lieben und schonen und plötzlich umarmen hier auf der Veranda, und beim Blick in den überquellenden giftigen Sommergarten!
Mir setzte die Klausur vom ersten Tag an am wenigsten zu, nie gehörte ich zu den Sommerfanatikern. Und doch muß ich zugeben, daß mir gelegentlich unerwartete Sehnsüchte zu schaffen machen, Beispiel: Barfußgehen. Durch einen Regenschauer laufen. Auf einmal möchte ich ein Blatt, einen Grashalm gern anfassen. Nur nicht

romantisch, nur nicht heimwehkrank werden! Damit es lebensechter aussieht, beschweren wir die Hängematte mit einem Backstein, den wir unter der großen Puppe anbringen. Nun erst beutelt sie so richtig gemütlich die Hängematte aus, dort im Schatten des Gartens, dem nichts hinzuzufügen ist, denn er sieht auch ohne unser Zutun belebt und benutzbar aus. Geschickt verteilt und gut arrangiert haben wir die acht Puppen, auch Gartentisch und Stühle sind aufgestellt, etwas Geschirr steht auf einem Tablett, und ein Liegestuhl sieht so aus, als habe ihn gerade vorhin erst ein Müßiggänger verlassen. Unser schöner, grüner, dichter, laub- und pflanzenreicher Garten, unser Sondermüll. Nehmen wir doch das Restrisiko auf uns und streuen noch Spielsachen, aufgeklappte Bücher, Zeitschriften aus. Die Nachbarn brauchen nichts zu merken. Ich möchte nicht ein zweites Mal jemanden vom Sozialamt oder die Gemeindeschwester vertreiben müssen, oder gar, wie vor einer Woche, zwei freundliche Polizisten.

Viel wird geschaut, ja, Anschauen spielt eine große Rolle bei uns seit Mitte Mai. Wenn uns das Grün plötzlich zu stark erschüttert, das vergebliche Grün, wenn es uns nach abgeklungenem Zorn allzu traurig und rührselig stimmt, weil uns nämlich plötzlich das Mitleid mit dem verlassenen, ganz verlorenen, schrecklich vereinsamten Garten zusetzt und überanstrengt, dann, ehe Tränen kommen, bedienen wir diverse Fernsehapparate, Radios: Wir haben unsere privaten Besitztümer in ein einziges Zimmer transportiert. Wir nennen es das Informationszentrum. Viel zum Thema hört man ja nicht mehr. Doch

kaum taucht ein Politiker auf dem Bildschirm auf, da bestürzt ihn auch schon unser Restrisiko. Das Restrisiko ist im Verständnis des Politikers unsere Angst. Wir befinden uns, seiner Ansicht nach, in der furchtbarsten aller Gefahren, nämlich der, panisch, hysterisch, lebensuntüchtig, wahlverdrossen zu werden.
Kein Isotop, kein Nuklid kann so heimtückisch sein wie unser Gefühl, diese Erdenwelt mit ihrer territorialen Unbewohnbarkeit, dieser Sperrzonenplanet sei jetzt endlich nur mehr die Zeile *in der Welt habt ihr Angst* wert.
Zur Sache! Ich rufe mich zur Ordnung. Wir hier, kleinste Zelle des Staates, kleine Familie, mehr Puppen als Menschen im Haushalt, wir verhalten uns so extrem, weil meine Schwester den Verstand verloren hat. Kleine Naturfreundin von jeher. Aus Liebe zur ihr, die neuerdings vermutet – unterstützt vom reichlichen Lesen in alten Lieblingsbüchern russischer Schriftsteller – einen russischen Sommer zu erleben; der Garten, unbewirtschaftet, wird wie in einer ihrer Lieblingserzählungen verwahrlosen, die Blüten werden von den Stengeln all der Blumen fallen, die das Schwesterchen nicht pflücken darf – ja, mein Gutes, sage ich, du hast ganz recht, das ist ein russischer Sommer, wir sind im Süden, und es ist zu heiß für jede Arbeit, uns bleibt nur das Anschauen, komm und genieße es. So helfen wir der Schwester nach Kräften, nicht auch noch unter dem Unglück der Geistesgestörtheit zu leiden.
Kurzes Stocken von Alex' Gehämmer auf der Schreibmaschine, was bedeutet, daß er jetzt heimlich heimlich ein wenig weißes Pulver – unnütz gewordenes, überflüssig

gewordenes Unkrautgift – in die Suppe fürs manchmal doch etwas rebellische Schwesterchen streut: Wenn die Schwester sich ständig etwas elend fühlt, über Kopf- und Magenschmerzen klagt, behält sie, indem sie ihr Unwohlsein wahrnimmt, doch wenigstens ihr bißchen Verstand. Ihr Restrisiko-Gehirn. Während das Leben in Kiew wie üblich weitergeht, nicht nur in den Büchern vom Schwesterchen.

Wir haben uns alle so gern. Wann wird, durch was für eine Katastrophe, auch dieser Bann gebrochen sein?

Neulich habe ich, unbemerkt von den Nachbarn, eine Dienstreise unternommen. Meine Familie beschwor ich: Geht bloß nicht ins Freie. Getränke und Eßwaren werde ich mitbringen. In den Kölner Dom habe ich mich auf dem Weg zum Briefkasten gewagt. Damals haben die Menschen noch die richtigen Gebäude gebaut. Gott stößt nichts zu, habe ich plötzlich in der grandiosen Kälte des Mittelschiffs gewußt und bin getröstet worden.

Spätherbst

Das spricht nicht für mich, das spricht ganz und gar nicht für mich, sagte Asta Spiegel halblaut vor sich hin. Ihr Bett, tagsüber eine Couch, stand im Wohnzimmer zwei Zimmer weit von Frieder Spiegels Bett entfernt, aber lautes Sprechen in der Nacht hätte Asta nicht riskiert. Jetzt, nach ein Uhr, war es totenstill in der Wohnung. Totenstill, repetierte Asta und bekam einen Schrecken. Eines Nachts wird es im wahren entsetzlichen Wortsinn totenstill hier sein, für einen für uns, für ihn oder für mich. Doktor Kuhn riet ihr, sie solle problematische Gedanken nicht dauernd verdrängen, aber was nützte es ihr, den Tod ins Auge zu fassen? Doktor Kuhn konnte sich irren, sie war nicht irgendeine Allerweltspatientin, sondern ein kompliziert-vertrackter Fall, und auch bedeutende Theologen und Philosophen konnten sich irren: Sie rieten, des Todes eingedenk zu sein, doch Vergänglichkeit des allerdings oft genug peinigenden Fleisches war in nervenschwachen Zeiten eine geradezu erwürgende Aussicht. Und ich, resumierte Asta Spiegel, ich durchlebe nervenschwache Zeiten.

Es spricht nicht für mich, das spricht ganz und gar nicht für mich, begann sie wieder den stummen, anklägerischen Monolog. Und was nicht für sie sprach, war die exakt erkannte, die vor dem Einschlafen jeden Seelenfrieden verscheuchende Wut auf Frieders Vitalität. Wut? Eher: Not. Sie geriet täglich in Not, weil Frieder ruhig

wie ein Gestirn in seiner Umlaufbahn durch den Tag zog, unwandelbar guter Dinge.
Zeit für Strafmilderungsanträge. Asta, sie bewegte nur die Lippen, relativierte: Aber das ist doch wohl erst seit kurzem so, erst seit seinem vorgezogenen Ruhestand ist der Konkurrenzneid – von dem übrigens Frieder nichts mitkriegt – bei mir aufgekommen und das ist nicht nett von mir.
Vergib vergib. Asta probierte die rechte Seite ihres Kopfkissens aus. Vergib. Gott war gemeint. An Gottes Vergebung zu zweifeln, das hieß – die nun doch schläfrige Asta brachte das noch so einigermaßen zusammen – laut Kierkegaards Ermittlungen, Jesus Christus zu ärgern. Gott vergibt immer. Nicht durch unsere Werke werden wir zu Gerechten, sondern durch den Glauben. Asta nahm sich das Beispiel des Abraham vor. Schwerer Gang des Abraham bergauf mit seinem geliebten Sohn Isaak, dessen Opferung bevorstand. In das sommerlich staubige, helle Bild schob sich nun aber Frieder, wie er im kalten trüben Vorgarten stand und Hausmauerritzen zuspachtelte, wobei er einen einsamen Eindruck erweckte. Sein Tag begann mit Lebenszugewandtsein und regelmäßiger Laune. *Gute* Laune mußte das nicht unbedingt heißen. Nie ließ er die Zügel schleifen, selbst dann nicht, wenn Asta ihn anstöhnte:
Ideal für dich, so ein Ruhestand. Kannst nur noch machen, wozu du Lust hast.
So schlecht bin ich doch gar nicht, dachte sie jetzt schnell. Sie war wieder schrecklich wach geworden. Nicht Tugend, wie noch Sokrates festsetzte, ist der Gegensatz der

Sünde. Sondern der Glaube ist es. Wenn ich nur glaube, vor allem glaube, dann bin ich nicht im Zustand der Sünde. Und trotzdem, mein Liebling, mein Frieder, mein Hauptmensch, trotzdem will ich dir morgen früh ohne das Rivalitätsgefühl *Guten Morgen* sagen, wenn ich dich aufwecke. Obwohl Glauben genügte. Ich müßte nicht tugendhaft sein, und trotzdem will ichs versuchen.
Auch ein Unrecht von ihr, den Wecker heimlich vorzustellen, wodurch sie Frieder täglich eine ganze Lebensstunde voraushatte. Warum bedarf ich so vieler geheimer Zonen? Mein Seelenleben ist nicht in Ordnung, auch Doktor Kuhn weiß die volle Wahrheit nicht.

–

Er hatte ja früher immer für ein gemeinsames Schlafzimmer plädiert, aber seit einigen Wochen fand Frieder Spiegel es doch gründlich und von Herzen gut, daß er in der Nacht durch zwei Zimmer von seiner Frau getrennt war. Frieder stand leise auf. Asta sollte nie von seinen Nachtproblemen erfahren. Redlich Mühe gab er sich, sie Tag für Tag im Glauben an sein Wohlergehen zu halten. Endlich endlich, der Ruhestand! seufzte er wehmütig. Aber nicht nur Schlaflosigkeit lernte er kennen, seitdem er ein freier und privater Mensch geworden war, auch Astas schwer zu entschlüsselnde Mißstimmungen waren ihm vorher, zwischen Büro, Dienstreisen und wieder Büro, völlig entgangen. Asta machte schrecklich oft einen verdrossenen Eindruck. Vielleicht kam das bei ihr von der Umstellung auf Frieders Daueranwesenheit in der Wohnung. Nein, er verwarf, wie so oft, diesen Gedanken.
In seinen alten warmen Hausmantel eingewickelt, saß er

nun am Schreibtisch bei Notbeleuchtung. Wenn du erst endlich frei bist, mein Liebling, dann kannst du dich dran machen und dein Kapitel der Firmengeschichte schreiben! Du kannst endlich endlich deine Briefmarken sortieren! So hörte er Astas Stimme mit dem leicht jubelnden Unterton, wie sie ihn, vor seinem Abschied von der Firma, angespornt hatte. Und sie war es ja gewesen, die ihn damals zum Vorverlegen des Ruhestands gedrängt hatte. Also, weg mit den fixen Ideen. Mag sein, sie befindet sich in einer schlechten Verfassung, vermutlich fehlt ihr ein Hormon. Gut, sie zum Termin beim Gynäkologen hingemahnt zu haben. Aber es hatte Frieder nicht sehr gut gefallen, mit welch geziertem Gehabe und Gezirpe Asta gestern nachmittag am Telefon zu Gerd Denger gesagt hatte: Nächste Woche muß ich zum Gynäkologen.

Die Nachtabsenkung der Ölheizung machte den Platz am Schreibtisch ausgesprochen ungemütlich. Beneidenswerte Asta, schlief und schlief, nachdem sie ihren Kontakt mit dem Transzendenten gefunden hatte. Neidisch war Frieder nicht auf ihre Religiosität. Astas Erklärung neulich enttäuschte ihn immer wieder, wenn sie ihm einfiel: Weißt du, Fürbitten sind keine Gebete. Gelten nicht. Du kannst nicht aus Gott, Jesus Christus, Heiligem Geist eine Art Einkaufszentrum machen. Der Himmel ist keine Bestellabteilung. Sie erläuterten ihm das, und er verlor seine Seelengemütlichkeit, in der er sich in Astas Gebeten untergebracht geglaubt hatte.

Nachdem er, um nicht zu stark abzukühlen, ein wenig hin und hergegangen war, sogar bis zur Küche, dort genehmigte er sich einen Schluck Aquavit, verzog Frieder sich wieder in sein Bett; Asta zuliebe, so nahm er sich wie jede Nacht vor, erschiene er ihr am nächsten Morgen als derjenige, der dem Leben zugewandt war, wie auch immer es um sein leibliches und seelisches Wohl stände.

–

Und doch, trotz bester Vorsätze, trat Asta am nächsten Morgen wieder an Frieders Bett, und hoffte inbrünstig, er werde über irgendwas zu klagen haben: von Rheuma bis Kopfweh – alles erwünscht. Gesucht: ein schwacher, ratloser, in vieler Hinsicht von mir abhängiger Mensch. Anfällig, trostbedürftig, unter Lebenslangweile leidend, zu keinem Aufraffen imstande.
Ein Regenschauer machte Asta Mut. Heute sollte Frieders Stärke und seine gute Laune sie nicht von der übrigen Welt ausschließen, heute nicht. Sie hatte ihm gestern doch ein paar Drinks mehr, als ihm guttaten, eingeschenkt, ausgeschlossen, daß er wohlauf wäre.
Aber ach: Freundlich und aufgeweckt klang Frieders Morgenbegrüßung. Sofort interessierte er sich für den Inhalt der Tageszeitung. Das brachte Asta eine gute halbe Stunde Zeit für ihre eigenen Existenzschwächen. Beneidenswerter Idiot, ach mein Liebling, schimpfte und wehklagte es in ihrem Innern. Anschließend ans Lesen der Zeitung interessierte es Frieder, was wohl die Post brächte, und dann kam die Post, und ihn interessierten eine Weinliste, eine Einladung zum Vortrag *Was wir noch nicht von Goethe wußten*, eine Einladung zur Eröffnung einer Kunstausstellung und ein Prospekt über das Neuste auf dem Computer-Markt. Und dann: diese Engelsge-

duld sogar beim Rasieren! Warum schmiß er nicht den Rasierapparat hin, warum warf er sich nicht auf die Couch, gequält vom Mangel an Schwung und Neugier? Aber nein, nun setzte er seine Spachtelarbeiten an der Hausmauer fort, und Asta zog sich in ihre Küche zurück, wo sich die öde Alternative ergab: Putzen oder Weinen. Leben oder Tod. Hausarbeit oder Verzagen. Wäre Frieder jetzt, so wie vor drei Monaten noch, nicht dort im Vorgarten, dann hätte Asta mit zwei, drei Freundinnen telephonieren können. Verschwinde vom Erdboden, fluchte sie Frieder, der hereingekommen war, um neues Handwerkszeug zu suchen, laut an und fügte dann sanft hinzu: Drastisch, hm? Du magst mich doch, wenn ich scherze, oder?
Nicht sehr, sagte Frieder.

–

Überhaupt nicht, so mag ich dich überhaupt nicht, dachte Frieder müde und verkatert, weshalb er erst recht fand, er solle sich um Astas willen zusammennehmen. Damit sie sich nicht wie ein Trauerkloß durch die Wohnung wälzen müßte und bald schon wieder der Lust auf eine Pause mit dem ersten Kornschnaps des Tages erläge. Es sind ihre Hormone, dachte er. Dieser Ruhestand läßt sich anstrengend an. Auf jeden einzelnen Tag ohne seinen Beruf hatte Frieder sich gefreut. Ohne Büro, ohne Kollegen, ohne die mißtrauisch-kampfeslustigen Nichtraucherblicke, die ihn bis hin in seine Raucherecke verfolgten, ohne die Herrentoilette, ohne die Reisedaten, ohne die Zugverspätungen, die Zugüberfüllungen, ohne das Stehenbleiben der Züge auf freier Strecke, ohne verpaßte

Anschlüsse und die lauten Zimmernachbarn in den Hotels. Ohne seinen Perfektionismus. Ende der Korrektheitskrämpfe! Das Aufatmen, das freie gemächliche Durchatmen.
Frieder schluckte, nachdem er den Schraubenzieher gefunden hatte, im Badezimmer schnell und heimlich eine Cappy, wie er sein Stimmungsmedikament zärtlich nannte, und er tat das, um sich in Schwung zu bringen für die Kritik an all dem chemischen Zeug, das Asta über den Tag verteilt in sich hineinmampfte. Der Ruhestand, in Jahren ersehntes Ziel: Durfte Frieder denn zulassen, daß er ein Reinfall würde? Und so viele Dinge, mit denen er sich früher in seiner knappen Freizeit gern abgegeben hatte, wollte er zu Liebhabereien ausbauen.
Es war zwölf Uhr, Frieder wurde hungrig. Kein Essen in Sicht. Asta stand irgendwo im Wohnzimmer an einen Sessel gelehnt, und schien nachdenken zu müssen. Folglich nahm Frieder sich einer beschädigten und schmuddligen Stelle zwischen Plafond und Außenwand an, er holte sich die Leiter, stieg mit einem alten Lappen hinauf und bosselte dort oben herum, aber die Stelle blieb dunkel, sah häßlich aus, kündigte Verfall an.

–

Ach, wie gut, daß es die Vogels gab. Asta seufzte im Vorgeschmack auf Erleichterung und wählte die vertraute Nummer. Die Vogels, Freunde in Frieders und Astas Alter, waren zuverlässig nie wohlauf. Heute fühlten sie sich derartig niedergeschlagen! Und von sämtlichen körperlichen Malaisen unterjocht, nach saumäßigen Nächten, sie hatten schon sowohl den Gesundheitswetterdienst angerufen, um in offizieller Bestätigung ihrer Mängel Trost zu finden, als auch Tabletten und Schnäpse geschluckt, kurzum: Den Vogels schien es um einiges schlechter zu gehen als Asta, die ihre Genugtuung an Frieder weitergab:

Du, eben telephonierte ich mit Susi Vogel. Heutiges Bulletin: Der gute arme Leopold tastet sich an den Wänden entlang, Kreislauf, verstehst du. Bei Susi geht die Skala von Angst bis Herzjagen, Darmkrämpfen.

Hmhm, machte Frieder. Und was tun sie dagegen?

Das Übliche. Trinken, Medikamente. Susi ist nachts durch die Wohnung getigert und hat Leopold dreimal getroffen. Und sich heut morgen schon übergeben.

Lassen die Zügel schleifen, die guten Vogels, sagte Frieder. Ziel seiner Kritik an den Vogels, so empfand es Asta, war natürlich sie selber. Ruf doch mal jemand Gefestigtes an, wie wärs mit Charlotte, oder mit Kurt Stein?

Einer Antwort war so ein Vorschlag nicht würdig. Ich muß meinen Liebling kleinkriegen, dachte Asta. Ihren ratlosen Müßiggang durch die Wohnung tarnte sie mit ein paar Tätigkeiten, mehr: simulierten Tätigkeiten. Ein Staubtuch hielt sie immerhin in der Hand. Freundlich erkundigte Frieder sich, ob sie Arbeit suche. Er wisse viele Ecken in der Wohnung, die von den sonderbar mehrstöckigen Spinnengeweben dieses Herbstes befreit werden müßten. Diese Spinnensorte war neu. Wenn nichts Prinzipielles gegen sie geschähe, würden sie die Wohnung in ein paar Wochen schon völlig zukleistern.

Von oben herab sagte Asta:

Ich möchte mal versuchen, mich in die Zeit vor deinem

Ruhestand hineinzuversetzen, mit anderen Worten: Ich möchte mich mal wieder über den Stand der Dinge bei meinen Mosaiken orientieren. Liegt ja alles brach seitdem. Hoheitsvoll und wie eine Gestalt gewordene Kränkung an die Adresse Frieders stieg sie die Treppe in das dazu gemietete Mansardenzimmer hinauf. Dort fesselten ihre Mosaiken sie überhaupt nicht.

–

Keineswegs zur Liebhaberei auszubauen: Frieder brütete über Formularen und alten Kontoauszügen, Bescheinigungen von Ämtern, Photokopien, um endlich seinen Rentenverlauf zusammenzustellen. Es ging auch im Ruhestand wie in der langen Sequenz seiner Berufstätigkeit zu: Das Unvermeidliche mußte getan werden. Er wurde traurig oder mehr trübe, beim Überdenken, was für zahllose Unannehmlichkeiten sein bisheriger Lebenslauf in sich barg. Über die Luftwaffenhelferzeit ließen sich keine Dokumente mehr herbeischaffen, lautete die Antwort einer Behörde in Aachen. Als aber Asta mit einem schweren unschönen Seufzen an seinem Schreibtisch vorbeistrich, gab Frieder sich einen Ruck und pfiff eine vergnügte Melodie.

–

Ein Leichtes für Asta, Frieder dort bei seiner miserablen Schreibtischarbeit zu unterbrechen.
Nimm mal zum Einstieg diesen Sherry, ja Schatz?
Und nach dem Sherry gäbe es Bier, dann Rotwein, weil Rotwein so gut zum Kastanienfestival paßte: So nannten sie ihre Spätherbstsitte, plaziert auf siebzehn Uhr fünfzehn am Nachmittag. Asta puhlte aus, Frieder griff zu.

Nächstes Getränk: Weißwein. Wenn man sehr gering dosierte, waren Spuren eines Schlafmittels überhaupt nicht herauszuschmecken.
Während Frieder die Fernsehnachrichten verfolgte, fiel ihm schon längst nicht mehr auf, daß er stetig weitertrank: Anscheinend war heute ein Festtag, womöglich Buß- und Bettag, denn es gab Champagner. Totensonntag? Frieder machte keinen ermüdeten Eindruck. Asta kontaktierte nochmals die ewig maladen Vogels und sie wurde wieder nicht enttäuscht. Von dort kamen ermutigende Nachrichten über Rhythmusstörungen, diverse Angstzustände, Übelkeit.
Hoffnung auf den nächsten Tag bildete sich in Asta heran, als sie zu viel Senf und Zwiebeln in Frieders Salatportion mischte. Ein großes, unangenehmes Durcheinander in seinen Eingeweiden zettelte sie an, zusätzlich zur toxischen Wirkung seiner Getränke. Nudelsauce mit Spezialgewürz, zu viel Öl, Sardellenvorspeise und ausnahmsweise nachher Karamelcreme. Ob wirklich heute ein Feiertag sei, erkundigte sich Frieder. Der November enthalte doch so einiges an Festivitäten.
Festivitäten! Das ist der Monat zum Nachdenken, im Spätherbst wird gebüßt, gebetet, getrauert. Machen wir alles in einem, Liebchen: Volkstrauertag, Allerseelen und -heiligen, Totensonntag und so weiter. Bist du nicht müde? Du siehst müde aus.
Mir gehts gut, antwortete Frieder.

–

Wie schlecht mir ist! Frieder drehte sich bekümmert auf die linke Seite und dort schlug sein Herz zu laut, schlug für Asta, der er unbedingt morgen wieder – Zusammennehmen hieß die Parole – den Standhaften und Gesunden vorspielen müßte. Mutlos fühlte er sich. Zum Aufstehen wie sonst in der Nacht war er diesmal zu müde. Und dennoch schlaflos. Nun fehlte ihm plötzlich die quälende Alternative zum häuslichen Privatleben: das Reisen, das Büro, die Schmähblickecke für ihn mit seinem Zigarillo, die Öde unter Kollegen und Filialleitern. War denn Asta immer schon so problematisch gewesen? Und hatte er es, im kleinen Spielraum der Freizeit, bloß nicht bemerkt? Oh, wie übel ihm war. Wenn er sich erbrechen würde – am besten, es gleich mal zu versuchen – dann bliebe das bestimmt sein Geheimnis.

–

Um Jesus Christus nicht zu ärgern, verließ Asta sich auf Gottes Vergebung, aber warum nur erschien ihr, so bald sie die Augen schloß, Frieders Gesicht? Es befand sich dicht über ihrem und hatte einen furchtbar betrübten, einen abschiednehmenden und ernsten Ausdruck. Ein Kindergartengesicht. Nur ein bißchen älter geworden. Sein Leben glich einem Wunschzettel. Kaum etwas war abgehakt.
Totenstill, schon wieder totenstill in der Wohnung. Bevor einer stirbt, muß er da nicht gelebt haben? Lieber Gott, oder wie ist das gemeint? Er vergab ja zwar, aber ihr zuzuhören, das hielt er in dieser Nacht offenbar für nicht mehr so richtig. Oh Ruhestand!

–

Ich muß sie bei der Stange halten, dachte Frieder. Der Winter naht. Mein Lebensinteresse ist vor der Mittagszeit auf Null gesunken.
Asta zuliebe bekundete er Aufmerksamkeit für die kleinen und kleinsten Dinge des Lebens, sogar noch im nächtlichen Badezimmer. Nächtliches Ablesen von Haaren, auf seinem Pullover, auf ihrem flauschigen Hausmantel, machte ihn eigentlich zu wach, und Asta wirkte jedesmal ebenfalls unlustig, fast verschreckt, mürrisch aus der Welt einer ihrer Filme gerissen – dennoch: Sie sollte fest daran glauben, wie zugetan er allen ihren gemeinsamen Angelegenheiten blieb.
Oh, Stille der Ewigkeit!
Daß sie ihn damit anschrie, gefiel ihm ganz und gar nicht.
Der Versuchung, Abend für Abend in Filmen aus ihrem Videogerät Unterschlupf zu finden, erlag Frieder, weil Asta für Entspannung plädierte. Seine Chancen, die vielen Bücher zu lesen, die er sich zurechtgestapelt hatte, verringerten sich.
Wir sollten es wie die Vogels machen, sagte Asta, die für diese Anregung ihr Zähneputzen unterbrach.
Und das wäre?
Gemeinsam schwach sein. Wir benehmen uns doch wie die Rivalen, findest du nicht? Sollten wir Doktor Kuhn konsultieren und ihm diesen Punkt vortragen? Diese Konkurrenz zwischen uns?
Ich bin aber froh, daß du deine Mosaiken hast, und was mich betrifft, mich freut es, wenn es dir gut geht.
Mich freuts ja auch, wenn es dir gut geht.
Schlaflos, und doch wie von einer Sauce im Gehirn kleb-

rig, konnte Frieder gerade noch denken: Astachen, sollst nicht wissen, wie kaputt ich anscheinend bin. In Zukunft, nach dem Nachtkino, werde ich sogar noch die Armaturen an Dusche und Waschbecken polieren. Mein Gutes, das Leben geht weiter!

–

Zwei Zimmer weit entfernt ärgerte Asta Gottes Sohn, denn der Vater schien ihr wirklich überhaupt nicht zu vergeben. Totenstille: Asta bewegte die Lippen, aber ruhig wurde sie davon nicht. Für wen von uns beiden wird es eines Tages für immer totenstill sein, für wen zuerst? Und für wen wird das schwerer zu ertragen sein? Ihre Wahl fiel auf sie selber. Frieder käme durch, auch ohne sie, denn er besaß die überlebensnotwendige Selbstdisziplin, ohne die Asta, seit seinem Ruhestand, täglich scheiterte, ohne die sie Unsinn und Mißgünstiges dachte und trachtete, bis sie eines Tages wahrscheinlich ein regelrecht schlechter Mensch wäre. Bei der Vorstellung, sie selber müsse länger leben als Frieder, wurde sie kribblig. »Wenn die Angst, verloren zu sein, sich mit der Leidenschaft des Glaubens trifft, dann entsteht die Spannung der Harmonie, Kierkegaards Freiheit,« versuchte sie zu memorieren. Nichts half. Hörte sie nicht in der Totenstille ein winziges Geräusch? War das die Tür zum Badezimmer?

–

Frieder gab, um keinen Lärm zu machen, das Würgen auf. Wie schlecht ihm war!

–

Ich bitte dich, ich fleh dich an, versuch dich zu übergeben! Asta rüttelte an Frieder. Lieblingsmensch, mach schon! Los los!
War denn was mit dem Essen oder wars einfach nur zu viel?
Es war einfach wohl nur zu viel, antwortete Asta, die den Achtelschritt auf die Vergebung zu als kleine Wohltat empfand und dazu dachte: In keinem einzigen Moment unserer Gemeinsamkeit habe ich ihn dermaßen geliebt, meinen armen kleinen alten Kindergarten-Frieder. Aber immerhin, bei aller Reue: Morgen wäre ein ruhiger Tag, Frieder kränklich. Vergib, vergib!

Die Doppelgängerin

Meine Doppelgängerin, fängt sie nicht allmählich an, mir zu schaden?
Als ich Freddy, um zu scherzen, danach fragte, spürte ich eine gespannte Erwartung, und auch, daß ich nicht ganz ehrlich war. Schadete die Doppelgängerin mir? Oder brachte sie mich auf einen Weg mit womöglich nützlichem Ziel?
Den Brief einer Spaziergängerin, die mich im Bayerischen Wald mit einem Hund gesehen haben will, den fanden wir zwei noch lustig, stimmts, Freddy, du mußtest lachen, erinnere dich doch, der Irrtum hat uns gefallen. Zweifel sind nicht aufgekommen. Mit Zweideutigem, dem immerhin Denkbaren bin ich erst Wochen später behaftet gewesen. Zum Beispiel damals, als du wie bei einem Verhör wiederholt hast:
Und du bist absolut sicher, daß du dieses Telegramm nicht aufgegeben hast? Du hast absolut sicher absolut gar nichts mit diesem Telegramm zu tun?
Aber schau doch, hier ist mein Terminkalender, am Tag mit der rätselhaften und vermutlich kriminellen Telegrammaufgabe war ich immer zu Haus.
Du kannst dich nicht geirrt haben? Bei den vielen Reisen?
Während ich noch beteuerte, geirrt könne ich mich nicht haben, war mir nicht wohl zumute.
Anonyme Post schätzt keiner. Du hast aber nicht geargwöhnt, die üblen Beschimpfungen darin könnten doch

mir gelten. Dennoch hat sich, anders als beim Brief der netten Spaziergängerin im Bayerischen Wald und ähnlich wie beim Telegramm, das jemand unter meinem Namen und unter Berufung auf meine Telephonnummer aufgegeben hat, eine Schmutzschicht über mich gezogen – ich gewann diesen Eindruck, und hinzu kam, daß du zufällig einen Blick in mein Manuskript geworfen hast, am Tag mit dem anonymen Brief.

Diese ganze Seite hier besteht ja nur aus Tippfehlern, sagtest du.

Ich weiß, ich weiß, ich fühle mich heute ein bißchen betäubt, antwortete ich und zerriß den Bogen.

Warum wächst du dir schon wieder die Hände?

Du hast plötzlich im Badezimmer hinter mir gestanden.

Das Reisen – ich bin als Theaterkritikerin viel unterwegs – überanstrengt mich in dieser Saison. Aus Versehen mache ich vieles falsch, nicht unterwegs, nicht in meinen Hotels, aber wenn ich nach Haus komme und versuchen muß, mit Freddy Schritt zu halten. Manchmal ist mir nach Anvertrauen zumute: Ich will mich meiner Schwachheit rühmen. Freddy! Wie der Apostel Paulus, meiner Schwachheit will ich mich rühmen. Doch wage ich das nicht und mogle mich vorbei an Momenten, die nach Nähe zu Freddy aussehen, verstelle mich weiter, immer weiter. Daher die vielen Fehler – folglich auch das Händewaschen zweimal hintereinander.

Wie war denn die Inszenierung?

So so la la, antworte ich wie gewöhnlich.

Bis feststeht, daß ich im Verlauf einer Reiseabwesenheit mit niemandem vertauscht worden bin, unterjocht mich bei jeder Rückkehr der Eindruck von Verdacht, der auf mir ruht, und zwar: zu recht auf mir ruht. Ja, ich werde und bin sehr verdächtig, so bald mein Zug sich mit mir meinem Zielbahnhof nähert, eine halbe Stunde vor der Ankunft verwandle ich mich in eine Angeklagte, und von da an bleibe ich für Stunden im Unrecht.

Neue Taktik anwenden? Ja, keine Doppelgängerin von mir, lieber Freddy, ich selber war es, die bereits in der Pause das Theater verlassen hat. Ja, ich schrieb schon, bevor der Vorhang aufgegangen ist, nämlich auf der Hinfahrt die ganze Theaterkritik – das war keine Doppelgängerin, diese nervöse Frau mit dem Gekritzel in zwei bunte Schulhefte dort im Großraumwagen, und demnächst, oh ja, gehe ich überhaupt nicht mehr hin, ich besuche gar nicht mehr erst die Vorstellungen...

Welche Wirkung Übertreibungen auf dich ausüben?

Eine sonderbare Post ist das diesmal wieder gewesen, eröffnete mir Freddy. Vielleicht solltest du dir die Haare färben. Schon wieder, diesmal in Hamburg, mußt du eine Doppelgängerin gehabt haben.

Die Frau, die mitten im Konsumentenparadics Spitalerstraße abwechselnd predigte und Lieder sang, wobei sie merkwürdige kurze Schritte vor und zurück machte, die bin ich gewesen, aber nur ein paar Minuten lang, nur für die Dauer meines Zuschauens.

Und warum hast du in der Kirche geweint, St. Petri? Der Organist hat dich gesehen, und Weinen in einer Kirche würde leider zu dir passen, wenn auch zu dir von früher. Du wirst ja nicht vergessen haben, daß du uns früher schon Sorgen gemacht hast...

Der Organist war schuld am Weinen. »Seid elend und klagt und weint.« Mir hat das Weinen gut getan, wollte ich Freddy erklären, ich unterließ es aber, und markierte, weil ich nicht klein beigeben wollte, die Abgebrühte. Nicht mehr lang, und dann übersteigt das meine Kräfte.
Dann aber, vor zwei Tagen, ist Folgendes passiert, und seitdem sehe ich einen Ausweg. Geschickt und, wenn es drauf ankommt, leise, gut im Verheimlichen, gewitzt im Tarnen, im Versteckspielen aller Art bin ich ja noch immer, und deshalb hat Freddy mein Eintreten ins Zimmer nicht gehört, sondern weitertelephoniert. Ich verstand ihn sehr gut: Was ich von nun an versuchen werde, liebe Gertrud, das ist leichtes Androhen vom LKH in Wiesel/Wald. Also, Androhen: viel zu stark ausgedrückt. Ich werde es in Aussicht stellen, das eher, eher sanft, eher so: Du willst doch nicht wieder nach Wiesel/Wald? Du hast dich doch längst wieder in der Welt der Gesunden etabliert, arbeitest erfolgreich für vier Redaktionen... so in der Art werde ich mit ihr reden, du verstehst, kameradschaftlich, ich werde an ihre Stärke appellieren, total wie unter Normalen.
Wiesel/Wald: Die Heilanstalt, das Ende der Selbstbeherrschung! Endlich war Schwachsein erlaubt, Wegkippen, Nachgeben, und die dort nicht genehmigungspflichtige Angst – endlich brach der Tränenkrug. Und weil ich genug gehört hatte, schlich ich mich aus dem Zimmer, plötzlich ermutigt.
Ich arbeite ein bißchen, rief ich Freddy zu, und daraufhin, als mein Tippgeräusch auf der Schreibmaschine rasch und laut wurde, spürte ich sein Behagen ganz kör-

perlich und es ging auf mich über. An meine und seine Adresse schrieb ich einen von diesen Briefen:
Sie ists gewesen, ich bins gewesen.
Mit diesem Satz, viele Male, übte ich mich ein.
Bei den zwielichtigen Typen am Bahnhofsausgang Nord habe ich um Kokain und andere Betäubungsmittel gefeilscht. An der Hotelrezeption war ich die Verdächtige mit den aufgeregt vorgebrachten Reklamationen: Kein Nähzeug, keine Bibel, keine Duschhaube – und kein Dolch, habe ich hinzugefügt, womit ich einen Ekel des Schweigens und Wegblickens ausgelöst habe. Es war aber eine Doppelgängerin, die im raffgierigen Kaufhausgewühl mitgemischt und Blusen an runden Ständern befingert hat. Anzeige gegen nicht Unbekannt dann beim Alkoholrausch, beim Kerzendiebstahl im Seitenkapellchen... bei Dingen, mein Lieber, die an die Transzendenz stoßen, nicht wahr? Stimmts denn nicht? Wollen wir nicht wenigstens einmal nur zusammen aufgeben und zusammen schwach werden?
Ich hasse sie allmählich, alle diese Doppelgängerinnen, sagtest du, und ich nehme an, daß du absichtlich nicht zugehört hast, als ich ausrief:
Für dich, Freddy, für dich brennt sie doch dort runter, im Seitenkapellchen von St. Petri, bei Orgelmusik und während geweint wird, eine schöne große gestohlene Kerze, für Dich!
Nur keine Übertreibungen. Alles erfunden. Vorerst noch. Zeit, den Mantel anzuziehen, die Gepäckstücke in die Hände zu nehmen, mich zum Aussteigen anzustellen. Freddy und ich, wir begrüßen uns freundlich,

achtsam, vernünftig. Kein Wort zu viel, trockenen Auges. Zu erzählen habe ich ausschließlich von lupenreinem, überschwanglosem Absolvieren meiner verabredeten, mittelmäßig bezahlten, pünktlich erfüllten Pflichten. Ich bin keine meiner Doppelgängerinnen gewesen. Ich bin, zu meinem Nachteil, immerzu ich selber gewesen, nach außen hin, diese fast schon übertrieben korrekte Doppelgängerin meiner Phantasien, meine überaus anstrengende Fälschung, Original-Ich. Wenn jetzt sofort mich jemand allzu liebevoll anschaute, kämen mir die Tränen, mit denen es meinen Doppelgängerinnen gelingt, auffällig zu werden. Aber, keine Angst, Freddy, weil er es gut mit mir meint, schaut mich streng-kritisch an, nicht lieblos. Also raffe ich mich auf und bleibe, unter allen meinen möglichen Inkarnationen, diejenige, die rechts und links vom Wahnsinn in äußerster Aufmerksamkeit auf ihrer Route bleibt.

Wiesel/Wald, das Landeskrankenhaus, das Ende der Selbstbeherrschung: Dran denken tut gut. Und der Spaziergängerin aus dem Bayerischen Wald könnte ich immerhin begegnen, der netten, die mich in keinen Verdacht gebracht hat – wo aber treibe ich den Hund auf, der zu mir gehört hat?

Der Besuchstermin

Dann aber, ungefähr in der Mitte der Wegstrecke zu ihm, vergesse ich meinen Erzählstoff. Nervös bin ich, gewiß, aber auf den Hinwegen ganz anders, ich glaube, viel weniger nervös, als bei den Rückfahrten.

Ich sollte dort drin sein, ich statt deiner, ich bin dran schuld, sagt es in mir auf.

Mit ihm kann man ja offen reden, das kann man mit der Familie nicht, und zu ihm sagte ich beim letzten Mal: »Besser Opfer als Henker sein.« Das ist ein Zitat. Paßt auf dich und mich.

Er hat natürlich nur gelacht. Und nachgefragt habe ich natürlich nicht.

Es regt mich auf, ihm entgegenzufahren, doch bin ich dann wenigstens nicht deprimiert und mein Gewissen ist besser als sonst. Von ihm weg, eine Stunde später, der Heimweg: um wie vieles belastender der jedesmal ausfällt.

Jeder in der Familie würde vermuten, es laufe genau andersherum ab: Erleichterung! Sie freut sich über jeden Kilometer, der sie entfernt von seinen verriegelten Schlössern und dicken Mauern und von diesem pappigen, etwas säuerlichen Essensgeruch, von dem sie uns erzählt hat; sie atmet auf, die Luft der Freiheit, und nun kann sie wieder bis zum nächsten Besuchstermin unter uns Normalen, denen kein einziges Gesetz eine Versuchung ist, es zu brechen, ihr interessantes, legales, berufstätiges Leben genießen. Oh, wie gründlich sie sich täuschen! Ungern komme ich auf jeder Rückfahrt dem Stillschweigen und den unterdrückten Fragen der Familie näher, während ich gleichzeitig das gutmütige, nicht ausspracheselige Gesicht und die unterdrückten Erwartungen meines Bruders hinter mir lasse. Verlasse. Ich verlasse ihn. Diese Feststellung sollte ich im Perfekt treffen: Ich habe ihn verlassen. Schon vor Jahren. Hätte ich ihn nicht verlassen, wäre er nicht zum Opfer geworden. Henker! beschimpfe ich mich.

Du genießt sie ja, deine Selbstbezichtigungen: Hartwigs Ansicht. Hartwig ist mein Freund. Das war ein natürlicher Prozeß, aber bei ihm hats nicht geklappt: Ablösung. Abnabelung. Bruder und Schwester können nicht ewig beieinander glucken.

Beinah liebgewonnen habe ich, wenn ich zu ihm fahre, die Erkennungszeichen der kleinen Stadt. Mit denen kann man sich lang befassen, denn die Gegend ist flach und ohne Merkmale, so daß Dom, die Lagergebäude der Zigarrenindustrie, Zuckerrübenfabrik und Strafvollzugsanstalt sich dem Gast lang vor dem Ziel ankündigen. Jetzt, im November, setzen die dicken weißlichen Wolken aus den beiden Kesseln der Zuckerrübenfabrik in den Anblick einen zusätzlichen Akzent.

Von Anfang an galt in der Familie ich als die Geeignete, ihn zu besuchen. Du warst schon in deiner Kindheit abenteuerlustig, du warst furchtlos, unerschrocken, erfahre ich. Dich hat jedes Risiko interessiert. Damals muß ich gute Nerven gehabt haben. Meine Eltern, beim Verteilen unseres Engagements für ihn, sahen trübe ratlos und sogar etwas bockig aus, fand ich, und es sind doch immer liebe Eltern gewesen. Meine Mutter würde ihm Päckchen schicken, mein Vater schriebe ihm jede Woche einen Brief. In mir bildete sich der erhoffte missionarische Schwung heran. Ich übernehme die Besuche, verkündigte ich. Du hast ihm immer am nächsten gestanden, meinten die andern. Wir sind auch einfach zu alt für diese ganze dumme schreckliche Geschichte.

Das war damals, am Tag seiner Festnahme, also lang bevor er verurteilt wurde. Ich besaß zu dem Zeitpunkt noch eine schöne, ermutigende Reserve aus seinem Apothekenraub: Mein Bruder ist von Natur aus großzügig. Immer hat er mir, die ihn auf den Trip schickte, damit auch er das Leben nicht absolut pur absolvieren müsse, nichts berechnet, auch für ansehnliche Portionen nicht.

Gut, und Whisky getrunken hatte ich auch, als ich dem Häufchen aus Eltern, meiner Tante und meinem Freund Hartwig, der seine Verlobungsphysiognomie irgendwo zwischen Polizeirevier und zu Haus verloren hatte, eröffnete: Euch würde es überanstrengen und ihn auch, also werde regelmäßig ich zu ihm fahren.

Du fährst ja auch als die einzige von uns gern Auto, sagte entweder meine Mutter oder mein Vater, meine Tante war es nicht, die hat nur vor sich hin lamentiert, und erst recht war es nicht Hartwig, der, zurückgezogen in einer anderen Zimmerecke, immer abgekapselter ausgesehen hat, während er in einer Zeitschrift blätterte.

Du fragst ihn dann, ob er dort genug zu essen hat. Du läßt uns wissen, was er so braucht. Etwas zum Lesen? Kleidungsstücke?

Doch nicht Kleidunsstücke, doch nicht dort!
Bei allen Unterhaltungen über ihn und den Ort seiner Verbannung kommt man sehr rasch an den Punkt, von dem an nichts mehr gesagt werden kann. Von dem an es realistisch würde.
In den verschiedenen dunklen Brauntönen mit einem ernst gewordenen Grün zwischendurch – Wintersaat auf den Äckern – und den unförmigen häßlichen Gestalten der Zuckerrüben, die, zu Wällen aufgetürmt, die Gegend hüglig machen, jetzt, im – Herbst, gefällt mir meine Wegstrecke besser. Jetzt muß es dort leichter für meinen Bruder sein. Im Sommer, bei Hitzewellen, ist ihm oft schlecht geworden, wenn er in seiner Gruppe zu Landarbeiten eingeteilt war.
Hat er Heimweh?
Eine Frage wie die kommt selten vor, und wenn doch, dann stellt meine Tante sie.
Alle hören sofort weg, meine Antworten werden ausweichend. Verletzen will ich keinen. Mein Bruder hat kein Heimweh, weiß ich, denn er wüßte nicht, wonach, wohin. Zurück in die Familie zieht es ihn nicht. Vor dem Stillstand, der sein Elend, und das bedeutet: seine gesamte Existenz, wie ein Kokon umhüllt, vor dem Takt, mit dem die Familie ihn gleichsam in einen Wattebausch versenkt hat, graut ihm viel mehr, als ich irgend jemandem anvertrauen könnte. Nicht, daß er mir derlei bekennen würde. Wir reden verschlüsselt miteinander und auch über Banales.
Was taugt das Essen? Blöde Frage. Das Hauptproblem sind wohl die Getränke?

Wir lachen gemeinsam.
Es läßt sich gar nicht so schlecht an hier, sagte er schon in der Anfangszeit, wenn auch wahrscheinlich mir zuliebe.
An meine ersten Besuche dort am Ende des fade beleuchteten Flurs, wir saßen auf beige mit Plastik bezogenen Stühlen in der Raucherecke, an diese ersten Sitzungen denke ich äußerst ungern. Das war die Zeit, in der ich meinem Bruder kärgliche Wünsche abgeschlagen habe. Der erste Wunsch fiel ihm als Wunsch nicht auf. Für selbstverständlich hat er es gehalten, mir eine Plastikeinkaufstasche mitzugeben: darin etwas Unterwäsche.
Aber damit hast du doch hier keine Probleme? Das geht doch alles in die allgemeine Wäscherei?
Man darf Angehörigen Wäsche zum Waschen mitgeben.
Ach so.
Mein Bruder hatte aber schon die alte Plastikeinkaufstasche, die mich an seine früheren Beutezüge erinnerte und deshalb verstörte, unter seine Füße hinter den Stuhl zurückgeschleift.
Weißt du, mir ist nicht recht klar, wie Hartwig drüber denken würde.
Hartwig wird Jurist. Irgendwann, nach dem ungewissen Ausgang seines Studiums, werden wir heiraten. Zusammen bewohnen wir schon seit knapp zwei Jahren die Wohnung im 5. Stockwerk, zu der uns mein Bruder riet: wegen des Westhimmels, wegen imponierender Sonnenuntergänge. In das dritte Zimmer dieser Wohnung, das uns als Abstellraum dient, wäre mein Bruder gern eingezogen. Gesagt hat er davon nichts, also blieb alles beim alten, und er bei den Eltern und der Tante. In Hartwigs

und meiner Anfangszeit kam er regelmäßig zu uns, mir gab er heimlich von seinem Vorrat ab, mit Hartwig diskutierte er über Wolkenbildungen und lieferte Wetterprognosen. Lang her, kommt mir vor. Wie gut sich Hartwig und mein Bruder damals verstanden haben: Vor lauter Glück darüber hielt ich mich im Hintergrund auf und behielt die beiden im Blickfeld, mit Herzklopfen, schnellem Puls. Gemeinsames Trinken von Bier, Whisky, und mein Bruder überließ uns als Leihgaben diejenigen seiner Pop-Musik-Langspielplatten, die uns begeisterten und die wir, bis zu seinem nächsten Besuch, auf unsere Tonbänder aufgenommen hätten.

Nach seiner zweiten Bitte – ihm bis zum nächsten Mal etwas Geld zu leihen, er komme schlecht aus, weil jemand seine Zigaretten gestohlen habe – hat er niemals mehr einen Wunsch geäußert.

Ich habs nicht ahnen können, das mit dem Geld. Ich hab kaum was bei mir, und bei knapp hundert Kilometern Rückweg sollte man nicht ganz blank sein, verstehst du. Ich bin auch nicht sicher, ob ich voll getankt habe, weißt du.

Ich war überhaupt nicht sicher, nicht nur ein bißchen unsicher, aber voll getankt hatte ich, todsicher.

Klar, schon verstanden. Macht nichts.

Es macht wirklich nichts? Aber wie kommst du über die Runden?

Wird schon gehen.

Wieder mir zuliebe: das Grinsen, freundliche Fratzenschneiden meines Bruders.

Sicher willst du bald zurück: Das sagt er meistens.

Es wird blöderweise so um 17 Uhr schon dunkel, antworte ich, seit es November ist. Ich bleibe aber sitzen.
Wahrscheinlich gibt es ja auch ein paar ganz nette Typen hier, und du kannst dir was zum Rauchen leihen?
Wahrscheinlich. Schon möglich.
Ihr habt heut ein Jazzkonzert hier, ich habe das Plakat gesehen.
Der Sozialtherapeut, ein junger Mann im Jogginganzug und mit extrem viel braunem Kraushaar im Gesicht, mehr als nur vollbärtig, kam gerade bei uns vorüber, er blieb stehen, hatte meine Frage nach dem Konzert aufgeschnappt und erkundigte sich bei meinem Bruder, den er kurz an der linken Schulter packte und ein bißchen rüttelte:
Du kommst doch hin? Schließ dich nicht immer aus. Wird ganz toll. Er redete jetzt mehr mit mir als mit meinem Bruder. Diese zwei Pianisten waren im letzten Jahr auch schon da, es gab enorme Stimmung. Dann wandte er sich wieder meinem Bruder zu, und obwohl er sich zu ihm hinunterbeugte, schrie er fast: Gibt einen Höllenlärm, Junge. Die Verstärker, ich kann dir sagen, der ganze Eß-Saal ausgeräumt und der vibriert, der ganze Saal.
Du solltest hingehen, riet ich meinem Bruder.
Mein Bruder sagte, er sei noch nicht ganz sicher.
Er war heut etwas aufgeregt, sagte sein Sozialtherapeut zu mir. Wenn du nicht kommst, dann ist das auch okay. Dann wieder zu mir, aber nicht leise, mein Bruder konnte jedes Wort verstehen: Gut, wie er das neuerdings abschätzen kann. Er weiß, daß er unruhig war, und dann fühlt er, daß ihn die Musik nur unnötig anmacht. Alles klar?

In seiner Art, müde und fröhlich zugleich zu sein, machte der Sozialtherapeut sich davon.
Gehts allen gut zu Haus? fragte mein Bruder.
Es geht allen gut, und sie lassen dich natürlich grüßen, wie immer, alles wie immer, sagte ich.
Ich fand, mein Bruder sei dicker geworden. Er sieht etwas levantinisch aus, er sieht gut aus. Aber noch dicker sollte er nicht werden.
Wir unterhielten uns über den Atommeiler, auf den sein Blick aus seiner Zelle geht. Vorsichtshalber redeten wir auch diesmal wieder nur Sarkastisches, und es trifft auch zu, daß meinen Bruder, seit er gefangen ist, die einstige Wut auf Politiker, AKWs, die Korrumpierung des Planeten Erde nicht mehr interessiert. Das Wetter auch nicht mehr. Mit Sonnenuntergängen ist es aus und vorbei. Kein Westhimmel. Klagen, auch Schimpfen, Fluchen, kommt überhaupt nicht vor. Mir wären meine Rückfahrten leichter, wenn er nicht diesen geduldigen Eindruck machte.
Lesestoff nahm er an, wie ich fand: etwas schlaff. Nie vergißt er, sich zu bedanken. Zum Abschied werde ich stets theatralisch und umarme ihn, küsse ihn links und rechts ab, ich weiß, er mag das, obgleich es ihm auch Angst macht, und ich rede ihm laut hinein, wenn er sogar Hartwig nicht zu grüßen vergißt. Instinkt besitzt er, und daher kennt er Hartwigs schweren Vorbehalt gegen ihn.
Bereut er denn eigentlich überhaupt mal, hat Hartwig mich neulich gefragt.
Was denn, wem gegenüber denn? fragte ich zurück.
Der Gesellschaft gegenüber, den Steuerzahlern gegen-

über, sagte Hartwig. Du ahnst wohl gar nicht, daß du selber, du höchstpersönlich diese ganze Sauerei mitfinanzierst, inclusive deinen feinsinnigen Zorn auf diesen Essensgeruch dort.
Daraufhin überfiel uns wieder einmal, wie sowieso meistens, wenn ich von meinem Bruder zurückkomme, eine Sprachlähmung, denn *Schweigen* kann ich das wahrhaftig nicht nennen, was dann zwischen uns immer hartnäkkiger wird und mir manchmal wie Höllenlärm vorkommt. Diesmal mußte ich an den Höllenlärm im leergeräumten Eß-Saal und an den Sozialtherapeuten denken.
Es geht ihm gut, es geht ihm gut, er läßt euch alle grüßen: Meine Familie wird von mir telephonisch beruhigt. Alle fürchten seine Entlassung, ich auch, aber keiner so sehr, wie er selber, mein Bruder, der als einziger erfahren hat, wie sie ist: die Freiheit, dieses Urteil *lebenslänglich*, dieses Geräusch, das nur er selber hört, auf Schritt und Tritt die Ketten der Sklaverei, wie sie klirren. Wir schwer sie sind. Die Freiheit, seine Galeere, und wie gefährlich es sein wird, wenn er wieder auf seiner Ruderbank vorwärts kommen muß. Schwere See Freiheit. Ringsum abcr kann man immerhin ertrinken.

Ein Hundeleben

Nein nein, das ist längst nicht mehr das Problem, im Gegenteil! Seit Jahren ist das nicht mehr das Problem gewesen, und mit seiner Gehgeschwindigkeit mithalten, das kann ich nur zu gut, ausgerechnet davon wird die Rede sein. Ihre Beobachtung muß von werweißwann stammen. Im Gegensatz zu früher bin ich heute schneller als er, das ist es ja gerade, das ist der wunde Punkt.

Nie hätte ich ihn, von Anfang an nie, spüren lassen dürfen, wie unlustig ich seinetwegen stehenblieb, um auf ihn zu warten. Ihm zuliebe, denn sehr häufig kommt es zu solchem Stillstand, hole ich mir jetzt im Dezember eiskalte Fußzehen.

Wobei aber ich auf der Strecke bleibe, im Vergleich mit ihm, das ist – ich kann es nicht banaler sagen – der Einklang mit der Welt. Oh doch, die Gegenwartsform wähle ich absichtlich. Ebenfalls mit Absicht traf ich die Entscheidung, aus unseren vielen Gemeinsamkeiten nur den Sektor *Spaziergang* herauszutrennen, um gerade den zu protokollieren.

Zwischen drei oder, bei mehr Ausdauer, günstigen Wetterbedingungen, vier Varianten, die unseren Basisspaziergang unerheblich verändern, können wir täglich wählen. Ein bißchen einlaufen muß er sich, und ich drossele mein eigenes Tempo, aber so bald wir in der Ahornallee angekommen sind, legt er sein gewohntes Interesse an den Tag. Dadurch geht er nicht schneller, eher hält ihn seine Neugier dauernd auf, gegen Spazierengehen hat er nichts mehr einzuwenden. Früher war ihm übrigens das Wetter egal, gegangen ist er immer gern; dann aber mußte er bei großer Hitze oder wenn es regnete regelrecht gezwungen werden. Seine eigentlich gleichmäßige Stimmung hat meine Machtausübung nicht getrübt, nicht erkennbar.

Ach, der ganze Kummer kommt heute erst heraus, bisher war ich beschäftigt, und meine Seele hatte keine Zeit. Daß mir das Aufschreiben nützt, hoffte ich vorhin noch, nun kommen Zweifel auf. Denn gerade eben, beim Stichwort *Stimmung*, bin ich furchtbar traurig geworden. Seine Stimmung war von jeher so viel verständlicher als meine, auf die kein Verlaß ist, und die ihm zugesetzt haben muß mit ihrem Schwanken, Hin und Her, Auf und Nieder, wenn er sich auch nie etwas anmerken ließ.

Weiter im Rapport, weiter im Text. Wir sind in der Ahornallee angekommen, nicht wahr? Ihn interessiert von nun an alles, mich interessiert – greifen wir einen üblichen Tag heraus, sagen wir: letzten Mittwoch – gar nichts. Ihn interessiert ein Laubhaufen: War gestern noch nicht da, oder? Die Nachbarn putzen ihre Gärten, und wohin sie die schäbig gewordenen, herbstlich verfärbten und modrigen Überreste ihrer Sommerfreuden schaffen, interessiert ihn. Überall liegt das beinah vergangene Jahr als Abfall herum. Vermessungsbeamte oder sind das heimliche Minenleger, die in der Nacht durch die Gegend streifen und Löcher bohren: Jedenfalls auf dem Weg oder am Wegrand interessieren ihn diese kleinen frischen Ausgrabungen sehr. Kann gut sein, daß ich vorgestern mür-

risch gesagt habe: Genau hier sind wir vor einer Woche und von da an jeden Tag doch auch schon stehengeblieben, komm komm, los, weiter. Meine Ungeduld habe ich mir nur in den allerseltensten Fällen als Verlangen nach schneller Bewegung auslegen können, in Wahrheit stammte sie ab von meinem Neid auf ihn. Kein schönes Gefühl, keins, dessen man sich rühmen dürfte, und außerdem befremdlich, weil endlich die Tatsache benannt werden muß, daß ich kein Lebewesen dringender brauche als dich, mein Lieblingsgeschöpf, Partner du, du Freund, du *Einundalles*, dem ich folglich immer schon alles hätte gönnen sollen. Und statt dessen Neid. In blanken Hohn flüchtete ich mich: Hochinteressant, sagte ich an seiner Statt zum gefällten Baum, der ihn interessiert hat.
Zahllose Male vergessen es die Passanten, das Eisentor zum kleinen abgezäunten Zierpflanzenhügel zu schließen: Dich beschäftigt es trotzdem wieder, daß es offensteht. Passanten übrigens interessieren ihn nicht, oder doch: kaum je, und Hunde stören ihn, das ist das Älterwerden bei uns beiden, am liebsten ist er mit mir allein so wie ich mit ihm. Aber Autos! Denen blickt er nach, er verdreht den Kopf nach einem Auto, dessen Fahrer wieder einmal rücksichtslos zu schnell uns auf dem Feldweg entgegenkam, Geschwindigkeitsübertretungen erzürnen ihn, er bleibt stehen, ich strebe weiter, rufe ihm zu, damit er seinen warnenden Blick aufgibt: Dieser Typ da am Steuer, meinst du etwa, er sieht dich noch? Er sieht in seinen Rückspiegel und deine Wut macht Eindruck auf ihn? Komm, komm weiter. Das ist alles völlig vergeblich.

Alle diese Wege ginge ich ohne dich viel viel schneller entlang: habe ich sicherlich auch öfter gesagt. Das wäre gesund für mich, hörst du, gut für meinen erbärmlichen Blutdruck, gut gegen abgestorbene Fußzehen und Fingerspitzen. Verstehst du?
Er schaut mich an, seine Augen erinnern mich plötzlich an Essigzwetschgen, so dunkel, so feucht, ein wenig glibbrig – traurig und enttäuscht, bist du das? Mein Kamerad, ach mein Lieber, mein Liebling! Ins Einkaufszentrum kommst du auch gern mit. Mein guter alter Kumpan, du Pensionär, Lebensgefährte du. An allem und jedem interessiert. Zum Beispiel an der neuen Verkehrsregelung rings um die Bushaltestelle, den Westbahnhof, Parkplatz mit Altglascontainern, und nun muß ich an den Sachverhalt heran, meinst du nicht auch? Vorgestern hat es überhaupt keine Balance zwischen deinem Interesse und meiner an Verachtung und Ekel grenzenden Uninteressiertheit gegeben. Also habe ich dich dort unten auf der Verkehrsinsel einfach allein stehen gelassen, bin in einem Tempo, das dich lehren sollte *so sieht mein Tempo aus*, hügelan und in Richtung auf unser Zuhause gerannt. Nach dir habe ich mich nicht umgesehen. Zu meiner Rechtfertigung anzuführen wäre, daß erstens du den Weg allein kennst, selbstverständlich. Nur nett ist es eben nicht, wenn einer dem andern davonläuft. Und Nettsein ist es, zweitens, das wir vielleicht immer ein wenig übertrieben haben. Selten findet man zwei, die so extrem eins sind wie wir es stets waren. Manchen nicht böse gemeinten Spott haben wir dafür eingesteckt, stimmts?
Trotzdem, vorgestern ist es passiert. Mit dem Autofah-

rer, der dich angefahren hat, haben wir noch großes Glück gehabt, denn er hielt den Durchgangsverkehr an, stieg aus, half dir auf den Beifahrersitz, du mußt ohnmächtig gewesen sein. Um so besser, daß wir, wie bei jedem Spaziergang, nicht ohne Ausweise sind, du also für den Fahrer eine Adresse hattest, und so gab er dich bei mir ab. Auch mit dem Arzt: großes Glück. Wann und wo gibt es das noch: Hausbesuche von Ärzten? Unserer kam zwei Mal. Abends war er überrascht, dich schon wieder so wohlauf zu sehen.

Natürlich lassen Sie ihn besser noch keinen Schritt allein tun. Vor allem die Treppe sollte er nicht benutzen. Können Sie ihm nicht hier unten eine Schlafstatt einrichten?

Nun vorbei. Vielleicht ist das Protokollieren ein Fehler: Andere Ablenkungen sollte ich ausprobieren. Es wird halb vier am Nachmittag, unsere gewohnte Zeit für den Aufbruch zum Spaziergang. Von meinem Bericht trenne ich mich und mache unseren Rundgang Nummer zwei, das heißt, ich gehe an der Baracke vorbei, deren Besitzer, ein Einsiedler und komischer Kauz, vor einiger Zeit zwischen seinem Gerümpel gestorben ist; nun tummeln sich dort oft trübe Gestalten, Ausbeuter der schäbigsten Inventarteile: hat dich immer interessiert.

Achtzehn Uhr, ich bin zurück. Rücksicht auf ihn brauchte ich diesmal nicht zu nehmen, aber als ich unterwegs abwich von der geplanten Variante zwei und die Variante vier zusätzlich in schnellster Geschwindigkeit nahm, als ich schließlich den Gesamtweg zusammenlegte, endlich so rasch und so uninteressiert vorankam, wie es mir guttut, und außerdem, denn das durfte ich ja nun, ohne ihn, meine Existenzschwäche laut aus mir herausseufzte, keiner da, den es betrübte, da mußte ich doch plötzlich bei einem frisch angepflanzten Baum halt machen, und das war die Treue. Ich ahmte dich nach. Den Baum, in diesem jugendlichen Stadium nur eine Art Stengel, eine kahle Rute, habe ich nicht bestimmen können. Dich hätte der Baum gefreut. Dich hätte der Baum sehr interessiert. Ich zwang mich, stehenzubleiben. Etwas Neues lag in der Luft. Ich wollte so lang aushalten, wie ich in deiner Gesellschaft ausgehalten hätte, egal das Absterben meiner Zehen, Finger, ganz egal. Lebensinteresse läßt sich simulieren, empfand ich. Die Gnade des Liebseins erschien mir wie eine neue Möglichkeit, an allem teilzunehmen. Mir ist etwas wohler geworden.

Vorhin habe ich versucht, einzuschlafen. Weil ich aber sofort, wenn ich die Augen zumache, dich vor mir sehe, wie du in der Kurve unserer Treppe auf dem Absatz zwischen Parterre und erster Etage liegst, und weil ich mir deine acht Stunden vorstelle, die du da, ohne daß ich bei dir war in der Nacht, verbracht hast, bewegungsunfähig und eiskalt – es geht auf mich zurück, daß wir über Nacht das Haus so kalt werden lassen – weil du unfähig bist, mir über deine acht eiskalten einsamen Stunden Auskunft zu geben, ist kein Schlaf möglich.

Natürlich, sie ist jetzt eine Weile sehr traurig: weiß man von mir. Von meinen Selbstvorwürfen nichts, denn wir haben überall den Eindruck eines glücklichen, eng zusammengeschmiedeten Paars gemacht. Trotzdem, alle die mich bedauern, machen auch Fehler. Ich soll in dir keinen zum Anvertrauen verloren haben? Das sehe ich

völlig anders. Selbstgespräche habe ich mir zwar verkniffen, direkte Bekenntnisse über mein Innenleben auch, und dennoch hast du mich von allen am besten gekannt, besser gekannt hast du mich sogar als mein Nervenarzt. In der letzten Zeit bin ich oft für dich nicht mehr berechenbar gewesen. Rückblickend: schuldig. Froh begrüßt hast du mich jedesmal, wenn ich aus meinem Dienst zurückkehrte, und du mußtest doch auf häufig sehr matte Reaktionen bei mir gefaßt sein. Als träfst du allmählich aber Vorsorge, bist du zum Beispiel ausgerechnet bei meiner letzten Rückkehr vorsichtiger gewesen. Natürlich hing das auch mit deinen Muskelschmerzen und deinen paar Wunden zusammen, die du dir beim Sturz auf der oberen Treppenhälfte zugezogen hattest. Weniger Glücksbekundungen deinerseits. Mürrisch, geistesabwesend, Wichtigeres als deine Existenz schien mich zu bewegen: Niemals hätte ich auf diese Weise zu dir zurückkommen dürfen.
Dritter Tag heute ohne dich. Mir hat der Arzt erklärt: Oft zeitigt eine Unterkühlung wie die in seinem Fall vorliegende eine späte Wirkung. Sogar nach anfänglich gutem Verlauf.
Ich mache mir Vorwürfe, habe ich gesagt.
Keine Ursache, antwortete, und nicht um zu trösten, der Arzt, dem ich eine Zeitlang geglaubt habe, und ich bin dann unseren Basisspaziergang entlang gelaufen, wieder am frisch gepflanzten Baum vorbei, und plötzlich kam ich einem wichtigen und schönen und wiedergutmachenden Heimwehgedanken ganz nah, Heimweh nach deiner Interessiertheit, ich blieb also stehen, um dich zu imitie-

ren, um ein wenig so wie du warst zu werden, Nieselwetter und Dunstigkeit, hatten wir gern, wie gesagt: Einer Friedfertigkeit war ich ganz nah – da aber hat Hundegebell mich erschreckt.
Schnell, lächerlich schnell, bin ich nach Haus gelaufen. Bei diesem Tempo wärst du weit zurückgeblieben. Lang habe ich trotzdem diesen Hund gehört. Gebellt hast du persönlich nie, nie im Freien. Ich muß es dir irgendwann abgewöhnt haben.
Sie irren sich: Das Spiel, ich hätte nicht ihn, sondern einen Hund begraben, nützt kaum. Mir Spielverderberin.

Sackhüpfen

Vom Abend aus betrachtet machte dieser Dezembernachmittag und sie beide als Hauptfiguren einen rührenden und naiven Eindruck. Aber nur in seinem ersten Teil. Der Rückblick auf diesen ersten Teil zeigte sie beide, Lony und Edmund, in guter Stimmung und winterlich verpackt, auf dem Fußweg durch das Straub-Viertel. Zwei ihrer Ärzte konnten auf diesem Gang bedient werden, mit einem kleinen Umweg auch Doktor Krill, Lonys Gynäkologe. Trotz des Nebelnässens und obwohl ein kalter Ostwind ihnen auf dem Hinweg ins Gesicht blies, entschieden sie sich gegen das Auto, nein, sie wollten die kleine Runde zu Fuß machen, es wäre gesünder.

Daß der Rückweg, mit dem Wind im Rücken, angenehmer sein würde, sagten sie sich mehrmals. Nicht dran denken, nicht an die Freude auf den Rückweg denken, gebot sich Edmund später.

Komm mit rein, du kannst dich ein bißchen aufwärmen, schlug Lony vor, als sie Doktor Krills Praxis erreichten.

Du gibst doch nur dein Weihnachtsgeschenk ab und fertig, sagte Edmund. Ich warte draußen.

Er änderte aber seinen Entschluß, nach beinah zehn Minuten Wartezeit.

Sagen Sie bitte meiner Frau, daß ich im Wartezimmer bin, erklärte er einer jungen Arzthelferin, und nannte seinen Namen.

Scheußliches Wetter heute, nicht wahr? Die Arzthelferin lachte ihn an.
Stimmt, sagte Edmund, meine Frau gibt nur etwas ab, ich nahm an, sie hier bei Ihnen zu treffen.
Ihm war unbehaglich zumute. Von Lony wußte er, wie gern Doktor Krills Hauptassistentin mit ihr einen Plausch abhielt, und vielleicht geschah das in einem der an den wohnlichen Flur grenzenden Zimmer. Der Empfangsschreibtisch mit Patientenkartei, Telephon, Kalender und ein paar Nachschlagewerken stand in diesem Flur. Eine angenehme Praxis, wußte Edmund von Lony, und das empfand er ihr nach; er stand auf einem Buchara-Teppich, annehmbare Bilder hingen an den Wänden. Und doch, er fühlte sich als Eindringling, vielleicht weil er nicht Vater wurde und sich doch in einer Gynäkologenpraxis aufhielt.
Lang dauern wird es sicher nicht mehr, sagte die Arzthelferin, und öffente ihm die Tür zum Wartezimmer.
Weiche, bequeme Sessel. Eine Frau mit erhitztem rotem Kopf blätterte in einer Zeitschrift. Doktor Krill hatte ausschließlich Frauenzeitschriften abonniert.
Ein Gefühl leichter Verärgerung wie dieses jetzt, als Lony endlich ins Wartezimmer eintrat, wollte sich Edmund nie mehr gestatten. Daran dachte er auch bei seinem Rückblick auf diesen unglückseligen Nachmittag. Ich kann es mir nie mehr leisten, verbesserte er sich, als er rekapitulierte, wie gereizt er auf Lonys zerknautschte Frisur und auf ihr, wenn sie nicht gerade sprach oder lachte, bitteres kleines Gesicht reagiert hatte. Wahrscheinlich habe ich zu lang auf das Plakat mit der jungen

Frau und in deren glattes hübsches sorgloses Gesicht geblickt, sagte er sich. Es ist, wie so oft, der Kontrast, durch den die Wirkung entsteht. Natürlich kann Lony nicht mehr so aussehen wie die Hauptdarstellerinnen in unseren abendlichen Filmen auf dem Bildschirm. Und auch nicht wie diese Reklamefrau auf dem Plakat, die so schrecklich gern zu den Vorsorgeuntersuchungen geht. Lony ist zweiundfünfzig. Triebe sie nur eine Spur Aufwand, sie könnte gut als Anfang vierzig gelten, ein paar Kosmetiktermine, häufigeres Haarewaschen, und richtig schminken müßte sie sich auch, fand Edmund.

Lony sah Edmund die Verstimmung an; er hatte zu lang auf sie warten müssen, und sie gefiel ihm nicht, nicht als Frau, wie sie nun auf ihn zuging. Sie war aufgeregt. Erst auf der Straße sagte sie zu ihm:

Wir müssen noch in die Apotheke. Ich habe ein Rezept bekommen. Glücklicherweise gelang ihr ein Schwenk ins Fröhliche und sie fügte hinzu: Um so besser für die Gesundheit, der Fußweg verlängert sich um eine Viertelstunde.

Wieso denn ein Rezept? fragte Edmund. Vor Beunruhigung war seine Stimme geradezu grob geworden.

Das weiß ich doch selber nicht, antwortete Lony, nun ihrerseits unbeherrscht. Die Assistentin hats mir überreicht.

Du warst vor vierzehn Tagen bei der Vorsorgeuntersuchung und hast sonst auch nie ein Rezpt hinterher gebraucht, sagte Edmund. Muß denn das heute sein?

Es muß wahrscheinlich nicht heute sein, sagte Lony. Aber jetzt sind wir sowieso auf dem Weg.

Und was ist das für ein Rezept?
Ach, die Assistentin hat geredet und geredet, lauter medizinische Ausdrücke, sie hat mir einen Wisch vom Labor gezeigt, verstehst du, und ich muß da halt was einnehmen.
Vor Ärger, er legte sich um seine Aufregung und Angst wie ein Schutzmantel, blieb Edmund mitten auf dem Trottoir stehen und rief:
Frauen! Alles wischiwaschi. Kein Wort zu verstehen.
Ich hab mitgekriegt, daß dieses Medikament ein ziemlich starkes Geschoß sein soll und daß man keinen Alkohol trinken darf, so lang man es einnimmt.
Dann würde es Ihnen nämlich kotzübel, hatte die Assistentin zu Lony gesagt und dabei auf eine einschüchternde Weise zufrieden ausgesehen.
Komm, sagte Lony, laß uns weitergehen, meine Zehen am rechten Fuß werden eiskalt.
Du hattest nie einen Befund, sagte Edmund. Warum hast du nicht mit Doktor Krill selber gesprochen?
In einer fast feindseligen Stimmung gingen sie nebeneinander her, Lony kam sich besudelt vor.
Das war nicht nötig, mit ihm zu sprechen. Ich meine, die Assistentin hat das auch gekonnt, sie war dazu bevollmächtigt, und hätte ich dich denn noch länger warten lassen sollen?
Über Befunde und Medikamente spricht man mit dem Arzt, fertig aus. Ich will, daß du ihn anrufst, sagte Edmund.
In der Apotheke las die große Blonde, die sie meistens bediente, den Medikamentennamen ohne Anzeichen von

innerer Beteiligung: ein gutes Zeichen. Wie bei jedem Routinebesuch und genau so, als habe sie ihnen auch diesmal nur wieder die gewohnten Arzneien und ein paar Gramm Kümmel, etwas Weizenkleie und ein, zwei Teemischungen zu verkaufen, lächelte die große Blonde mit Edmund und Lony und wünschte ein schönes Wochenende.

Auf dem Rückweg, kein Ostwind mehr, das Nebelnässen merkten sie gar nicht, war plötzlich Lony wütend.

Du bestehst immer auf diesen verdammten Vorsorgeuntersuchungen, klagte sie. Wäre ich nur nicht hingegangen.

Anscheinend war es ja wichtig, daß ich drauf bestanden habe, sagte Edmund.

Und wir haben ihm noch was besonders Schönes ausgesucht, verdammt, nun kriegt er ein besonders schönes Weihnachtsgeschenk, bloß weil er noch nie was bei mir gefunden hatte.

Es könnte ja ein Irrtum sein, sagte Edmund. In großen Labors verwechseln sie oft die Proben, es wäre nicht das erste Mal. Auf alle Fälle wird bei Doktor Krill angerufen, gleich wenn wir zu Haus sind.

Auf der Bahnbrücke ärgerte er sich über eine Gruppe von Kindern, die ihm und Lony nicht auswich, so daß Lony vom Trottoir auf die Straße gestoßen wurde. Aus Mitleid mit ihr und weil ihm eine allgemeine Verzweiflung zu schaffen machte, rief er der weiblichen Begleitperson zu: Können Sie nicht besser auf Ihre Rüpel aufpassen?

Zu Lony sagte er: Verdammte Kindergartentante. Und dann: Wäre ich nur nicht mitgekommen.

Wieso denn? Wir wollten doch sowieso einen kleinen Gang machen. Für die Gesundheit. Lony versuchte zu lachen.
Was mich ärgert, ist der heutige Beweis dafür, wie du dich immer reinlegen und abspeisen läßt.
Nun wurde Lony laut und zornig. Dieser Angriff war ungerecht. Von Lony war bekannt, daß sie sich durchsetzen konnte. Oft genug erzählte sie Edmund von ihrer Unerschrockenheit, um die ihre Kolleginnen in der Firma sie beneideten, und sie als einzige fürchtete den macchiavellischen Filialleiter nicht, nicht einmal montags, an seinem allerbrutalsten Tag.
Edmund bestand aber darauf, sie habe lediglich ein Talent, um Unannehmlichkeiten einen Bogen zu machen.
Diese Ungenauigkeit vorhin in Doktor Krills Praxis ist typisch für dich. Du hättest drauf dringen sollen, den Arzt zu sprechen.
Daß wir jetzt streiten, ist nur der Ausdruck unserer Ratlosigkeit, sagte er sich. Lony rettete sich inzwischen in das Gefühl der Gekränktheit. Sie zählte und kam auf fünf. Fünf Personen aus ihrem engeren Kreis hatte es erwischt. Drei davon waren an dieser widerwärtigen Krankheit gestorben. Edmund würde genau dasselbe denken, wußte sie. Sie suchte nach einem Scherz. Dazu brauchte sie bis in die Schumann-Straße.
Das Leben ist wie Sackhüpfen, sagte sie. Von Tag zu Tag, mehr kann man nicht tun, von Tag zu Tag ein Hüpfen, gefesselt unten und oben.
Ein richtiger Scherz war das nicht, das tat ihr aber nicht leid.

Du hast wohl vergessen, wie Sackhüpfen geht, nach so langer Zeit, antwortete Edmund.
Schon gut, daß ich allmählich alt werde, weiß ich selber. Mein Sack geht eben bis oben hin, bis zu den Schultern.
Gibs ihm, gibs ihm, feuerte Lony sich an.
Und sie war doch berühmt für ihre Kondolenzbriefe. Wie gemein. Sie brachte nun aber wahrhaftig eine fast freundliche Stimme heraus und schlug vor, noch einen Abstecher zum *Plus* einzulegen.
Gut, akzeptiert. Nach kurzem einfallslosem Wortwechsel, Thema *Bihunsuppe*, auf die sie beide Lust hätten, gingen sie noch bis zum *Plus*, einsilbig dann nach Haus.
In der Küche, beim Auspacken ihrer paar Einkäufe, sagte Edmund: Es ist noch nicht halb sechs, und du solltest jetzt in der Praxis anrufen.
Wir könnten ja zuerst mal die Legende von diesem Medikament studieren, war Lonys Gegenvorschlag.
Einverstanden.
Edmund, noch im Mantel, setzte sich auf den Stuhl an seinem Platz vor dem Eßtisch und faltete den Beipackzettel auseinander. Lony ging hin und her, gab sich den Anschein der mit diesem und jenem im Haus Beschäftigten. Während sie Vorhänge zuzog und Rolläden herunterließ, entging ihr nicht, daß Edmund den Beipackzettel überhaupt nicht las.
Sie gab sich einen Ruck und sagte:
Also schön, ich rufe jetzt mal dort an.
Wo denn? Ach so. Edmund machte einen unsicheren Eindruck. Laß dir Zeit. Ich gehe so lang ins andere Zimmer, du kannst ungestört reden.

Bleib ruhig in meiner Nähe, sagte Lony und wählte.
Wieso weißt du die Nummer auswendig? fragte Edmund.
Du kennst doch mein Zahlengedächtnis. Lony lachte.
Sie hatte irgendeine Nummer gewählt.
Eine Frauenstimme hörte sich barsch und erwartungsvoll an, als sie, einer Androhung gleich, rief:
Bei Lohmeier!
Guten Abend, hier ist noch einmal Ilona Spilling, sagte Lony.
Sie haben sich verwählt, sagte Frau Lohmeier.
Ich wollte doch noch einmal den Herrn Doktor sprechen, es geht um dieses Rezept, ich habe einiges überhaupt nicht kapiert: Lony redete einfach drauf los, in das Schimpfen der Frau Lohmeier hinein, und über das *Klack*, mit dem Frau Lohmeier einhängte, hinaus. Gut, ich warte, vielen Dank.
Ein paar lustige Grimassen zu Edmund hin entsprachen dem Sechsuhrläuten am Abend, das sie beide als Auftakt fürs Privatleben so sehr liebten.
Ah, guten Abend Herr Doktor.
Lonys Stimme klang nun anders als vorhin, fand Edmund. Weil sie immer noch, als wäre sie jung, Männern gegenüber einen säuselnden und geheimnistuerischen Ton anschlug, ärgerte er sich, aber nur ganz kurz. Vor einer Zukunft, fiel ihm ein, in der er aus Sorge sich nie mehr über Lonys kleines Register an törichten oder störenden Angewohnheiten ärgern dürfte, graute ihm, und deshalb kostete er seinen Mißmut aus. Gut, sehr gut, daß sie ihn noch auf die Palme bringen konnte.

Mit dem Medikament und der Legende verzog er sich, um Lony nun wirklich am Telephon allein zu lassen. Vor seinem Schreibtisch kam es zum Rückblick auf den Moment, in dem Lony ins Wartezimmer eingetreten und im Vergleich zu der Frau auf dem Plakat einen abgenutzten, heruntergewirtschafteten Eindruck gemacht hatte. Ganz hinten in der untersten Schreibtischschublade verstaute er das Medikament, den Beipackzettel knüllte er in die Packung, und dachte: Vorerst. Und: Das bin ich ja gar nicht selber. Jetzt kommt zuerst einmal die Bihunsuppe, dann das Wochenende. Leider fiel ihm ein, daß Lony gleich berichten würde, was Doktor Krill ihr gesagt hatte. Dumm, sie so heftig zur Eile gedrängt zu haben.
Vergnügtes Gesicht! Lony lachte ja. Wie sehr ich sie liebe, und schön finde ich sie auch. Edmund riskierte ein Gefühl der Erleichterung. Genau besehen, sieht sie noch wie ein Kind aus. Krank sieht sie auch nicht aus.
Er fand meinen Vergleich mit dem Sackhüpfen aber gut, erzählte Lony und rüttelte an Edmunds Schulter.
Geglättet, geradezu babyhaft war plötzlich sein Gesicht. Guter alter Liebling. Um sein Wohlbefinden zu steigern, sagte sie:
Blinder Alarm.
Edmund hatte keine Lust, nachzufragen.
Entwarnung.
Lony schenkte Apéritifs aus, sie trank gleich nach dem ersten noch einen zweiten, das löste die Spannung.
Es ist so ein Gefühl, als hätte man sich verwählt. Weißt du, ich wäre nie jemand, der gern irgendeine Wahrheit erführe, ich meine jetzt, als Patientin. Ich wüßte lieber

nichts. Obwohl ich in meinem beruflichen Leben doch wahrhaftig nicht zimperlich bin.
Beim dritten Apéritif erst fragte sie: Und du? Was hast du der Legende zu diesem gräßlichen Medikament entnommen?
Nichts, nichts weiter. Edmund simulierte ein Gähnen. Daß man während der Behandlung keinen Alkohol trinken soll, steht übrigens auf den Beipackzetteln sämtlicher Medikamente.
Stimmt. Diese Assistentin ist eine richtige Kalamitätensuse. Eine Krisen- und Katastrophentrine.
Mit einer Zigarette zwischen den Fingern fiel es Lony noch leichter, etwas genauer nachzuforschen:
Und was steht sonst noch drauf, auf dem Zettel? Wogegen ist das Zeug? Hast du irgendwas erfahren?
Nichts, nichts los damit. Und was er meinte, als er, leichte Mahnung im Ton, hinzufügte: Ich halte mich an die Wahrheit, das wußte nur er selber.

Die weibliche Komponente

Nach zwei Freistunden sähe sie die Klasse wieder, und diesmal würde sie den müden Haufen aufwecken. Seit dem Aufstehen war Xenia Adler mehr als nur chronisch gereizt. Das Unterrichten in der Privatschule Engelhardt empfand sie als ihrer unwürdig. Heruntergekommen zur Lehrerin, ihrer ziemlich glorreich erworbenen Qualifikationen gleichsam beraubt, so fühlte sie sich, seit sie vor knapp drei Monaten hier angefangen hatte. Beim Vorstellungsgespräch hörte sie sich noch immer zu:
Als promovierte Biologin ist das hier natürlich nicht auf die Dauer gesehen der richtige Platz für mich.
Xenia, Doktor Xenia Adler, wollte damals sofort die Fronten klären. Das ist eine Art Abstellgleis, auf dem ich warte.
Xenia war sicher, dem Schul- und Internatsleiter, Herrn Engelhardt, liebenswürdig zugelächelt zu haben. Daß er sie nicht besonders gut leiden konnte, spürte sie beim ersten Händedruck. Seiner war fest und flau zugleich. Er hatte etwas von einem ausgedienten Trainer, der sich, in die Jahre gekommen, nun endlich einen ungleichmäßigen, jetzt mäusefarbenen Vollbart leisten konnte.
Keine Angst, sogar mit abgebrochenen Akademikern beiderlei Geschlechts kennen wir uns schon ganz gut aus.
Herr Engelhardt war hinter seinem Schreibtisch hervorgekommen, um der neuen Kollegin das Anwesen zu zeigen. Im Internat, Mädchentrakt, fand sie ihn anzüglich

und spannerhaft. Oder war das ein Dauerlächeln, dort auf seinem überwachsenen Gesicht? Menschenfreundlich sah es nicht aus, und Xenia vermutete, er sei ein Sadist, nach Hausmeisterart.
Ins Lehrerzimmer blendete sich jetzt diese frostige Wintersonne, die ihr schon in ihrer Wohnung zugesetzt hatte. Diesige Wintertage, und ein Himmel, aus dem vielleicht sehr bald Schnee fiele, waren Xenia lieber. Zum neuen Kollegen, Doktor Stamm, sagte sie mit einem Stöhnen in der Stimme: Keine Ahnung, wie man da selber wachbleiben soll, bei diesem Auditorium.
Wie bitte, fragte Doktor Stamm, der ihr sein sorgloses rosiges Gesicht unter einem Käppchen von hellblondem Babyflaum zukehrte und wahrscheinlich Ende Dreißig war wie sie selber.
Finden Sie nicht unser Publikum furchtbar leblos, furchtbar fade? Todlangweilig, nicht aufzumöbeln.
Sie meinen, die Schülerinnen und Schüler? Doktor Stamm büßte an Unbeschwertheit ein und nahm einen etwas enttäuschten Ausdruck an.
Ja, sagte Xenia, während eine uralte Erinnerung in ihr Bewußtsein gehoben wurde: Einen dicken kleinen Jungen aus dem Nachbarsgarten hatte sie in ihrer Kindheit gern ein bißchen gequält. Jugendliche müßten völlig anders sein, aber wirklich völlig anders, rief sie und vollführte dazu eine schüttelnde Armbewegung.
Schon möglich. Wissen Sie, ich habe vor, mich hier wohlzufühlen, sagte Doktor Stamm.
Ich nicht, sagte Xenia.
Mir gefällts gut, sagte Doktor Stamm.

Jugendliche müßten rebellisch sein, meinetwegen ungebärdig, ich meine, sie müßten *irgendwas* sein.
Doktor Stamm sah mehr und mehr so aus, als suche er, in Deckung zu gehen.
Sie wollen eben was lernen, nicht wahr. Und uns erspart der Umstand, den Sie bedauern, die üblichen Disziplinierungskämpfe. Stimmts nicht, Frau Adler?
Ich weiß nicht, was da üblich ist. Xenia stöhnte noch deutlicher. Warum redete dieser Trottel und Anpasser, dieser Schönfärber und betuliche Mensch, sie eigentlich nicht mit ihrem Doktortitel an? Bisher, Herr Stamm, habe ich nämlich nicht unterrichtet, sagte sie scharf. Ich habe dies und das gemacht, auf Annoncen reagiert. Und hinzufügen sollte ich, dachte Xenia: Leute wie Sie sind mir vorgezogen worden. Langweilige Menschen, aber männliche Menschen.
Ach so, sagte Doktor Stamm. Ich werde jetzt wohl mal besser in der Kantine nach dem Rechten sehen.
Mir ist die zweite Kältewelle in diesem Januar widerwärtiger als die erste, erklärte Xenia der Kollegin Bunge, die mit Doktor Stamm beinah in der Tür zum Lehrerzimmer zusammengestoßen wäre und ein vergnügtes *Auweia* ausstieß, ehe sie ihr übliches nervenstarkes *Hallo* startete, das sie mit dem Zuruf *Schönen* guten Morgen ergänzte.
Wir haben doch aber Sonnenschein, was wollen wir mehr?
Wie vieles in menschlichen Bedingungen lief auf dieses *Was wollen wir mehr* hinaus! Xenia gab sich den Befehl: Vergeude dich nicht. Auch Hartmut hatte sie an diesem Morgen schon gekränkt. Höchste Zeit mit der Suche

nach einer eigenen Wohnung ernstzumachen. Seit sie in der Privatschule Engelhardt unterrichtete und erst nachmittags wieder zu sich selber kam, war ihr Bedarf an Alleinsein gestiegen. Hartmut und sie verfügten zwar jeder über ein eigenes Zimmer, doch Xenia kam es selbst bei geschlossener Tür so vor, als bleibe sie in Hartmuts Gesellschaft. Viel geredet wurde morgens früh ja nicht, Hartmut mußte meistens erst später wegfahren als sie und manchmal entschied er sich sogar für den Fußweg ins Soziologische Institut der Universität, aber heute morgen war Xenia fast gesprächig gewesen.

Dieser Wetterwechsel, dieses grelle Licht macht mir gräßlich zu schaffen.

Überbewertung des Alltäglichen, typisch Frau, hatte Hartmut geknurrt.

Du verstehst nichts von Medizin, und trotzdem, das ist bei dir der Jammer, stellst du Diagnosen: Xenia war nachträglich noch stolz auf ihre Reaktion. Höchstwahrscheinlich wird meine Zirbeldrüse negativ beeinflußt. Auf die meisten Menschen wirkt Sonnenlicht oder Licht überhaupt günstig, beziehungsweise auf deren Zirbeldrüse. Bei mir ist es eben umgekehrt.

Typisch Xenia.

Also nicht mehr typisch Frau?

Du hast es doch gehört. Typisch Xenia. Bei der eben alles umgekehrt ist, und ich frag mich nur, warum das so sein muß.

Xenia Adler ging im Lehrerzimmer auf und ab und sinnierte über Hartmuts Kritik, über Doktor Stamms Flucht, über Frau Bunges übelkeiterregende gute Laune und ihre eigene Mißstimmung: Nichts ist mir adäquat, weder dieser Job noch das Zusammenleben mit Hartmut, lautete das Fazit.

Im sogenannten Maxi, einem zweigeschossigen kuppelartigen Raum mit Oberlicht und teppichbodenbelegten Stufen, auf denen die Jugendlichen sich ausbreiteten, hielt Xenia ihre nächste Doppelstunde ab. Für das Lehrpersonal stand im Maxi eine schmale Parterrefläche zur Verfügung, und Xenia lehnte sich in einem der gartenmöbelähnlichen Sessel vor dem niedrigen Tisch nicht zurück, damit gar nicht erst eine lahme und entspannende Stimmung aufkäme.

Ohne eine radikale Veränderung der bis jetzt beherrschenden Tendenzen ist unsere Gesellschaft nicht mehr überlebensfähig, rief sie den jungen Leuten zu. Auch ihr nicht.

Kein Murren, keine Bewegung. Mädchen durften in der Privatschule Engelhardt in denjenigen Stunden stricken, die im Maxi abgehalten wurden. Die Mädchen strickten.

Das ist keine Zukunftsmusik mehr, sondern Gegenwart, daß unsere Flüsse, Seen und Meere mit toxischen Substanzen verschmutzt sind, und daß Vögel sich vergiften, Babies werden schon vom Trinkwasser krank, und als ich vorhin in meiner zweiten Freistunde ein bißchen auf dem Gelände spazierengehen wollte, fiel mir ein, wie hoch mein Gesundheitsrisiko beim Atemholen war, und die Bäume, an denen ich vorbeischlenderte, haben mir leid getan. Ich frage mich, warum ich hier in diesem Raum soeben ein blödes Kichern gehört habe. Von einem Denkvorgang aufgrund funktionierender Gehirnzellen kann das nicht stammen. Was ist los, da hinten? Möchten Sie etwas öffentlich mitteilen, Richie?

Richie, ein großer Bursche in weiten Joggingsachen, feixte nach rechts und links zu seinen Nachbarn und sagte dann:

Das ist doch Schwarzmalerei, finden wir alle.

Ihr alle seid nicht informiert, entgegnete Xenia.

Und was tun Sie selber, damit es besser wird?

Nirgendwo ein Gesicht, das nicht schadenfroh und neugierig ihr entgegenblickte. Ein paar Mädchen hatten sogar das Stricken unterbrochen.

Ich? Zum Beispiel das: Ich warne.

Aber wenn Sie uns nur den Mut nehmen, und wenn Sie uns keine Lösung und keinen Optimismus mit auf unseren Weg geben können, dann...

Ja dann, was denn dann, rief Xenia höhnischer als sie beabsichtigte der Schülerin Ulrike zu. Heuchelei und Beschwichtigung und Beschönigung, das ist nicht meine Sache. Die Menschen sind schrecklich in ihrer Bequemlichkeit. Die Menschen finden sich mit allem ab, sie finden es auf diesem verhunzten Globus immer noch ziemlich gemütlich, so lang ihr kleines abgekapseltes Leben mit Auto, Waschmaschine, Zuwachsrate, Bankkonto, Urlaubsziel und so weiter funktioniert.

Xenia legte eine kurze Pause ein, in der sie sich die Gesichter der Mädchen und Burschen betrachtete. Die meisten machten einen unberührbaren Eindruck.

Offene Feindseligkeit wäre mir lieber, sagte sie, aber die Mädchen stricken, und die eben erwähnte kleine Welt bleibt unversehrt. Doch das ist sie nicht. Sie ist verseucht.

Längst können wir nicht mehr essen und trinken, was wir wollen.
Ich finds in Ordnung, daß die Mädchen stricken. Ich finds weiblicher als Ihr Verhalten, sagte nun Richie, Xenias einziger Dialogpartner.
Zustimmungsgrunzen, der Beifall für Richie.
Tut mir leid, unhöflich zu sein, aber das war nun so ungefähr das Geistloseste, was ich seit langem hier in dieser Gruppe gehört habe, rief Xenia, die spürte, wie sie ihren Hormonhaushalt durcheinanderbrachte, indem sie sich zu sehr aufregte.
In den Protest, der sich bloß in einer Unruhe der Körper äußerte, rief sie: In welchem Jahrhundert lebt ihr eigentlich? Und was für ein Frauenbild habt ihr?
Genau dasjenige Frauenbild, dachte sie, das mich in dieses blöde Maxi der blöden Engelhardt-Schule abgeschoben hat. Der nächste Kater, wie nach zu viel Alkohol, rückte in Sichtweite. Das war immer so, wenn sie ihr Degradiertsein zu stark empfand. Es gibt so viele schöne Aufgaben für Frauen, hörte sie ihre Mutter von damals, aus Xenias Wartezeit ohne Chancen für die akademische Laufbahn oder, anderes Wunschziel, für einen Posten in der Industrie. Ihre Mutter meinte es nicht böse, als sie ihr, zumindest als Übergangslösung, eine Mitarbeit im Hausfrauenbund vorschlug. Und dann gibt es doch auch noch diese Buchhändlerschule, war Xenias Vater eingefallen. Der Buchhandel, das ist auch was für Frauen. Doktor-Titel hin, Doktor-Titel her – was will eine hübsche junge Frau eigentlich damit anfangen? Und dann, ob du es uns nun glaubst oder nicht, eines schönen Tages findest du,

so nett und sympathisch dein Freund Hartmut ja auch ist, einen Mann für die Dauer. Den Worten deines Vaters kann ich mich nur anschließen, fand ihre Mutter. Er meint, du heiratest. Du wirst an dein Studium und an all deinen Ehrgeiz zurückdenken wie an eine feine interessante Sache, die ein paar Lebensjahren Sinn gegeben hat, aber für die Dauer, glaub uns das, hat eine Frau von Mann und Kindern mehr als von irgendeinem Beruf.
Ich liebe die Wissenschaft: An dieser Wahrheit über sie selber hielt Xenia fest. Ich liebe die Wissenschaft, und ich habs ihnen zu erklären versucht. Den Eltern hatte man angesehen, daß sie die Wissenschaft nicht mehr nur fürchteten, sie fingen an, sie regelrecht zu hassen. Empfanden sie als ihren Feind und auch als den Feind ihrer Tochter. Was war sie überhaupt, was genau, die Wissenschaft? Schien Xenia nicht mehr darunter zu verstehen als bloß ihr Fach, ihre Biologie? Warte nicht länger, sondern greif zu, rieten ihr dann vor drei Monaten die Eltern, als Herr Engelhardt, einer der allerletzten auf Xenias Wunschliste, bei ihr anbiß. Der Lehrberuf, vor allem wenn er in einer Schule ausgeübt wurde, entließ die Eltern aus der Angst vor der Wissenschaft. Sie verlor ihren Schrecken. Der Lehrberuf, er hat, richtig aufgefaßt, entschieden eine weibliche Komponente, meinte Xenias Vater. Ich schätzte in meiner Schulzeit zwei oder drei männliche Pädagogen, tüchtige Leute, aber fast verliebt war ich in eine Lehrerin, die allerdings nur in der Unterstufe unterrichtete. Eine Liebe aus der Ferne, ha ha. Mütterliche Ausstrahlung vermutlich. Mir gefällt so eine Privatschule auch besser für dich als irgendwas in der Industrie, er-

gänzte Xenias Mutter, und sie unterstützte ihre Bemerkung mit einem gleichsam angewiderten Kopfschütteln, so als habe sie ein unheimliches Insekt in ihrer Küche aufgestöbert und mache sich nun daran, es zu erschlagen.
Was ist los, meine Damen? rief Xenia den strickenden Mädchen zu. Antje, na, wie wärs denn mit ein paar Gramm Beteiligung an diesem Unterricht, oder ist das zu viel Streß?
Gern machte Xenia sich ja gar nicht so unbeliebt. Ihr Naturell verweigerte ihr die Grobheit und die Bissigkeit, und sie mußte sich beide Haltungen abtrotzen. Liebe brauche ich, flehte es in ihr. Vorgestern hatte sie auch Hartmut gegenüber verkündet: Ich will geliebt und verehrt und bewundert werden. Nach etwas zu viel Weißwein, wie sie am nächsten Morgen fand. Kein Echo von Hartmut, außer diesem, im Dozentenstil: Um Liebe bettelt man nicht. Man wird geliebt, entweder von selbst, oder man wird nicht geliebt, und damit basta. Xenia blieb anderer Ansicht, auch was Hartmut betraf. Etwas mehr Leidenschaft stände dir nicht schlecht, hatte sie erwidert, aber er stieg von seinem Podest nicht herab. Und jetzt, hier auf ihrem albernen Gartenmöbelstück im mittlerweile muffigen Maxi, in dem es nach den Ermüdungsausdünstungen der neunundzwanzig Körper roch, und während Xenia vom zu niedrigen, eingezwängten Sitzen Koliken bekam, weil sie morgens immer zu hastig sieben Trockenpflaumen frühstückte, jetzt fügte sie ihrem inwendigen Liebeswunsch hinzu: Geliebt werden will ich sogar von euch leblosen Gestalten. Macht schon, los los! Warum steckt mein Feuer euch nicht an? Und hübsch

sehe ich aus. Meine Haare sind jeden dritten Tag frisch gewaschen, ich bin nicht altbacken angezogen, denn ich verachte und vernachlässige sie ja überhaupt nicht, die weibliche Komponente, verdammt nochmal.
Sie meinen wahrscheinlich wieder den Reaktor-Unfall in Tschernobyl, leierte Antje herunter. Und daß wir genau so wie Sie gegen die Nutzung der Atomenergie sein sollen.
Wenn alle Leute so dächten wie Sie, dann lebten wir heute noch in der Steinzeit, rief ein Schüler von der obersten und daher am weitesten entfernten Treppenstufe Xenia zu. Diesen Zwischenrufer konnte sie nicht identifizieren, alle Gesichter da oben sahen gleich schläfrig und aggressiv aus, demnach könnte jeder gerufen haben.
Während ihr es vorzieht, mit dem Restrisiko in euren strontiumbelasteten Körpern zu leben, ja?
Xenia merkte, daß ihre Kraft für diesen Vormittag geschwunden war. Heute würde nichts mehr aus den Themen AIDS, Überdüngung der Böden, Erstickungstod der Menschheit in ihrem eigenen Müll, inclusive Sondermüll.
Ihr bejubelt die Rekordzahl an Autozulassungen im letzten Jahr, wie? Ach so, pardon, ich habe für einen Moment vergessen, daß ihr ja überhaupt nichts bejubelt.
Und warum fahren Sie selber diesen großen Schlitten? fragte Claudia Brehm, Xenias Lieblingsschülerin. Sie war die einzige von den Mädchen, die ab und zu einen selbständigen Gedanken zu äußern wagte. Aber diese Frage jetzt war ein wenig heikel. Xenia mußte es mit einem Schwenk ins Kokette versuchen.

Meiner persönlichen Autoleidenschaft sollte ich mich vielleicht ein bißchen schämen. Sie lächelte. Niemand lächelte zurück, nicht einmal Claudia. Ich rühme mich ja nicht, besser zu sein als die übrige Menschheit, sagte Xenia. Ich bin keine Heilige. Es gab und gibt Theoretiker, deren Forderungen dringend gebraucht werden, aber schaut man in ihr Privatleben, dann erkennt man eine Distanz zwischen Vorsatz und Tat.
Na also, sagte jemand und es klang wie ein Gähnen.
Trotz fünf Grad unter dem Gefrierpunkt brachte der Schnee es fertig, einfach zu verschwinden. Nach vielen trockenen Hochdrucktagen war er verdunstet und nur noch in ein paar grauweißen Klecksen über das Gelände zwischen den Gebäuden von Engelhardt's Privatschule verteilt. Die Erde, das Gras, die Straße – alles sah farblos und staubig aus. Keine Schonung, kein Dunst: Die Sonne bringt es an den Tag, ging Xenia durch den Kopf. Auf ihrem Weg zum Parkplatz fühlte sie sich wieder einmal erledigt und ganz und gar nicht triumphal.
Hallo, Sie Freundin des Umweltgedankens, rief eine Männerstimme hinter ihr her. Hallo, Frau Adler.
Frau *Doktor* Adler innerlich zu korrigieren, war ein Reflex, Xenia brauchte sich eigentlich gar nicht umzudrehen, denn Herrn Stifter erkannte sie an der fröhlich-geheimniskrämerischen Heilpraktikerstimme. Sie drehte sich aber selbstverständlich nach ihm um, und stehen blieb sie auch, höflich wie sie war.
Nehmen Sie mich mit in die Stadt? fragte Herr Stifter. Er schien an Xenias Zustimmung nicht zu zweifeln und faßte schon nach dem Türgriff vom Beifahrersitzplatz.

Xenia schloß auf, stieg ein und öffnete Herrn Stifter.
Ist was mit Ihrem Auto?
Glücklicherweise nein, aber warum soll man nicht mal was für die Umwelt tun? Zurück nehme ich den Bus.
Herr Stifter gehörte zu denjenigen Kollegen, die im Internatsteil kleine Apartments bewohnten.
Aber demnächst ziehe ich aus. Es ist so weit. Ich werde heiraten. Hab sogar eine Einheimische gefunden und erkoren, erzählte er vergnügt.
Aha, herzliche Gratulation, sagte Xenia.
Danke, danke. Mir kann man wirklich gratulieren. Nehmen Sie das Beispiel: Meine zukünftige Frau ißt gern Fleisch, ich aber esse gern Fisch. Sie ißt wirklich ungern Fisch, aber, aufgepaßt: Mit der Zeit, mit genügend Geduld, hat sie sich umgestellt.
Herr Stifter lachte sich in seine gut vorbereitete Zukunft.
Ich bin Pädagoge, nicht wahr?
Herr Stifter mußte noch viel mehr lachen. In der Floskelsprache, die er liebte, war er *von Haus aus* Chemiker, aber seine Utopien waren *vom Tisch*, und nun erteilte er *mit Leib und Seele* Sportunterricht, Chemie, außerdem ein wenig von dem, was er Hobby-Religion nannte.
Mir erlauben Sie doch ein offenes Wort, Frau Kollegin? Ich bin nun mal frei heraus, ich habe noch nie aus meinem Herzen eine Mördergrube gemacht, und daher behaupte ich, und zwar als Tip: Mit Ihrer Ironie befinden Sie sich auf dem Holzweg. Er führt an den jungen Menschen vorbei.
Er blieb so unerhört fröhlich, als denke er nach wie vor an Fischgerichte für seine umgepolte Frau.
Falls ich die Engelhardt-Schule, Schüler und Kollegen

und Chef inbegriffen, noch ein paar Jahre durchhalte, wird aus mir ein bitterer grämlicher Mensch, dachte Xenia. Grimmig blickte sie Herrn Stifter nach, der in Richtung Marktplatz davonschritt, mit hüpfenden Bewegungen. Ich bin aber nicht von Natur aus garstig, wußte sie, mein Herz bietet der Wissenschaft und der Freundschaftlichkeit Platz. Um sich herum nichts als Öde und Kleingeist, und das wird mich noch eines Tages infizieren.

So ähnlich sagte sie das auch Hartmut, der erwiderte:

Vorgestern war es noch die Liebe, hinter der du her warst. Oder habe ich mich verhört.

Man wird bescheidener, sagte Xenia, um ihn leicht zu kränken.

Er war aber nicht kränkbar. Er hockte über einem Gutachten und war an Xenias Stoßseufzer gewöhnt.

Xenia sagte:

Ich habe aber nicht die Absicht, bescheidener zu werden.

Jeder muß bescheidener werden, das heißt nämlich auch: erwachsen werden. So ist das Leben.

Du erinnerst mich an diese Engelhardt-Typen. An die Lehrer und an die jugendlichen Gespenster. Du bist ganz ähnlich.

Heut ist Donnerstag, sagte Hartmut.

Gut beobachtet, sagte Xenia. Was er mit dem Hinweis auf den Wochentag meinte, war ihr klar. Sie freute sich auf einen kleinen, aber aufklärerischen Disput.

Machst du heut nicht sauber? fragte Hartmut.

Mach ich nicht. Machst du es oder machst du es auch nicht?

Xenia wartete gespannt auf Hartmuts Antwort. Das Lesen täuschte er nur noch vor.
Auch Xenia täuschte Lesen nur vor. Aufgeschlagen im Feuilleton hatte sie soeben eine Seite mit Gedichten von Georg Trakl.
Hör mal zu, sagte sie, nachdem sie sich ein kurzes Gedicht doch vorgenommen hatte, weil ihr die Wartezeit zu lang wurde. Ein sehr schönes Gedicht, hör mal zu.
Sag mal, stimmt was nicht? fragte Hartmut.
Er hob jetzt wahrhaftig den Kopf, und erstaunlicherweise sah er Xenia sogar an, und außerdem mit einem aufmerksameren Ausdruck als gewöhnlich, etwas furchtsam.
Stimmt denn irgendwas, fragte Xenia.
Dort steht dein Imbiß, sagte Hartmut.
Er meinte es weder gut noch böse, doch eher wohl gut, nur reizte der Anblick einer Banane mit braungesprenkelter Schale Xenia plötzlich ganz außerordentlich. Die blöde Banane mitsamt dem blöden Teller, Hartmuts Einfall für ihr Dessert, sie würde ihm diese unansehnliche Fracht gleich ins ahnungslose Gesicht schleudern. Aufgeregt, mit zu raschem Puls las sie nochmals das schöne, kurze, traurige Gedicht.
Und warum machst du heut nicht sauber, wenn es gestattet ist zu fragen? Hartmut senkte den Kopf wieder über seine Papiere.
Warum hat es sich zwischen uns herumgesprochen, daß du der stärker beschäftigte Mensch bist? fragte Xenia stumm; was sie tatsächlich sagte, war:
Weil du über die kräftigeren Muskeln verfügst, wenn wir

es vom rein physischen Aspekt aus interpretieren wollen. Du bist einfach körperlich fürs Putzen besser ausgerüstet als ich.
Aber du hast den niedrigeren Blutdruck, brauchst Bewegung. Sag mal, bist du immer noch eingeschnappt wegen heut morgen?
Und was war heut morgen? Xenia stellte sich ahnungslos, aber sie erinnerte sich gut an die Kränkung. Nachdem sie Interessantes über die Einflüsse des Sonnenlichts auf ihre Zirbeldrüse vorgetragen hatte, also über sich als die berühmte Ausnahme von der Regel, war sie von Hartmut – wie paralysierend, wie phantasielos – in die Schranken ihrer Geschlechtszugehörigkeit verwiesen worden. *Typisch Frau*, klang es noch in ihr nach. Überbewertung des Alltäglichen. Was war denn eigentlich so übel daran, das Alltägliche hoch zu bewerten? So eine blöde, halb verkommene Banane stelle ich ihm nicht zurecht, wenn ich dran bin, mir eine Zwischenmahlzeit für ihn auszudenken. Von uns beiden habe ich die liebenswürdigeren und die amüsanteren Einfälle, wenn es darum geht, dem Alltag ein paar Akzente zu versetzen. Durch diese Akzente wird er überhaupt erst lebenswert.
Im Allgemeinen sind es nun mal die Frauen, die saubermachen, das hast du vermutlich gemeint, sagte Xenia, die währenddessen aber nicht mit sich zufrieden war. Denn was sie in diesem Moment entschieden nicht tat, das war die Kehrtwendung zur Harmonie.
Wenn du Streit suchst, tut mir leid, sagte Hartmut, ich habe nämlich zu tun.
Ich habe ebenfalls zu tun, sagte Xenia.

So viel ich vorhin mitgekriegt habe, liest du Gedichte im Feuilleton, sagte Hartmut.
Möchtest du es jetzt vielleicht hören? Oder möchtest du eine Anekdote aus meinem Berufsleben hören? Hör zu, es dauert nicht lang. Mein Kollege Stifter kann nun endlich heiraten, denn er hat seine zukünftige Frau so weit, und nun ißt auch sie endlich gern Fisch, genau so wie er. Nun können sie heiraten. Wie findest du das.
Ich kannte vor Jahren, das war noch in Erlangen beim Studium, ein Mädchen aus Schwaben. Die hat geputzt, ich kann dir sagen! Hat unheimlich alles in Schuß gehalten, und noch mit Spaß dabei, sagte Hartmut.
Ich hab so den Eindruck, den Streit suchst du, nicht ich, sagte Xenia. Sie war neben seinen Schreibtisch getreten und ließ aus voller Höhe, den Arm nach oben gestreckt, die alte Banane in Hartmuts Papierkorb fallen.
Typisch Frau? fragte sie.
Leider nein, antwortete Hartmut. Typisch Frau, das ist ja etwas was ich mag.
Aber nicht immer. Wenn ich morgens über diese spezielle Sorte von Januarwetter schimpfe eben nicht.
Ich mag Schimpfen nicht. Donquichotterien mag ich nicht. Hartmut stand auf. Einen unsicheren und fast auch unglücklichen Eindruck machte er, obwohl er sich Mühe gab, als Herr der Lage zu gelten.
Nur kein Mitleid, warnte Xenia sich. Bei aller Wertschätzung des Friedens im Alltag, gelegentlich muß es ums Prinzip gehen. Stumm verließ sie den aussprachebereiten Hartmut und zog sich in die kleine Küche zurück. Es war eine nette kleine Küche, in der Xenia am liebsten ihre

Briefpost erledigte. Der Ausblick ging in einen engen Garten, dessen bettlakengroßes Grasviereck im Sommer *Rasen* hieß, und der jetzt von den Schalen des Vogelfutters grau war, so grau wie der kurze Kiesweg, durch den das Grasstück eingerahmt wurde. Ohne den Nußbaum wäre der Garten nicht viel besser als ein Gefängnishof, kleines, aber strenges Gefängnis, dachte Xenia, die den Nußbaum plötzlich auf eine höhere Stufe stellte als Hartmut. Den Nußbaum zu verlassen, wäre gemein. Eigentlich hatte sie in Sachen Wohnungswechsel ihrer Freundin Inge Eckbach, die mit einem Makler liiert war, schreiben wollen, und bereits mit einem dicken Kreuz, wodurch es erst recht auffiel, die gedruckte Abkürzung »Dr.« auf ihrem Briefkopf durchgestrichen, eine Sitte bei ihr. Kombination von Anspruch und Bescheidenheit. Nun aber kam ihr das Trakl-Gedicht in den Sinn, und sie wollte notieren, was sie davon noch auswendig wußte. »Ein Herz erlischt«, fing sie an, als Hartmut *Telephon* rief.
Ihre Mutter war dran.
Es geht dir doch gut? Wir haben so lang nichts von dir gehört!
Besorgt klang ihre Mutter aber überhaupt nicht.
No news, bad news, rief Xenia.
Wie bitte?
Es geht mir gut.
Das ist fein. Wir hatten gestern deine Cousine Tanja zu Besuch, und zwar mit ihrem Baby. Du hast was verpaßt, eigentlich meine ich plötzlich, du hasts nicht nur gestern verpaßt, das Baby.
Xenias Mutter mußte lachen. Xenia wartete.

Hast du was gesagt, fragte ihre Mutter.
Nein, nichts. Gehts dem Vater auch gut?
Oh, es geht ihm so so la la, du kennst ihn ja. Aber gestern, Tanja mit dem Baby, das hat ihn richtig aufgemöbelt.
Vielleicht wars doch ein Fehler, das mit dem vorgezogenen Ruhestand, sagte Xenia.
Das Baby, wirklich, Xenia, man kanns nicht erzählen, wie wundervoll so ein kleiner Mensch ist. Man muß es erleben.
Gleich würde sie *Erdenbürger* sagen, und vom Wunder winziger Gliedmaßen sprechen und am Ende mit irgendeinem Witz kaschieren, wie dringend sie Xenia das Glück wünsche, in nicht allzu weiter Ferne selber ein Kind in den Armen zu halten.
Der Doktortitel stört dein Baby eines Tages mal ganz und gar nicht, du wirst schon sehen.
Obwohl es ja nicht nötig war, denn ihre Mutter konnte sie nicht sehen, verzog Xenia den linken Mundwinkel zu einem Lächeln, purer Reflex, eingeborene Höflichkeit, aber die restliche Gesichtsmuskulatur schonte sie für eine bessere Gelegenheit.
Hat sie dir die Laune verdorben, fragte Hartmut etwas später, als er Xenia vor ihrem Briefbogen fand, den Blick aus dem Küchenfenster in den Nußbaum. Weißt du, man muß sich in das Unvermeidliche schicken. Das ists, was ich dir zu deinem Besten nahelegen will, so auch heute, von der Zirbeldrüse bis zum Saubermachen.
Da sah Xenia ihre Klasse im Maxi vor sich, alle Treppenstufen besetzt, neunundzwanzig Unvermeidlichkeitsadepten.

Wegen der albernen Hausarbeit wirds ja wohl hoffentlich nicht sein, daß du hier ausziehen willst. Ich meine bloß, das bißchen Dreck wird ja nicht der Grund sein, sagte Hartmut. Oder wie seh ich das?
Nein, nein, sagte Xenia.
Was war das für eine Vibration in der Gegend ihres Herzens? Tat Hartmut ihr schon wieder leid? Spürte sie, daß er einrenken wollte, oder machte sich nur wieder die weibliche Komponente bei ihr geltend?
Andererseits, Ali erzählt mir immer, wie gesundheitsschädigend Hausstaub ist, sagte Hartmut, ganz abgesehen vom Schimmel und dergleichen, Grünspan, und Ali ist Mediziner, er kennt sich aus. Es müßte eben doch prinzipiell etwas geschehen, einmal pro Woche reicht nicht.
Eine gewaltige Willensleistung erbrachte Xenia, indem sie, äußerlich ruhig, am Küchentisch sitzenblieb. Wegen des unbarmherzig demaskierenden Sonnenlichts wagte sie nicht, in den armen kleinen Knastgarten zu schauen. Doch wie durch ein Wunder fiel ihr Trakls Gedicht nun komplett ein, die Satzzeichen inbegriffen, und sie schrieb es auf.
Also, wegen dem Haushaltskram brauchst du hier nicht raus, unnötig, deswegen mit Inge Eckbach zu konferieren. Hartmut machte eine Pause, und danach klang seine Stimme aufgefrischt, wie neu geölt:
Das mit dem Donnerstag, daß ich an den Donnerstag erinnert habe, das ist übrigens ein Witz, du kannsts als puren Witz auffassen. Heut ist nämlich kein Putz-Donnerstag, heut ist der erste im Monat, und du hast an die-

sem Abend dein Meeting? Dein Akademikerinnenverband tagt. Du hättest also heute sowieso frei, total frei vom Haushalt.
»Ein Herz erlischt – und sacht, die Nebel fluten und steigen – Schweigen, Schweigen!« Da stand das Gedicht, traurig und wunderschön, auf dem Briefbogen unter dem durchgekreuzten Doktortitel und unter *Xenia Adler* und ihrer mit Hartmut gemeinsamen Adresse. Xenia faltete den Bogen zusammen, denn jetzt war nicht der Moment, ihn einzuweihen; sie schob den Bogen in ein Couvert, das sie aber nicht zuklebte. Sie ließ es, unadressiert, unfrankiert, auf dem Küchentisch liegen, und verpackte dann sich selber auf dem winzigen Flur in dem alten Pelzmantel, den sie nur für Fußwege benutzte, während Hartmut so tat, als beobachte er sie gar nicht.
Ich brauche ein bißchen Bewegung, Ciao, sagte Xenia.
Zwei Blocks weiter betrat sie das Café Gottwaldt. Hier war es immer zu eng, zu heiß, zu laut, und Xenia konnte die selbstgerechte Kellnerin nicht leiden, eine Frau mittleren Alters, die ihrerseits Xenia mißtraute, denn nie bestellte die zur einzigen Tasse Kaffee wie ihre übrige Klientel auch Kuchen, Gebäck, Torten, den Stolz der Kellnerin. Xenia kam trotzdem manchmal ins Café Gottwaldt, wenn sie, selbst bei geschlossener Tür von Hartmuts Zimmer, nicht das Gefühl hatte, frei atmen zu können.
Kann man hier telephonieren? fragte Xenia, und die Kellnerin, eine stämmige Person mit eintönigem penetrantem Gesichtsausdruck, deutete mit einer Kopfbewegung auf ein gelblichgraues Telephon, das am Pfeiler zwischen Getränkeausschank und Cafébereich klebte.

Weißen Knopf drücken, dann wählen, sagte die Kellnerin.
Mehr zum Scherz fragte Xenia:
Kostet das was, ein Ortsgespräch?
Allerdings kostet das was, sagte die Kellnerin mit kaum unterdrückter Empörung, so als habe Xenia sie und ihr Café Gottwaldt beleidigt.
Warum sagen Sie nicht, daß es leider was kostet, fragte Xenia.
Die Kellnerin ruckte mit dem Kopf, sie schien einem unguten Geist, der sie durch Xenia bedrohte, ausweichen zu wollen, und dann schaffte sie zwei, wie es sich hier gehörte, hoch gefüllte Kuchenteller an Xenia vorbei. Ihr Abgang demonstrierte: So wie Sie benimmt man sich nicht in diesem sehr beliebten Café, hier wird richtig bestellt, hier sitzt man nicht einzeln herum oder telephoniert gar und stellt eigenartige Fragen.
Das Besetztzeichen, die Hitze, die Feindschaft der Kellnerin: Alles setzte Xenia zu. In ihren Winterstiefeln bekam sie heiße Füße, Füße wie Bügeleisen, dachte sie; vom süßen Geruch aus dem Verkaufsraum wurde ihr etwas übel. Wieder wählte sie die Nummer der Privatschule Engelhardt, und diesmal endlich kam das Freizeichen.
Verbinden Sie mich bitte mit dem Internat, sagte Xenia zu Herrn Kraus, dem Hausmeister.
Wer spricht da, fragte er.
Sie kennen mich nicht, ich bin eine Verwandte von Claudia Brehm. Ich bin Elke Brehm.
Xenia wunderte es, wie gut sie sich in die unvorbereitete Schwindelei laviert hatte.

Eine Schülerin, die sie nicht kannte, hatte die Aufsicht.
Können Sie bitte feststellen, ob Richie im Haus ist? Richie Kaltbrenner, zwölfte Klasse. Es handelt sich um eine Umfrageaktion.
Moment bitte, sagte die Schülerin, die lustlos und etwas enttäuscht klang.
Richie ist nicht da, tut mir leid.
Xenia glaubte dem Mädchen nicht, daß es nach Richie geforscht hatte, die Wartezeit war zu kurz gewesen.
Dann verbinden Sie mich bitte mit der Direktion. Ich möchte Herrn Engelhardt sprechen.
Was wollte sie Herrn Engelhardt sagen? Was hatte sie Richie sagen wollen?
Sie brauchen bloß durchzustellen, da gibt es einen Knopf...
Ich weiß Bescheid, sagte das Mädchen.
Privatschule Engelhardt, Heinz F. Engelhardt am Apparat.
Xenias Chef vergaß sein vielversprechendes großes F nicht und meldete sich als erster von Xenias drei bisherigen Teilnehmern neugierig, mit Lust auf etwas Skandalöses, das ihm zu einem wichtigtuerischen Höhepunkt im unverhofft doch nicht ganz so faden Nachmittag verhülfe.
Hier spricht die Biologische Bundesanstalt, Institut für biologische Schädlingsbekämpfung. Xenia hielt, obwohl ihr davor ekelte und sie kurz an AIDS denken mußte, das Membrangehäuse dicht an ihre Lippen, damit die Nebengeräusche im Café Gottwaldt Herrn Engelhardt nicht auf einen Verdacht brächten. Von wo sprechen Sie,

müßte er fragen, aber ach, ein Anfänger, Tölpel, Dilettant und Voyeur, der er war, er nahm sich vielmehr zusammen, wahrscheinlich reckte er sich in seinem Schreibtischsessel, und mit einem Räuspern, Stolz in der Stimme, als er *Ja bitte, ich höre* von sich gab, bekundete er seinen Respekt vor der großen weiten Welt von Einrichtungen, die sich *Institut* und *Bundesanstalten* nennen durften.

Xenia war verwirrt und ihr wurde noch viel heißer. Sie sagte:

Bei Ihnen arbeitet im Angestelltenverhältnis eine Frau Doktor Adler, deren Dissertation und zwei weitere Forschungsarbeiten uns vorliegen. Frau Doktor Adler ist in erster Linie Wissenschaftlerin, insofern scheint sie im Schuldienst fehl am Platz, sagen wir mal: unterfordert. Unter Niveau, was nichts gegen den Schuldienst als solchen aussagt, Sie verstehen.

Ich verstehe, antwortete Herr Engelhardt, der sich knechtisch anhörte. Er rettete sich in die Bemerkung, hochqualifizierte Kräfte hätten ausgerechnet in der Privatschule Engelhardt und oft wider eigene Erwartung zu erfüllten, vielfach bereichernden Lebensaufgaben gefunden.

Um Frau Doktor Adler finden wir es dennoch schade, und wir, um es frei heraus zu sagen, wir würden sie Ihnen gern abspenstig machen.

Xenia schob ein Lachen ein. In diesem Moment ging die Kellnerin an ihr vorbei und warf ihr einen mißgünstigen Blick zu, und mit einem Stöhnen gab sie Xenia außerdem zu verstehen, wie unerträglich lang sie hier am Pfeiler den

Wandelweg der Kellnerin schon behinderte. Xenia hörte Herrn Engelhardt *aha* und *soso* sagen, und dann mit Schwung:
An abgebrochenen Akademikern mangelt es ja auf dem freien Arbeitsmarkt nicht, und Frau Adler ließe sich demzufolge ersetzen. Keiner von uns ist unersetzlich, nicht wahr?
Es gibt also auch Geruchshalluzinationen, dachte Xenia, denn sie fühlte sich vom ganz speziellen Eukalyptusschwall, den Herr Engelhardt verströmte, besonders wenn er lachte, umnebelt, und nun lachte er, herzlich sogar.
Wir lassen wieder von uns hören, vielen Dank, sagte sie.
Bitte sehr, und schönen Tag noch, rief Herr Engelhardt.
Vor dem Café Gottwaldt prallte Xenia auf Hartmut, der eintreten wollte.
Hier warst du also. Er klang abgehetzt. Ich hab mir Sorgen gemacht.
Warum denn das? Lang kann ich nicht weggewesen sein.
Dein komischer Abschiedsbrief auf dem Küchentisch, wahrscheinlich hätte ich den nicht lesen sollen. Aber ich habs nun mal getan.
Schnell gingen sie die zwei Blocks zurück zu ihrer Wohnung. Im Freien war es zu kalt zum Sprechen, fand Xenia, und auch in der Wohnung brauchte sie sich ja nicht unbedingt daran zu erinnern, daß Hartmut sich irrte, wenn er Xenia die schönen Todeszeilen von Georg Trakl zutraute.
Also, was ist? fragte Hartmut. Du warst den ganzen Tag über komisch.

Ich bin komisch, ich bins immer, sagte Xenia.
Das bist du nicht, bester Beweis: Ich bin schon im dritten Jahr mit dir zusammen.
Nun wird doch nichts aus einem Lob für dich, antwortete Xenia stumm. Für deine ausnahmsweise hohe Bewertung des Alltäglichen, und für die weibliche Komponente: Neugier auf mein Couvert, und für die Angst um mich. Hartmut erinnerte sie an die Kellnerin im Café Gottwaldt, oder ebenso gut hätte er auf einer der Treppenstufen im Maxi sitzen können oder im Kollegium.
Fast wie Ehe, drei Jahre, sagte Hartmut.
Öde Welt, sagte Xenia.
Öde ist man selber, sagte Hartmut.
Stimmt, sagte Xenia.
Wahrscheinlich kann man nicht unentwegt nicht öde sein, sagte Hartmut. Du bist die Biologin, du mußt es wissen.
Du bist der Soziologe, und du weißt es sogar schon.
Wars gut, fragte Hartmut, als Xenia in der Nacht vom Treffen des Akademikerinnenverbandes zurückkam. Sich Hartmuts als eines biologischen Systems zu erinnern, als sterblich, das hatte sich schon oft bewährt, und Xenia empfand nun viel für sein leicht gewappnetes Gesicht, überanstrengt sah es auch aus. Hast du wieder Teufelspizza gegessen?
Hab ich, und gut wars, wirklich. Xenia geriet in Erzählstimmung. Wir planen eine Dichterlesung. Gäste sind erwünscht. Anschließend Diskussion, dann Mittagessen. Eine Matinée.
Beide hatten genug Wein getrunken – Hartmut in der

Wohnung, Xenia im *Via Veneto* – um sich garantiert für diesen Tagesrest nicht mehr zu streiten, und nun tranken sie weiter.
Mutig und diskussionslustig fragte Xenia:
Wie hat es dir eigentlich gefallen, das Gedicht?
Welches Gedicht?
Das in meinem Couvert.
Nicht hundertprozentig mein Geschmack, und von dir hats mich gewundert. Wissenschaftlich stimmt das schon mal gar nicht: »Ein Herz *erlischt*«, erlöschen, das tut es doch ganz sicher nicht.
Aber das »Schweigen, Schweigen«, das stimmt, sogar auch wissenschaftlich, sagte Xenia. Nach dem Tod.
Schwer war es daraufhin, es zu brechen, das Schweigen vor dem Tod. Manchmal bekamen sie, selbst wenn sie genug Wein getrunken hatten, einen Streit von der Sorte, die sich in Schweigen ausdrückte. Doch dieses Schweigen glich dem im Maxi der Engelhardt-Schule und es löste in Xenia einen inneren Lärm aus. Schweigen, Schweigen, flehte es in Xenia, und sie wunderte sich über ihr Verlangen nach Wörtern. Der Mangel an Kraft zur Versöhnung – auch das war eine biochemische Angelegenheit, und Xenia ermunterte ihren Serotoninspiegel: Los los, mach schon, bring den Tag zu einem guten Ende.
Noch ein Schluck Wein und die Schwäche wich, sie fragte:
Und wie war dein Abend? Was hast du gemacht?
Es tat gut, Hartmuts Gesicht zu beobachten, ganz vorsichtig wurde es zutunlich.
Ich hab mal endlich alle alten Zeitungen aufgearbeitet.

Bin mit allem durch. Übrigens, gut daß ich dran denke: Nach dem Vorbild der Stadt Miesbach suchen die von der Stadtverwaltung nun auch hier bei uns eine Abfallberaterin. Für dich als Biologin ein Kinderspiel. Wie wärs damit, statt Engelhardt?
Hartmut goß in beide Gläser Wein nach. Sein Ausdruck war ziemlich schnell derjenige eines mit sich und der Welt im Einklang lebenden Menschen geworden.
Ich fände, es wäre interessanter für dich als die Engelhardt-Nummer. Und was ist mit irgendwelchem Sex, nachher?
Für mich als Biologin oder wie? fragte Xenia.
Ha ha, machte Hartmut und blieb guter Dinge.
Ich suche keine Kinderspiele. Ich liebe die Wissenschaft, sagte Xenia.
Ist das nun die Antwort auf den Abfallberaterinnen-Job oder auf Sex?
Auf beides. Ich habe auf beides geantwortet.
Was du heute kannst besorgen... fing Hartmut gemütlich an, und dann mußte er gähnen.
Nicht einmal auf morgen werde ich es verschieben, sagte Xenia, dann hob sie ihr Glas und rief: Schweigen, Schweigen!
Wie bitte? fragte Hartmut. Du wirst doch nicht wieder sonderbar, oder?
Xenia fing an, Georg Trakls Gedicht zu zitieren:
»Ein Herz erlischt – und sacht...«
Oh, unterbrach Hartmut sie, ich dachte, diese Sache mit deiner merkwürdigen Botschaft wäre erledigt. Sie haben dir doch noch immer gut getan, deine Akademikerinnen.

Eine Art Botschaft, ja, das wars vielleicht. Aber von einem Dichter geschrieben, nicht von mir. Xenia tat es nicht einmal mehr leid, den Ruhm demjenigen zurückzugeben, dem er gebührte.
Na schön, sagte Hartmut, ich verzieh mich.
So schnell wie er wieder zufriedengestellt werden konnte, war er auch beleidigt.
Du weißt, daß es nicht mein Fall ist, Zeug wie dieses, sagte er.
Schweigen, Schweigen, rief Xenia.
Sanft und freundlich klang plötzlich Hartmut:
Warum nicht? Schweigen wir. Warum tust du es nicht?
Menschen reden miteinander, und das ist auch wünschenswert, antwortete Xenia. Trakl meint den Tod.
Du bist aufgeregt, Armes.
Das bin ich, dachte Xenia.
Mein Serotoninspiegel ist irgendwie tief, sagte sie und:
Tief wie das Schweigen, sagte sie nicht.
Übrigens, ich mag Lyrik schon, doch. Gibt das eine Lyrikdichterlesung da in eurem Club?
Nein, Prosa.
Auch gut, ich komme mit, keine Sorge. Und weils Prosa ist, paßt ja noch diese eine letzte Bitte für heute: Benutze doch den neuen Walzenschoner in der Schreibmaschine, die Walze ist dermaßen zerhackt. Ohne dir zu nah treten zu wollen. Okay?
Okay, sagte Xenia. Schluß für heute?
Schluß für heute.
Sie räumten gemeinsam die Gläser weg, die Flasche in den Eisschrank. Im Badezimmer, bei ebenfalls gemein-

samem Zähneputzen, fiel Schweigen als inwendiger Lärm kaum auf. Und durch das Gute-Nacht-Sagen wurde es kaum gebrochen. »... die Nebel fluten und steigen – Schweigen, Schweigen!«

Das muß eine Verwechslung sein, sagte Xenia zur Kellnerin vom Café Gottwaldt, die ihr den Zutritt zu Herrn Engelhardts Büro versperrte. Und außerdem fehlt auf dieser idiotischen Rechnung die Mehrwertsteuer und mein Doktortitel. Ich habe nämlich promoviert, nebenbei. Trotzdem, das Ganze ist eine Verwechslung, mich geht das nichts an, und nun lassen Sie mich endlich hier durch! Xenia war empört und würde gleich die triumphierende Frau niederboxen, und warum nun plötzlich Herr Engelhardt neben der Kellnerin stand, sein Eukalyptusbonbonpapier mit den Gesten eines Magiers bis auf die Größe eines Walzenschoners entfaltete und dazu lachte, das war schwer zu begreifen. Eine ganz wundervolle Kündigung, tausend Dank, Frau Wissenschaftlerin! Frauen lernen um, das ist ein weibliches Naturell, die zukünftige Frau Stifter ißt mittlerweile gern Fisch, Frauen müssen anschmiegsam sein, so ist das nun einmal, Frau Erfolgsbiologin. Die Gesichter von Herrn Engelhardt und der Kellnerin waren fratzenhaft, in der Nacht, in Xenias Traum. Überhaupt: viel Aktion mitten im hochverehrten Schweigen.

Pflegschaft

Sie sprechen ja normal, also nicht besonders laut, wenigstens beim Telephonieren so wie jetzt bekommt man den Eindruck, daß Sie eher leise sprechen, sagte ich zur Notarin.

Unser Termin war zwar schon verabredet, Donnerstag, zehn Uhr dreißig, aber die Befürchtung, das juristische Vokabular werde meine Mutter erschrecken, hatte mir keine Ruhe gelassen, und deshalb rief ich am Mittwoch nachmittag noch einmal an. Weil meine Freundin Kundenbesuche machte, war der Zeitpunkt günstig. Sie ist Pharmavertreterin und hat sich, als das mit uns beiden anfing, von einem Rechtsanwalt getrennt; deshalb versteht sie einiges von der Materie, um die es morgen bei der Notarin ginge, und von meinem Vorgänger, dem Rechtsanwalt, stammen auch die Tips, durch die wir nun bald die Rechtslage meiner Mutter verändern würden. Mich hat meine Freundin für viel Vernunft bei den Vorbesprechungen gelobt, doch findet sie, ich sei im Grunde doch ein Muttersöhnchen.

Ich kann auch richtig laut sprechen, sagte die Notarin und lachte. Ihre Mutter ist schwerhörig, ist es das?

Es ist gut so, ich möchte, daß Sie nicht laut sprechen, sagte ich. Wenn Sie uns den Schriftsatz vorlesen, sollten Sie es bitte ziemlich gedämpft tun.

Ihre Frau Mutter muß selbstverständlich den Inhalt voll zur Kenntnis nehmen, sagte die Notarin.

Wörter wie *Vormundschaft* und erst recht *Entmündigung* wären doch schockierend. Auch wenn sie vom *Fehlen der vollen Geschäftsfähigkeit* hört oder von *Gebrechlichkeit*, das könnte eine demütigende Wirkung haben, sagte ich.

Entmündigung wird ja ausgeschlossen. Und was war noch? Ach ja: *Vormundschaft*. Die Notarin lachte wieder, aber besonders ansteckend klang es nicht. Hören Sie? »Im Unterschied zur *Vormundschaft*«, so wird der betreffende Satz anfangen.

Aber *Pflegschaft* wird vorkommen, womöglich *Kuratel*?

Ich erfuhr, *Kuratel* nenne die österreichische Rechtssprechung, was wir hier bei uns als *Pflegschaft* anstrebten.

Wir werden die alte Dame schon nicht überfordern.

Trotz des beinah tröstlichen Tons der Notarin bat ich nochmals:

Beiläufiges Sprechen wäre vorsichtshalber das Beste. Zwar hört sie nicht gut, und ein Beruhigungsmittel wird sie auch eingenommen haben, aber man weiß nie...

Ihre Mutter ist über den Vorgang informiert. Damals waren Sie nicht mit in der Kanzlei. Ich las ihr den Sachverhalt vor, also ich muß sagen, sie hat sich nicht gemuckst.

So ist sie, vor Fremden.

Sie ist in rechtlicher Hinsicht eine hilfsbedürftige Person und weiß das seit dem 12. Februar. Problematisch wird schlimmstenfalls der Gerichtstermin. Wie Sie wissen, ernennt das Gericht den Pfleger.

Die Notarin hörte sich mittlerweile mißvergnügt an. Mit der Täuschung einer Klientin wollte sie nichts zu tun haben. Desgleichen nichts mit einer neurotischen Begleitperson.
Ich weiß Bescheid, beziehungsweise meine Freundin, sie kennt sich gut aus. Das einzige, worum es mir geht, ist das: Ich will meine Mutter nicht erschrecken, erklärte ich.
Sie muß einverstanden sein, das möchte ich Ihnen gewissermaßen als Vertreterin des Gesetzes bekunden.
Gewiß, gewiß, das ist sie, wiegelte ich ab. Sie ist überhaupt nicht argwöhnisch. Sie vertraut mir, und daß ich immer ihr Bestes will.
Na wunderbar, lobte die Notarin.
Meine Mutter ist überanstrengt von ihrer Selbstverwaltung, so könnte man es nennen. Ich lachte, ohne im geringsten guter Dinge zu sein. Und ich selber – ich kann ja noch nicht mal multiplizieren, geschweige denn dividieren…
Mit dem Steuerbevollmächtigten kam sie immer gut aus, die alte Dame?
Doch ja. So viel ich weiß, ist er tüchtig. Eine Vertrauensperson.
Ich denke wie Sie, sagte die Notarin. Eine *Pflegschaft* ist kein Weltuntergang.

–

Heute gehts zum Zahnarzt, mein Kleiner, leider leider!
In meinem Rückblick auf bestimmte Tage meiner Kindheit erkenne ich am Gesichtsausdruck meiner Mutter, wie viel Mühe es ihr bereitete, mir etwas vorzumogeln.

Aber Spaß hat es ihr auch gemacht. Ich sehe den Widerstreit in ihren Augen, die ernst blicken wollten.
Es muß sein, es muß einfach wieder einmal sein. Der Zahnarzt wird nachsehen, ob alles in Ordnung ist. Vielleicht findet er diesmal gar nichts.
»Eine muntere, aufgeweckte, einfallsreiche Mutter, liebe Mutter, das bist du gewesen. Im Kino sind wir gelandet oder im Café Schimmel, und nicht beim Zahnarzt. Irgendwann aber wirst du mich doch auch einmal dem Zahnarzt vorgeführt haben? Ich kann mich nicht daran erinnern. Ich erinnere mich nur an deine Zauberkunststücke.«
Ich gab es aber auf, ihr den kleinen Brief zu Ende zu schreiben. Als meine Freundin zurück in die Wohnung kam und mir *Was treibst du denn* zurief, zerriß ich schnell den Bogen.
Wenn ich dir heutzutage verkünde: Heute gehts zur Notarin, leider leider, meine Kleine, liebe Mutter, dann kannst du nicht insgeheim, so wie ich vor Jahrzehnten, auf Überraschungen zählen. Heute gehts zur Notarin, das heißt: Heute geht es wirklich nirgendwo anders hin, es geht zur Notarin.

–

Meine Mutter saß abholbereit auf ihrem Sofa am Fenster, als ich mit meiner Freundin ins Haus eintrat. Ich habe einen Hausschlüssel, und sie hat uns nicht gehört, bis wir ins Wohnzimmer kamen. Da stand sie sofort auf, nahm ihre Tasche in die Hand und wollte weg, um die Sache hinter sich zu bringen, obwohl wir zu früh bei der Notarin einträfen. Auf meine Freundin deutend, sagte ich überflüssigerweise:

Ich habe sie mitgebracht, ist das nicht gut so?
Meine Mutter stimmte zu und gab sich Mühe zu lächeln. Aus Liebe und Mitleid werde ich oft fast grob, aber darauf, daß meine Mutter mitspielt, kann ich mich verlassen, und jetzt sagte ich, auch um sie ein bißchen aufzumöbeln:
Du solltest dich bei ihr bedanken, sie hat zwei Kundenbesuche für dich geopfert.
Vielen Dank, sagte meine Mutter, das ist wirklich zu viel verlangt.
Schon gut, sagte meine Freundin.
Sie versteht so viel von dem elenden Zeug, sagte ich im Bestreben, mich durch meine Wortwahl als der Komplize meiner Mutter erkennen zu geben. Sie stand schon in der offenen Haustür, als ich ihr noch in den Mantel half. Elendes Zeug: Wenn ich es so sähe, wären wir beide ranggleich. Zwei bilden ein Bollwerk. Aber heiter stimmen konnte ich sie keineswegs. Betrübt, nein, das war sie nicht, nur so förmlich vor lauter unterdrückter Nervosität, als stehe sie bereits der Notarin gegenüber. Wahrscheinlich fühlte sie sich seit dem Aufstehen nicht mehr wirklich wie bei sich zu Haus.
Nur ich weiß, ich weiß es aus Instinkt, daß meine Mutter den zweiten, massiver eingreifenden Beschluß nicht mitbekommen hat und demnach noch an eine Nießbrauch-Umwandlung ihres Wohnbesitzes glaubt. Weil sie jedoch auch vom Nießbrauch nur den Schimmer einer Ahnung hat, fand ich, sie über den heutigen Vollzug aufzuklären, sei unnötiger Aufwand. Vergebliche Liebesmüh, hatte ich meiner Freundin zugerufen, um sie in die Irre über

meine wahren Absichten zu führen. Allzu lang sind wir noch nicht zusammen, doch kennt sie mich schon recht gut. Ihr seid alle beide, du und deine Mutter, ein wenig feige, vornehm ausgedrückt, hatte sie gestern abend befunden. Ihr drückt euch vor der Realität. Wozu soll das gut sein? Es sei gut, um sich etwas wohler auf diesem Planeten zu fühlen, gab ich als Auskunft. Es sei gut gegen Verstörungen.

Daran glaube ich, und trotzdem, meistens nach Gesprächen über meine Mutter, die alt ist und allein lebt, frage ich mich, ob der einseitige Wirklichkeitssinn bei meiner siebzehn Jahre jüngeren Freundin überhaupt Brutalität ist. Vielleicht geht sie prekäre Verhältnisse menschenfreundlicher an als ich, und ich bin ein Drückeberger.

Die Notarin ist eine sehr sympathische Frau, rief ich meiner Mutter auf dem Weg durch ihren Vorgarten zu. Meine Freundin saß schon hinter dem Steuer des SAAB. Ich half meiner Mutter beim Einsteigen in den Fond, dort wollte sie hin, obwohl das Einsteigen mühsam für sie war, weil der SAAB nur zwei Türen hat. Ich mußte an den Steuerbevollmächtigten denken, den das Gericht als Pfleger ernennen würde, plötzlich in einer Vision als einen, der ihr außerdem beim An- und Ausziehen helfen würde, und vor Schuldbewußtsein wurde mir ganz schlecht.

Legen Sie bitte den Gurt an, sagte meine Freundin zu meiner Mutter, und sie führe nicht los, ehe meine Mutter das getan hätte.

Auch auf dem Rücksitz? Muß das sein? fragte ich, weil ich mich lieber anstelle meiner Mutter blamieren und dem

Verdruß meiner Freundin aussetzen wollte. Während ich auf die bekannte Reaktion meiner Freundin kaum achtete, fragte ich mich, wie mein Herz das aushalte: ohne Anfall, ohne Infarkt, diese Anspannung und Angst.
Es setzt Bußgelder, wenn man nicht angegurtet ist, und, wie dir bekannt ist, seit einiger Zeit gilt das auch für den Rücksitz, sagte meine Freundin.
Du schlägst ja noch immer, du zappelst noch, gutes armes kleines Ding, redete ich mein Herz an.

–

Du hast, liebe Mutter, auf der Strecke von deinem Haus bis zur Kanzlei, keinen Moment mit einem Trick gerechnet, also weder mit einer Fahrt zum Botanischen Garten noch zum Café Kreuzer. Du, früher, hast nicht nur besser gelogen als ich heutzutage, du hast auch liebevoller gelogen. Du hast ein anderes Fahrtziel angegeben. Deine Pflegschaft! Der Zahnarzt! Das Union-Kino!

–

Vor Mundtrockenheit bekam ich kaum heraus, wie ungewöhnlich warm es über Nacht geworden war.
Ja, es wird Frühling, sagte meine Mutter.
Gott sei Dank, wird auch allerhöchste Zeit, zensierte uns meine Freundin, doch war ich ihr dankbar dafür, daß sie überhaupt redete.
Furchtbar plötzlich, diese Wärme, für meinen Geschmack, rief ich in der Hoffnung, den Geschmack meiner Mutter zu treffen, und ich merkte, wie übertrieben und viel zu laut ich mich auf dem Beifahrersitz benahm, und daß meine Freundin damit anfing, sich in eine düstere Stimmung zurückzuziehen.

Im kleinen Wartezimmer der Kanzlei stellte eine ältere Frau sich als Aushilfe vor und besorgte drei Stühle für uns. Dann nahm sie wieder am Schreibtisch Platz, zwischen Stapeln von Aktendeckeln und Leitzordnern, die einer großen elektrischen Schreibmaschine nur wenig Spielraum ließen. Die Frau war über Kopfhörer an ein Diktiergerät angeschlossen. Sie trat auf Pedale, drückte Tasten, machte Arbeitspausen, wirkte unentschlossen, lauschte der diktierenden Stimme der Notarin, die, im Tonband auf Schneckentempo eingestellt, wie eine Männerstimme klang. Wir drei sind, nachdem ich aufgehört hatte, mich durch ein paar Scherze bei der Aushilfe beliebt zu machen und den andern gegenüber aufzuspielen, stumm geworden.

Mit übereinandergeschlagenen Beinen und die Arme verschränkt, saß meine Mutter sehr still, ihre gerade Stirn war ein bißchen gefurcht und von leichtem Ausschlag gerötet; ich fand ihren Ausdruck ernst und gesammelt. Nein, sie sah nicht unverständig und nicht in rechtlicher Hinsicht hilfsbedürftig aus. Plötzlich wußte ich genau, wie ausreichend ihr damit gedient wäre, wenn man sie regelmäßig besuchte und mit ihr gemeinsam schwierigere Post durchgehen würde. Die *Pflegschaft*-Regelung erschien mir als Überreaktion auf die Unordnung, die ich vor einigen Wochen in ihren Akten entdeckt hatte. In einer Erbschaftsangelegenheit war sie sich ihrer Ahnungslosigkeit bewußt geworden, sie verstand einen Brief vom Ortsgericht nicht, und fragte damals mich, was zu tun sei. Ich bin wie du, ich verstehe auch nichts von Urkunden und Dokumenten hier in dieser Mappe, habe ich ihr entgegengerufen, laß mich den ganzen Kram mitnehmen, meine Freundin wird Rat wissen oder doch einholen können.

Sie packt es nicht mehr, und sie verschwendet, ganz offensichtlich hat sie nämlich Schulden, fand meine Freundin heraus. Wir müßten Einsicht in ihre Kontoauszüge nehmen. Dieses Darlehen da, das macht mich argwöhnisch.

Und so weiter... ich befahl mir, im engen Vorzimmer der Kanzlei, die Erinnerungen an die Vorgeschichte, die uns bis hierher geführt hatte, abzubrechen. Meine Mutter sah hübsch aus, nur der kleine Ausschlag müßte bekämpft werden. Mit etwas Geduld und gleichmäßigem Kontakt könnte alles beim alten bleiben. Zu spät! Meine Freundin hörte ich mahnen, im voraus, sofern ich sie hinaus auf den Flur zu einer kurzen Unterredung bäte: Dreh jetzt nicht durch! Erinnere dich an ihre Neigung, sinnlos zu spenden! Es war vierzehn Jahre lang nett genug von dir, auf dein väterliches Erbe zu verzichten, damit sie gut leben kann, aber ein bißchen was soll am Ende doch noch davon übrigbleiben, weiß der Teufel wann. Ach, Mütter und Söhne! hörte ich meine Freundin stöhnen. In einer allerdings milderen Form habe sie Varianten des Ödipus-Komplexes bei meinem Vorgänger, dem Rechtsanwalt, ebenfalls erlebt. Und das, obwohl er im übrigen Leben ein mit allen Wassern gewaschener Typ sei, so wenig butterweich wie ich, ausgenommen den familiären Sektor.

–

»Ich war zu mutlos, um mich kränken zu lassen, liebe Mutter, und habe mich deshalb dafür entschieden, daß du die Kränkung auf dich nähmst, wie immer, wie früher, wie von jeher, wie damals, als du dich, damit nicht ich getroffen würde, einem Fußball, der über den Zaun vom Sportplatz flog, entgegengeduckt hast und an der Stirn getroffen worden bist. Mutter und Kind sind wir doch geblieben, stimmts?« Auch diesen Brief würde ich meiner Mutter nicht schreiben, fürchtete ich.

–

Während unserer Audienz bei der Notarin war ich zum Wohl meiner körperlichen und seelischen Gesundheit davon abgelenkt, daß ich mich, während meine Freundin als die einzige Sachverständige unter uns drei Klienten zur Hauptperson wurde, in einer Art von gemütlicher Aufgeregtheit in die Notarin verliebte, nur leicht, und doch angenehm. Ihre Bluse unter einem merkwürdig weiten und halbärmeligen Pullover interessierte mich, ebenso die zwei Farbphotos von kleinen Kindern inmitten ihrer Aktenstöße. Auch erinnerte sie sich offenbar meiner Bitte, beiläufig und nicht laut zu sprechen. Meine Mutter hat bis zu viermal unterschreiben müssen, genau mitgezählt habe ich nicht, und vorher, als die Notarin eine kurze Pause im Vorlesen des Schriftsatzes einlegte, nur ein einziges Mal gesprochen.
Wörter, wie viele Wörter, hat sie gesagt und mich dabei mit einem zwischen Bewunderung und Befürchtung schwankenden Ausdruck angelächelt.
Auf der Rückfahrt, wieder auf dem Rücksitz und diesmal ohne Widerstand angegurtet, blieb sie still.

Bist du erleichtert, fragte ich sie, und kam mir wie der Schurke vor, der ich vermutlich bin.
Ja, sehr, sagte sie.
Hat aber nicht wehgetan, oder? fragte meine Freundin.
Meine Mutter lachte und gab ihr recht.
Hier wohnt doch dein Arzt, die Straße rauf, sagte ich.
Ein weiter Weg, ja, sagte meine Mutter.
Bei einem nächsten Mal würde ich vorbringen, gegen den Ausschlag auf ihrer schönen und ganz und gar nicht unverständigen Stirn müsse etwas unternommen werden. Liebe Mutter, wenn du willst, komme ich mit zum Arzt. Es macht ja Spaß, dich irgendwohin, zu irgendeinem Angsttermin zu begleiten. Zum Zahnarzt! In den Zoo! Wieder verfaßte ich Brieftexte, die ihre Adressatin nicht erreichen würden. Sie mag ja auch nicht, wenn ich exaltiert oder sentimental bin. Beim Verabschieden haben wir den bevorstehenden Gerichtstermin nicht erwähnt.

–

Wie vorauszusehen war: Nicht ich habe meiner Mutter geschrieben. Womit ich aber nicht gerechnet hatte, das war, am zweiten Tag nach dem Termin bei der Notarin, Post von meiner Mutter an mich. Auf dem Couvert stand unter meinem Namen und über der Adresse der Name meiner Freundin, was mich verwunderte und freute. Und dann erst die Anrede! Was für ein Glück! Durch diese Anrede liebte ich plötzlich meine Freundin wieder mit der Inständigkeit von vor zweieinhalb Jahren. »Liebe Kinder«, las ich da. »Habt nochmals vielen vielen Dank dafür, daß Ihr mich zu der Notarin gebracht und mir dort so sehr geholfen habt. Ich werde mir Mühe geben, alles richtig zu machen. Herzliche Grüße von der alten Mutter.«

Ziemlich rührend, oder wie, sagte ich zu meiner Freundin, bemüht, einen kaltblütigen Eindruck zu machen, und schon bereute ich, nicht meinem ersten Impuls gefolgt zu sein und den Brief für mich behalten zu haben.

Allerdings, sagte meine Freundin und schnalzte mit der Zunge. Hört sich fast so an, als kapiere sie tatsächlich nicht, worum es gegangen ist.

Um so besser, sagte ich, womit ich mich auf einen ungefähr einstündigen Streit einließ.

Den restlichen Abend verbrachten wir getrennt. Ob meine Freundin nicht doch recht hatte, indem sie für Aufklärung über den wahren Sachverhalt plädierte? Ich selber wünsche doch, meine Mutter könne sorgloser leben? Nun müsse sie sich doch weiterhin, und zwar weil sie sich in einem Irrtum befand, anstrengen, »alles richtig zu machen«. Die alten Zweifel. Vergeblich suchte ich Ablenkung bei den Korrekturen einer Englisch-Klausur, und als es neun Uhr war, die Zeit, zu der meine Mutter das Telephon hört, weil sie mit dem Fernsehen fertig ist und auf dem Weg ins Badezimmer, wagte ich es, bei ihr anzurufen. Ich habe die Absicht gehabt, sie anzuschwindeln:

Mutter, schon morgen müssen wir zum Gericht, reg dich nicht auf, um so besser, wenn alles in einer einzigen Woche ausgestanden ist.

Aber wie sollte ich sie bis morgen hinhalten, bis zum erlösenden Augenblick, in dem wir zu ihrer großen Überraschung vor dem Café Kreuzer parkieren würden? Wäre

es nicht grausam, ihr vor dem Schlafengehen einen Schrecken einzujagen? Laß das Gericht weg und eröffne ihr sofort: Hättest du Lust, morgen nachmittag ins Café Kreuzer zu gehen? Ich hole dich ab, wie wärs?
Meine Mutter meldete sich kurz bevor ich auflegte. Sie klang fast unvorsichtig. Sie hörte sich an wie ein Mensch, der mit jedem andern Menschen telephonieren kann.
Ich wollte dir nur noch mal Gute Nacht sagen, sonst nichts, sagte ich, denn vielleicht hätte ja auch die Aussicht auf einen Besuch im Café Kreuzer ihr ein bißchen zugesetzt, wegen der Ungewöhnlichkeit.
Wie lieb von dir, sagte sie. Gute Nacht, mein Lieber.

Ein Freund der Fische

Ekelerregende, widerwärtige Bilder, in bleichen Farben scharf bei einem Ransprung der Kamera: Sonden fuhrwerken durch weißes Fischfleisch und spießten geringelte Würmer auf, die sich in ermüdeter Abwehr räkelten – einfach furchtbar. Zwar roch man das Fischgericht hier draußen nicht mehr, aber Markus fand trotzdem den Balkon mit dem wunderschönen Blick über den Stadtrand hinaus bis zu waldreichen Hügeln im Süden und im Osten zu eng für den Tisch, und ihn selber, der zwischen Erikas Vater und der Balkonbrüstung saß. Gleich müßte er zugreifen. Ihm gegenüber seufzte jetzt Erikas Mutter zufrieden auf, denn nun hatte sie sich hinsetzen können und stolz für die Platte mit den gedünsteten Seelachsfilets in der Tischmitte den bedeutendsten Standort gefunden. Das Zentrum der Mahlzeit lag blaß zwischen einem Oval aus Dillstengeln, erschütternd große Portion.

Wir wären so weit, kommt, Mädchen! rief Erikas Mutter.

Für einen Moment entschwanden Markus die erinnerten Fernsehbilder aus der Sendung über den Wurmbefall der Nordseefische, denn Erika, die auf der Schwelle zum Balkon ihre Freundin Anne überholte, erschien mit der Weinflasche. Obwohl Markus sie nur eine knappe Viertelstunde lang nicht gesehen hatte – in dieser Zeit mußte er mit Erikas Vater die ersten Konversationsrunden des Kennenlernens drehen – überwältigte ihn wieder der

Blick auf ihre schlanke, kräftige und große Gestalt; seit er Erika kannte, achtete Markus darauf, keine ganz flachen Schuhe zu tragen. Und unter der kurzgeschnittenen blonden Frisur ihr etwas viereckiges Gesicht: Fand er es nicht von neuem jedesmal noch bewundernswerter als kurz vorher? Aber Anne war es, die ihm vertraulich zuzwinkerte – was meinte sie: womöglich, so wie er selber, den Fisch und mit dem Fisch die schwere Aufgabe, ihn samt Wurmbefall durch die Kehle zu würgen? Eine von zwei gleichermaßen problematischen Versionen der Selbstüberwindung stand Markus wie bei einem Examen bevor: vom Fisch essen, die eine. Die andere Überwindung besäße mehr Größe: Markus widersetzte sich dem Fisch. Und das sah er nicht so recht kommen. »Im Wegekreuz der Angst«, ging es ihm durch den Kopf, während er an der Reihe war, sich bei den Kartoffeln zu bedienen.
Und Anne war es außerdem, die in Markus verliebt war, während Erika ihn zwar gewiß sehr nett fand, sehr sympathisch und viel Günstiges mehr – aber seine großartigen Gefühle erwiderte sie wahrscheinlich nicht. Bis jetzt noch nicht, vertröstete Markus sich. Um so wichtiger, dieses Fischessen mit Bravour zu überstehen. Immerhin hatte Erika es für sinnvoll gehalten, daß Markus endlich ihre Eltern kennenlerne, und deshalb war er an diesem warmen Julisonntagmittag auf genau diesem Balkon gelandet. Angelandet. Gestrandet, wie die Seelachsfilets auf der Platte dort, seine matten, vor dem Tod an Parasiten erkrankten Brüder.
Ein solcher erster Besuch bei den Eltern einer jungen Frau nahm den Rang eines Familieneintritts, einer Eröff-

nung ein. Markus glaubte, sein Eindruck, Erikas Eltern erwarteten etwas Zukünftiges von ihm, täusche ihn nicht. Das blaue, zu tief ausgeschnittene, ärmellose Kleid hatte Erikas Mutter seinetwegen für heute gewählt und seinetwegen nahm sie die Mühe auf sich, immer wieder diverse Halterungen von den Oberarmen zurück unters Kleid und auf die Schultern zu schieben. Und Erikas Vater strengte sich seit der Begrüßung an, aphoristisch, witzig, ein Conférencier zu sein. Ich bitte um die Hand Ihrer Tochter: Witterten Eltern einer jungen Frau, die den Freund ihrer Tochter kennenzulernen wünschten, nicht immer eine Erklärung dieser Art, auch noch im Atomzeitalter, in der Endzeit, wenngleich modern-salopp abgewandelt?
Auf der kurzen Autofahrt hierher hatte Markus aus Erikas ganz und gar ungewöhnlicher Nervosität schadenfrohen Gewinn gezogen. Sie fuhr nicht so gut Auto wie sonst. Sie stoppte zu spät und abrupt, rief *aua* und *hoppla*, sie behandelte die Gangschaltung, als chauffiere sie einen Traktor, und zum Parkieren zwischen zwei Straßenbäumen brauchte sie, eine versierte Autofahrerin, Minuten beim Vor und Zurück und Einschlagen des Lenkrads und vergaß zum Schluß noch, die Handbremse anzuziehen. Markus hatte sich obenauf gefühlt, endlich einmal. Auf Annes Geplauder im Fond war er kaum eingegangen und doch froh darüber gewesen, denn, erstens als Erikas Freundin, zweitens als die Frau, die in ihn verliebt war, verläßlich verliebt, lockerte sie die allgemeine Anspannung. Bei seiner eigenen Verliebtheit – besser: Liebe – und dem Versuch, diesen Zustand zu genießen,

war Markus schon manchmal der Verdacht gekommen, Erika beeindrucke ihn ein paar Nummern zuviel, und er selber müßte ihr gegenüber immer daran arbeiten, sich aus einer knechtischen Position herauszustrecken. Ähnlich wie bei den Schuhen, er brauchte ein paar zusätzliche Zentimeter an den Absätzen. Niemals konnte er ganz ehrlich nur er selber sein. Den Nichtunterjochten zu markieren, strengte ihn ganz schön an. Kaum trafen sie einander, Erika und er, da begann auch schon in Markus der Kampf um seine Autarkie. Souverän bleiben, recke dich empor! Aber sein erstes Bedürfnis war nun einmal, ihr zu gefallen. Es ihr recht zu machen. Ihr zu imponieren, gelegentlich mit Notlügen: Oh doch, diese Vernissage, eindrucksvoll, oh gewiß, das war nicht einfach ein Film, das war ein Kunstwerk, ja ja, absolut grandios, diese Performances von Miriam Clay. Nein, an dieser Strapaze, Erikas Wohlgefallen zu erregen und hoch in ihrer Gunst zu stehen, führte kein Weg vorbei, und so nahm Markus die holprige Route der Verstellungen. Viel zu oft teilte er weder ihre Ansichten noch ihre Vorlieben. Nur wenn er ein bißchen betrunken war, gelang es ihm, ihr zu widersprechen und eine eigene Meinung zu vertreten. Ach, wie viel einfacher und leichter wäre sein derzeitiges Leben, wenn es darin nicht Erika und nur Anne gäbe! Anne war die Umgänglichere, aber Erika beeindruckte ihn und ausschließlich in sie war er verliebt, obwohl er sich mit Anne viel entspannter fühlte. Vielleicht war Anne sogar hübscher als Erika, doch an Erika konnte er sich nicht satt sehen. Anne war kleiner als er und sehr nervenschonend, während Erika ihm weniger gut be-

kam; mit jedem längeren Zusammensein programmierte Markus einen Kater für den nächsten Morgen, ob er nun viel oder mäßig trank oder nicht.
Aber heute, während der Autofahrt von seiner Wohnung bis in die Straße, in der Erikas Eltern eine hübsche, konventionell eingerichtete Penthouse-Wohnung besaßen, da war Markus derjenige mit Oberwasser gewesen. Zum ersten Mal Mitleid für die nervöse Erika zu empfinden: welch interessante, bewegende neue Erfahrung. Wasser... Fische... Seehunde, die Wirte der Nematoden... diese Fernsehsendung über den Rundwurmbefall der Nordseefische mußten Erikas Eltern ja gar nicht unbedingt gesehen haben. Mittlerweile wimmelte es doch in sämtlichen Medien von Reaktionen auf die Sendung und von zusätzlichen Nachrichten, und schon beschwichtigten Behörden, Fischwirtschaftssachverständige, hörige Journalisten die Bevölkerung wie nach jeder vorangegangenen Katastrophe. Markus unterhielt sich zwar weiter mit Erikas Vater, der soeben großspurig verkündete, wobei er in Richtung Balkonbrüstung deutete:
Da sehen Sie es doch selber – genug Wald vorhanden. Reichlich Wald, schöner dichter grüner Wald. Mehr davon braucht man wirklich nicht. Manchmal weiß man gar nicht, worüber diese Umweltpropheten des Untergangs lamentieren. Wald, wohin Sie nur blicken.
Erikas Vater fand dann noch gut, einen Kuckucksruf zu imitieren. Markus war nun bereits in Gefahr des Selbstverrats – wem sollte er diesmal gefallen: Erikas Vater, Erika, die über Markus' Auffassungen Bescheid wußte, sich selber? – und er sagte halbfeige:

In den Niederungen stehts noch besser um den Wald, aber auf den Gipfeln ist nicht mehr viel mit ihm los.
Kurzum, noch merkte ihm keiner etwas an, außer Anne vielleicht – glückliche Anne, die sich hier wie ein altgewohntes Familienmitglied benehmen und erklären konnte, ihr sei heute nicht gut und sie wolle sich deshalb mit einem Becher Yoghurt begnügen – aber da lag bereits dieses helle Stück Seelachsfilet auf seinem Teller mit Blumenmusterrand.
Ist was, Markus? fragte Erika. Sie lachte ihn an, und wieder war er hingerissen von ihr, wie immer, wenn sie so grundlos lachen mußte. Für ihren Mund hatte Markus vom ersten Tag an geschwärmt. Endlos hätte er ihn anschauen mögen, diesen Mund, der schippenförmig wurde, wenn Erika in eine bedenkliche Stimmung geriet. Beim Lachen erinnerte der Mund an eine Schublade, die aufgezogen wurde. Das große weiße Halbrund der Zähne kam wie der kostbare Inhalt dieser Schublade zum Vorschein, jetzt wieder, und deshalb, weil Markus vom Bewundern beschlagnahmt war, konnte er nicht nach dem Rettungsanker greifen, den Anne für ihn ausgeworfen hatte, als sie ihn fragte:
Das stimmt doch, Markus, du bist doch gegen Fisch allergisch?
Ehe er eine Antwort parat hatte, rief Erikas Mutter:
Guten Appetit allerseits!
Guten Hunger! rief Erikas Vater.
Markus wollte der brutalen und bloß irdischen Trivialität zu einem höheren Wert verhelfen und ihr den Zuruf »Gesegnete Mahlzeit« entgegensetzen, aber er schämte sich.

Im Gesicht von Erikas Mutter spähte er vergeblich nach Ähnlichkeiten zwischen Mutter und Tochter. Mit Erikas Vater erging es ihm genauso: Auch ihm sah sie nicht ähnlich. Diese zwei hatten eine derart strahlende Tochter nicht verdient, urteilte Markus, oder, freundlichere Diagnose: Sie hatten nicht mit ihr rechnen können.
Hat jemand hier am Tisch zufällig neulich diese Sendung über den Wurmbefall der Seefische gesehen, fragte Markus möglichst beiläufig und fing damit an, unter einer Schicht dicklicher weißlicher Sauce ein Kartoffelstück zu zerdrücken.
Ach, alles Mache, rief Erikas Mutter. Ich sehe mir diese Dinge nicht mehr an, denn alles, aber auch alles wollen sie uns vermiesen, stimmts, Henning?
Henning als ihr Mann gab ihr heiter recht und fügte hinzu: Außerdem waren von jeher Würmer in den Fischen, nicht gewußt? Da sehen Sie es mal wieder. Die sitzen in ihren Redaktionskonferenzen und grübeln drüber nach, womit sie die Leute wieder einmal erschrecken können. Alter Hut, die Sache mit den Würmern. Mit oder ohne, liebe Köchin, dein Fisch schmeckt prima.
Daß man es jetzt weiß, macht die Sache so unangenehm, sagte Anne und betonte die Wörter »jetzt« und »unangenehm«. Lächelnd schaute sie, glückliche Yoghurtkonsumentin, auf Markus; ihm zuzwinkern, das tat sie nun auch wieder. Weil von Erika ein forschender Blick auf ihn fiel, kam ihm keine Idee, Annes Beistand auszubauen.
Das Gesundheitsministerium und die Fischwirtschaft, und jetzt auch die Verbraucherverbände, alle beteuern, daß gut durchgekochter oder gebratener Fisch diese

Würmer tötet, sagte Erikas Mutter. Nichts mehr lebendig hier auf diesem Tisch. Sie lachte. Trinken wir doch endlich mal einen Schluck auf das Wohl unseres Gasts, bitte!
Alle prosteten einander zu, was Markus langwierig und umständlich fand, und beim ersten Schluck wurde ihm klar, daß er Erikas Vater vergessen hatte, in die Augen zu schauen und anzugrinsen, woraufhin er absetzte und ein zweites Mal sein Glas hob, doch traf er den Blick von Erikas Vater nicht mehr.
Sind das nicht überhaupt nur die Larven? Die Wurmlarven? fragte Erika.
Ich will ihr nicht grollen, ich will nicht, prägte Markus sich ein. Erika studiert im fünften Semester Chemie. Vielleicht ist sie dadurch so abgebrüht, daß sie nichts mehr erschüttern kann.
Nematoden heißen die Dinger, erklärte Erikas Vater.
Und die toten sind unbedenklich, rufen keinerlei gesundheitliche Schäden hervor, sagte Erikas Mutter. Diese Fernsehsendung hat nur Verwirrung gestiftet. Die meisten sind so, miesmacherisch.
Viel Lärm um nichts, sagte Erikas Vater.
Als Markus soweit war, Erikas Eltern als typische Verbraucher einzustufen, kaltblütig hinter allen verfügbaren Lebensmitteln her, sagte Anne:
Mich stört unheimlich, daß in den Argumenten nie von Ekel die Rede ist.
Ach, Annchen, machte Erikas Vater. Ihr Frauen werdet nie die Oberhand gewinnen können, so lang ihr vor einer Maus Angst habt und vor Spinnen reißaus nehmt.

Halb unter seiner Kopfsalatportion verborgen lagerte das Seelachsfilet auf Markus' Teller noch immer unberührt.
Markus, du bist ein Ästhet, fing Anne an, und Markus erkannte den Strohhalm, den sie ihm hinhalten wollte, als ihr Erikas Mutter ins Wort fiel:
Für alle Sensibelchen hier in unserer Mitte sei es wiederholt: Diese Filets habe ich länger als sonst gedünstet. Hatte schon Bedenken, sie könnten mir zu hart werden. Larven oder Würmer, weiß der Kuckuck was, alles mausetot. Schmeckt wirklich prima, Henning, mein Fisch, du hast recht.
Erikas Mutter blickte reihum. Ihr Gesicht war von der Mühe gezeichnet, einen vergnügten jugendlichen Eindruck zu erwecken, denn eigentlich war es ein mürrisches Gesicht mit einem schmalen Mund, der von lebenslänglicher Schwatzhaftigkeit ein wenig ausgeleiert wirkte.
Schon der Fischwirtschaft zuliebe, der Seelachs, er lebe hoch, hoch, hoch! Erikas Vater hob die Gabel, auf die er zuvor ein großes Stück vom Filet plaziert hatte, spielte zuvor, mit Kreiselbewegungen seines Kopfes, die Augen dicht am Fischstück, den mißtrauisch-verzagten Observanten, und dann schob er sich die Gabel in den fröhlichen Mund.
Du magst Fisch sowieso nicht, Markus, oder? fragte Anne.
Markus war nun bereit, ihre Hilfsdienste für sich auszubauen, und kurz davor, zum Thema Fischallergie das Wort zu ergreifen – in der Tat, es komme vor, unberechenbar, manchmal schon nach dem ersten Bissen, ein

roter und juckender Ausschlag überzieht mein Gesicht, fängt am Hals an – also: Gespeicherter Redestoff in seinem Hirn, aber da öffnete sich in Erikas wunderschönem, etwas viereckigen Gesicht die eindrucksvolle Schublade, sie lachte Markus an und rief:
Er und Fisch nicht mögen! Wenn er die Gnade hat, mich mal bei sich in seiner Wohnung zu bewirten, gibts unweigerlich Matjes-Filets mit Zwiebeln.
Oh ja, er sei ein Freund von Fisch, behauptete Markus und bestaunte Erikas Mund bei der nächsten Schubladenöffnung.
Ha ha, lachte erund hatte weiterhin bisher nur Kartoffeln und Salat angerührt. Freund von Fisch klingt gut. Als Freund der Fische sollte man sie nicht gerade verspeisen. Als Fischfreund sollte man sie am Leben lassen.
Nun, wir hier, wir haben sie nicht gefangen, sagte Erikas Mutter. Man kanns auch übertreiben mit der Tierliebe.
Mörder sind wir alle, nennen Sie mir ein Lebewesen, das nicht mordet, sagte Erikas Vater.
Viele Tiere sind reine Vegetarier, rief Anne. Du, Markus, bist auch im Grunde mehr Vegetarier, oder nicht?
Weil Erika ihn mit ihren herrlichen, ein wenig schrägstehenden Augen – braune Augen zu blondem Haar: welche Rarität – prüfte, ja nahezu hypnotisierte, wich Markus Annes Frage aus.
Der Mensch ist gemein. Ein Raubtier.
Die Natur ist so eingerichtet, sagte Erikas Vater.
Im Kopfsalat, das schwarze kleine Winzige, diese Pünktchen im Salat, das übrigens ist kein Gewürz. Erikas Mutter lachte.

Hab auch noch nie gehört, daß man Pfeffer an Kopfsalat macht, sagte Erikas Vater. Er wandte sich Markus zu, mit der Salatschüssel in der Hand. Ihnen schmeckt er, Sie sind ein Salatfreund, nicht nur ein Fischfreund. Bitte schön!
Es sind Blattläuse, erklärte Erikas Mutter. In diesem Regensommer kriegt man keinen Salat ohne Blattläuse. Aber daß sie noch leben, kann ich mir nicht gut vorstellen. Ich hab den Salat xmal gewaschen. Ja, Markus, nehmen Sie noch, ich bin froh, daß er Ihnen offenbar schmeckt.
Höflich und entsetzt nahm Markus eine zweite Salatportion und legte sie wieder halb über das unberührte Fischstück.
Anne, längst fertig mit ihrer appetitlichen kleinen Speise, rief: Eben fällts mir ein, Markus! Mußt du nicht zur Zeit eine Diät halten, kein Eiweiß? Irgendso eine Hefepilzsache, stimmts, du darfst acht Wochen lang kein tierisches Eiweiß haben?
Ihr wievielter Strohhalm, Rettungsanker war das nun? Wurde aber nicht, beim Wort »Hefepilzsache«, Erikas Mund schippenförmig? Ich Idiot, zürnte Markus sich, während er »Nicht daß ich wüßte« antwortete. Und nun machte er sich, damit Erika für ihn die Mundschublade aufzöge – schon tat sie es: wunderschön, beachtlich! – an sein erkaltetes Stück Fisch, sozusagen blindlings, und die Salatblätter schaute er auch nicht genau an, er aß sie schnell in sich hinein. Am Ende des widerlichen Vorgangs sehnte er sich nach einer Zigarette, fragte:
Darf ich?

Bitte bitte.
Erikas Vater hatte sich lustlos angehört. Dann sagte er:
Was ich immer predige, ist folgendes: Leute, die rauchen, mein Freund, die sollten sich beispielsweise nicht über ein paar Larven in Fischen aufregen und auch nicht auf die Großindustrien und Luftverschmutzungen und Gewässerverunreinigungen, Waldsterben und dergleichen schimpfen. Die sollten gar nicht erst mit Jammern anfangen.
Das brauchen Sie doch nicht zu tun, Markus, rief Erikas Mutter, aber Markus, um einer Antwort auf die unlogische Rechthaberei von Erikas Vater zu entgehen, ging seinen Weg weiter ins Innere der Wohnung, eine Schüssel und zwei Teller in den Händen, und in der Küche, wo er Erika und Anne beim Spülbecken traf, empfing Anne ihn mit Komplimenten:
Erikas Eltern sind begeistert von dir. Ich kann das merken, ich kenne sie.
Verdächtig stumme Erika. Markus setzte das Geschirr auf dem Herd ab, da immerhin sagte sie:
Nicht hierhin.
Sie haben Sinn für Witz und so was, wirklich. Anne redete in doppelter Geschwindigkeit. Für schwarzen Humor, ich meine, sie haben viel dafür übrig. Weil du von diesen Würmern angefangen hast... war tapfer von dir, wirklich, enorm tapfer.
Erikas schrägstehende Augen – braune Augen zu blondem Haar, eine blonde Chinesin – sie blickten kritisch auf Anne und auf Markus; warum nur blieb sie so stumm?

Danke, sagte Markus matt und ihm wurde wieder sehr übel.
Und daß du den Fisch dann doch gegessen hast, rief Anne. Das war mindestens so –
Erika schnitt ihr das Wort ab:
Tapfer? Meinst du wieder, daß das tapfer war?
Schöne Sphinx, die sich abkehrte, dann aber, auf der Schwelle zum angrenzenden Wohnzimmer unerwartet umdrehte, die Schublade aufzog: Mit ihrem herrlich breiten und plötzlich einsetzenden Lachen fragte sie Markus, ob er zum Kaffee bleibe und danach einen Spaziergang mitmache.
Markus stimmte selbstverständlich zu und dachte: Nichts lieber als das, was auch an Banalitäten und Idiotien von diesen schrecklichen Eltern kommen mag. Er konnte sich nicht verhört haben: Erikas Frage hatte genau so wie eine Bitte geklungen. Zärtlich erinnerte er sich ihrer Nervosität vom Hinweg. Nein, seine Position war nicht schlecht. Übrigens mußte er, was Erikas Eltern anging, umdenken. Sie waren ja gar nicht schrecklich, schätzte Markus nur ihre Mitwirkung beim Aufbau seiner Beziehung zu Erika richtig ab. Da nützten sie ihm. Eine intelligente Frau wie Erika müßte dauernd die Kluft zwischen ihren Verwandten und ihrem Freund erkennen, und in ihren Augen erschiene er als menschenfreundlich und aufgeschlossen, wenn er nur weiter nett mit diesen Menschen umginge, die, trotz Penthouse-Wohnung, in einem geistigen Parterre hausten.
Es wurde ein netter Nachmittag, und Markus vergaß das Mittagessen. Sie waren zu dritt, Erika, ihr Vater und

Markus. Anne hatte sich zwei Schmerztabletten einverleibt und auf eine Couch in Erikas ehemaligem Zimmer gelegt, und Erikas Mutter war nicht mitgekommen, weil ein Fersensporn am linken Fuß – sie zeigte den Fuß, aber Markus sah nur ihren einwärts gekehrten und zu langen großen Zeh an, dem sich die vier anderen Zehen wie eingezogene Krallen anschlossen – ihr zu schaffen und das Gehen zur Last machte.

Bei der Rückkehr der drei erhitzten Spaziergänger rief Erikas Mutter vergnügt:

Abendessen steht schon auf dem Tisch! Keine Widerrede, lieber Markus! Sie müssen einfach bleiben.

Und Markus gehorchte ja nur zu gern, bis er erkannte, was auf dem Tisch stand.

Oft ist das schönste an einem Fischessen, wenn Reste für einen Fischsalat bleiben.

Wieder der Balkon, der schöne Blick auf den angeblich unverwundbaren Wald, und in der Tischmitte wieder Fisch, eine Schüssel voller bleicher Einzelteile.

Und da hab ich tatsächlich ein paar von ihnen bemerkt, beim Zerlegen der Filets, erzählte Erikas Mutter. War mir hochwillkommen, daß ich gestern noch eine Pakkungs Bambussprossen gekauft habe. Sehen den Nematoden zum Verwechseln ähnlich.

Du bist genial, meine Teure.

Erikas Vater hielt beharrlich seine Haltung eines Spaßmachers durch, so gut er konnte, und er fand, er könne gut. Der schönste Platz einer Hausfrau ist der am Regiepult in der Küche. Ich weiß, ihr zwei Mädchen denkt anders drüber, aber Sie, Markus, Sie werden mir zustimmen.

Wir Männer sind hier in der Minderheit, und überhaupt, unsere Bastion wird von den jungen Dingern bedroht, meinen Sie nicht auch?

Ha ha, machte Markus und wagte nicht, seinem Verlangen nachzugeben und Erika anzuschauen. Gehts dir besser? fragte er Anne.

Mir gehts besser, danke, aber vorsichtshalber bleibe ich noch beim Yoghurt, antwortete Anne. Ihr Ausdruck, nachdenklich, verriet Markus, daß sie nach einem neuen Trick für ihn auf der Suche war. Gutes Kind, sie plagte sich damit ab, sein Entkommen zu ermöglichen, gleich würde sie auch ihm einen verkorksten Magen andichten, sehr gutes liebes und auch hübsches Kind, aber Markus liebte nun einmal Erika, und die sagte nichts.

Zu Tisch, zu Tisch! Erikas Mutter klatschte in die Hände.

Telephon! rief Anne, kaum saßen sie auf ihren Plätzen.

Hab nichts gehört, sagte Erikas Mutter und sah beleidigt aus.

Ich auch nicht, bestätigte ihr Mann. Werden wir alt, gutes Stück? Schwerhörig?

Da, wieder, Telephon, rief Anne, am besten, ich geh mal dran.

Hast du es klingeln gehört, schöne Tochter? fragte Erikas Vater, und Erikas Mund, schippenförmig diesmal, bewegte sich kaum beim Verneinen.

Wieder wurde »Guten Hunger« gewünscht, wieder setzte Markus den animalischen Angewohnheiten dieser Familie kein »Gesegnete Mahlzeit« entgegen, und auch er hatte keine Telephonklingel gehört, jedoch sofort be-

griffen, daß er sich in einer Inszenierung Annes befand, kurz vor einem deus ex machina zu seiner Rettung vor dem Fischsalat. Und da stand sie auch schon wieder in der offenen Tür zwischen Wohnzimmer und Balkon und rief ihm zu:
Ist für dich, Markus.
Den andern erklärte sie, Markus habe in der Redaktion hinterlassen, wo er tagsüber zu finden sei.
Daß er abends noch immer hier wäre, hat er ja nicht gut wissen können, erwiderte Erika mit einer Stimme, als habe sie einen Eiswürfel im Mund.
Markus stand im kleinen Flur dieser Wohnung, die er spießig fand, das Telephon, in einer Brokatschabracke, hassenswert. Das Telephon erinnerte ihn an einen Dackel im Winter. Markus hielt den Hörer ans Ohr und dachte, über Erika, ihrer Eltern wegen, der Nematoden wegen, des Eiswürfels in Erikas Stimme wegen sei er eigentlich schlagartig ziemlich hinweg. Er merkte, daß niemand in der Leitung war und er nur auf den Balkon zurückzukehren brauchte, um zu erklären: Leider leider muß ich sofort in die Redaktion, wirklich ein Jammer, besonders um diesen Salat, ha ha. Und er begriff: Das war die Liebe, in dieser List Annes offenbarte sie sich, die Liebe zu einem anderen Menschen, und es wäre nur gerecht, erstens, und zweitens seiner gesamten zukünftigen Existenz zuträglich, wenn er sich entschlösse, diese Liebe anzunehmen und daran mitzuwirken, sie eines Tages zu erwidern. Das könnte doch nicht so schwierig sein. Und flache Schuhe, Schuhe in denen er sich richtig wohlfühlte, würde er wieder anziehen – Schluß mit den Imita-

tionen eines Kunst-Markus. Eines Ideal-Markus im schönen Kopf der Erika.

Streng entschlossen legte er den Hörer auf, ging durchs Wohnzimmer, stand auf der Schwelle zum Balkon – da sah er in Erikas Gesicht dieses einmalige Lachen, als würde eine Schublade aufgezogen, und sie rief ihm zu: Beeil dich, du Freund der Fische, wir haben mit dem Essen nicht auf dich gewartet.

Sie beobachtete ihn so, als wäre er ein Extrakt in einem ihrer Laborreagenzgläser, wie bei einem Test, irgendwie müßte er sich jetzt sofort verfärben.

Du mußt höchstwahrscheinlich sofort weg, sagte Anne, und zu Erikas Eltern gewandt: Plötzlich kommt so ein Auftrag, typisch für die Lokalredaktion. Irgendwas passiert, Markus?

Der kostbare Gebißinhalt in Erikas Mundschublade wurde immer noch nicht versteckt. Lakmuspapier, ging es Markus durch den Kopf, sie wartet drauf, daß ich reagiere – aber wie nur?

Nichts, wobei ich unentbehrlich wäre, sagte er. Einem Freund der Fische kann man nicht so leicht in die Quere kommen.

Beifall von Erikas Eltern. Anne sah bekümmert und liebevoll auf ihren Yoghurtbecher hinunter. Und aus Erika war nicht schlau zu werden. Furchtbar anstrengend, die Liebe.

Ich wars nicht

Ich wars nicht, ich wars nicht.
Seiner Mutter fiel ein, daß er schon als Kind nicht die kleinste Schuld hatte zugeben können.
Damals bereits hätte er in eine psychiatrische Behandlung gehört, klagte Sirin.
Damals hat man an so was nicht gedacht, wehrte sich seine Mutter, die sich daran erinnerte, wie das Kind Tom nicht nur darauf beharrt hatte, unschuldig zu sein; beim »ich wars nicht« ließ er es nicht bewenden, kleiner Rhetoriker, der er so früh schon war. Seine Beteuerungen und Gegenbeweise durch erfundene Zeugen glichen kleinen Kunstwerken der Phantasie. Aber darüber schwieg sie sich Sirin gegenüber aus.
Seine narzißtische Störung ist größer gewesen als seine Liebe zu mir und zu den Kindern.
Sirin wiederholte diese Diagnose. In Variationen benutzte sie die paar Erkenntnisse über ihn, und sie schienen ihr ein wenig Auftrieb zu geben.
Dem Gesichtsausdruck ihrer Schwiegertochter sah Toms Mutter an, daß ihm von dieser Seite nie verziehen würde.
Ohne das Beispiel dieses Politikers wäre es nicht passiert: Auch das war ein Produkt aus Sirins Urteilsküche, und mit dem konnte Toms Mutter sich noch am ehesten anfreunden. Wirklich, Tom hatte an diesem Fall seinerzeit ungewöhnlich interessiert Anteil genommen. Doch wie lang das nun schon zurücklag.

Er hat den Boden der Realität verlassen, Tom hat dem Politiker das nachgemacht, sagte Sirin. Sie sah nun etwas mißmutig aus, denn um wie vieles schäbiger, einfach unbedeutender gestaltete sich Toms Realität verglichen mit der des Politikers. Dem immer schon ziemlich arroganten Tom konnte doch, diesem Modell gegenüber, das niedrigere Niveau seiner eigenen Verstrickungen nicht entgangen sein.

Ja, die Erziehung, die Erziehung, stöhnte Sirin. Einiges mag ja vererbt sein, aber Erziehung vermag so vieles.

Verzeihst du ihm vielleicht doch irgendwann, fragte Toms Mutter immer noch nicht, aber sie wollte es so gern wissen. Nur mußte sie einen anderen Ausdruck auf dem wie festgezurrten Gesicht ihrer Schwiegertochter abwarten. Wie ein verschnürtes Päckchen sah Sirins Gesicht aus.

–

Ich wars nicht, ich wars. Ja, ich wars. Ausgerechnet in Dortmund kam Tom nicht mehr vom Fleck. Unter allen seinen Vertreterstationen war Dortmund ihm die verhaßteste. Eine derartige Kaufhäuserhäufung gab es nirgendwo sonst in seinem Gebiet. Seit er nicht mehr gründlich und schon gar nicht mit Erfolg arbeitete, trank er in Kneipen Bier mit Schnaps und manchmal schluckte er tagsüber schon ein Schlafmittel. In St. Marien hatte Tom Glück mit Orgelspiel und Tränen. Es ist nicht alles verloren, alles ist ganz leicht, auf einen Schlag gutzumachen, mein einziger Geschäftspartner ist Gott. Lieber Gott, seit Jahren bin ich unvorsichtig, mein Warnsystem funktioniert so schlecht wie mein Gedächtnis, die weibliche

Person, mit der ich in Witten an der Ruhr intim wurde, sie hat vermutlich längst an meine Adresse geschrieben und zwar einen verdammten Enthüllungsbrief, den Sirin gelesen haben wird, denn Sirin weiß, auf Tom muß einer aufpassen. Tom ist so labil. Tom hat Talent, aber leider fast nur noch zum Phantasieren. Falscher Thomas. Und jetzt, Gott, weiß ich nicht, was schlimmer ist: diese Offenlegung vor Sirin oder meine Angst vor Ansteckung. Denn erst mittendrin, bei dieser Frau in Witten, fiel mir beides ein. Mein Adressenkärtchen und Aids. Abgesehen von meinen Unterschlagungen, vom heimlichen Saufen und Schlaftabletten am Tag habe ich mich damit herumzuschlagen, daß ich nirgendwo außer vor dir, Gott, wagen kann, offen zu sein. Größter Quatsch, den ich in meinem Leben gemacht habe: eine Frau zu heiraten, die mir imponiert hat und nichts als imponiert. Tom sehnte sich nach einem Menschen, der schwach war wie er oder besser: Noch um vieles schwächer müßte dieser Mensch sein. Mit den Tränen klappte es längst nicht mehr, und Tom verlor die Geduld für St. Marien, obwohl der Organist noch immer übte. Wieder sah Tom die letzte Aufnahme vom Politiker an. Den Ausschnitt aus einer Zeitung trug er in seiner Brieftasche mit sich herum. Er sah in ein Schlafgesicht. Dann trat er aus der Kirche ins Helle, einem Bettler gab er nichts, die raffgierigen Menschen in den Einkaufsstraßen machten ihm einen Ekel, während er in sich aufsagte: Warmes Badewasser, die richtigen Tabletten, vor allem die richtige Menge. Leute wie dieser Politiker hatten natürlich keine Mühe damit, sich ordentlich mit Medikamenten einzudecken. Tom redete leise vor sich hin, beschützt vom Straßenlärm: Wenn ich nach Haus komme und dann irgendwas aufgeflogen ist, werde ich sagen: Alles Lüge, gemeine Intrige. Nichts wahr, kein Wort wahr. Ich war es nicht. Warte nur, meine Liebe, auf immer und ewig mißtrauische Spionin, Sirin, du Ehefrau mit den eisernen Nerven, ich werde einen Informanten herbeischaffen, ich werde ihn treffen, da gibt es nämlich Gegenbeweise, auch Photos… mit einem Wort, dieser Informant wird alles aufklären, jeder Verdacht gegen mich wird auffliegen, wartet nur, Chef, Sirin, Abteilungsleiter, ihr werdet euch noch bei mir entschuldigen müssen, denn so viel steht fest: Ich wars nicht.

Aber sogar das Do not disturb-Schild in Toms Dortmunder Hotel war nur ein zerwetzter, schäbiger Pappdeckel, von wegen: Do not disturb! »Bitte nicht stören« hieß es da in der Landessprache. Dieses Haus besitzt kein Flair, fand Tom. Die Wasserspülung schaffte es ja noch nicht einmal, sein Exkrement vollständig wegzuspülen. Wie schlecht erst würde sie da mit den Kunststoffriegeln fertig, in die Toms Medikamente eingeschweißt waren? Denn auch Tom wollte eine Ermordung vortäuschen, ganz im Sinn seiner Unschuldsbehauptung. Ich wars ja nicht, nicht wahr? Wo also wäre mein Motiv, mich zu töten? Nur: Wer wollte mich unwichtigen kleinen Typen ermorden wollen? Seine zwei Gläubiger etwa? Waren die Spielcasinoschulden und die gefälschten Auftragsblocks ein Verbrechen an ihm wert? War er es wert? Nicht einmal das. Tom sagte: Ich wars nicht, ich wars nicht.

–

Ach, herrje, was heißt verzeihen? rief Sirin. Das Tremolo in der Stimme ihrer Schwiegermutter hatte sie gereizt. Lauter Lappalien, wohin man bei Tom blickt, er hat keinen Stil, keinen Rang, keinen Sinn für Kultur. Und er kann nichts vollenden.
Sei nicht streng zu ihm, bat Toms Mutter. Aber dann stimmte sie zu: Er muß in nervenärztliche Behandlung.
Sie blickte wieder auf das Telegramm und las: »Homerischer Mensch. Stop. Homerischer Held. Stop. Verlust der Ehre schlimmer als der Tod. Stop. So viel zu Tommy.« Damit hatte Toms Vater aus Sydney reagiert. Sie, Toms Mutter, richtete es doch ganz gehörig auf. Wirklich, in all der Bekümmernis und Scham, es stellte sie auf.
Eine Krankenschwester kam ins Zimmer, um das Essenstablett abzuholen. Sirin und Toms Mutter hatten sich in die Portion geteilt. Da schlug Tom die Augen auf. Seine Gesichtsfarbe besserte sich, ja, er wurde rot, typisch für seine Anfälle von Selbstverteidigung; nur schwer zu verstehen, das war er noch, als er »Ich wars nicht« vorbrachte.
Ausnahmsweise hat er recht, dachten seine Angehörigen, die um sein Bett saßen. Er war nicht einmal ein Toter. Er wars nie wirklich selber.

Frühjahr bei den Springs

Hast du gewußt, daß sie Kontaktlinsen trägt?
Eleonore Spring fragte ihren Mann Clemens und meinte die neue junge Nachbarin. Eleonores Puls ging schnell, und ihr Gesicht glühte, obwohl sie schon vor einer halben Stunde mit Sessel und Fußteil in den Schatten gerückt war. Oh, sie erhitzte sich vor lauter Unglück. Unglück? Ein Pech, daß sie von Berufs wegen ihre eigenen Gemütslagen analysieren mußte. Neidisch war sie, oh wie neidisch, und sie verachtete sich für ihren neuerdings neiderfüllten Alltag. Sie hätte ihn gern beweint, diesen klumpigen schuldigen Alltag. Umdenken, Eleonore!
Clemens stört. Clemens wo man geht und steht, Clemens auf Schritt und Tritt. Sie warf ihm einen strengen Blick zu, der ihm entging. Unter dem grünen Sonnenschild seiner Mütze, da war Eleonore sicher, spähte er die Nachbarin aus. Clemens fungierte als Eleonores Mitarbeiter, und zwar ihrem dringenden Wunsch folgend, also durfte sie sich nicht beschweren, wenn er nicht von ihrer Seite wich. Seit ihrer Eheschließung im reifen Alter, sie waren beide damals schon über Mitte Vierzig, hieß Clemens auch nicht mehr Clemens Schneider, sondern hatte, auf Eleonores Betreiben hin, ihren Nachnamen, den damals schon in Psychologenzirkeln berühmten Nachnamen, angenommen – was nur einen Baustein im feministisch durchgestalteten Leben der beiden Springs ausmachte.

Das erste Frühjahr, das mir so richtig schlecht bekommt. Eleonore machte einen neuen Anlauf. Ich weiß nicht, es ist so sprunghaft. Mit einem Satz in hochsommerliche Verhältnisse.
Clemens brachte seinen komfortablen Liegestuhl in eine Position, die ihm für heimliches Beobachten des Nachbargrundstücks noch mehr zuzusagen schien, und diesmal antwortete er:
Das wäre nach deinen eigenen Theorien eine günstige Prognose für erstklassige Langlebigkeit. Hab doch neulich erst so was von dir gelesen. Von diesem alten Mann, du erinnerst dich, todesnah, sein Leben lang der Natur gegenüber verknöchert, und dann kam das Frühjahr und es hat ihn plötzlich stark bewegt, so wie nie. Bald drauf war er allerdings tot, wars nicht so?
Meine Erinnerung an diesen Abstecher ist nicht sehr intensiv, sagte Eleonore.
Sie war Kinderpsychologin, aber in der letzten Zeit hatte sie auch ein paar Essays über alte Menschen publiziert.
Viel zu viel ultraviolette Einstrahlung, Clemens, auch für dich. Du solltest ebenfalls unter die Markise kommen.
Nenn es Sonnenschein und genieß es, empfahl Clemens.
Genießen, genießen! äffte Eleonore ihn nach. Ich begreife nicht, wie die Leute weiterleben, als wäre nichts geschehen, dich eingeschlossen. Der Bankrott der Erde ist so gut wie vollendet, wenn nicht durch einen nächsten GAU, dann doch durch ein Virus gehen die Menschen zugrunde, und selbst schuld dran sind sie auch noch, aber da drüben bei der Kleinen da, da werden Blümchen angepflanzt, und dir gefällt das über die Maßen.

Und was ist mit diesem Manuskript? Wer hat es denn bis vorgestern noch mit dem alten Feuereifer in die Maschine gehämmert? Das war doch die gute altbewährte Eleonore, oder nicht? Trotz Apokalypse, hm? Auf diesem Vulkan tanzt du ganz schön mit, und das ist auch vernünftig so.

Aber nicht mehr gern, ich tanze nicht mehr richtig gern mit. Heute ist der Tag, an dem ich es spüre. Heute ganz deutlich.

Eleonores Stimme klang bitter. Dennoch drang nichts Kritisches zu Clemens durch, nichts, das ihn hätte warnen können. Im Herbst war die junge Nachbarin mit ihrem kleinen Sohn eingezogen, alles ging gut, auch im Winter, obwohl der Sohn oft quietschte und ungewohnten Betrieb in die ruhige Siedlung brachte; aber ausgerechnet Eleonore war es immer gewesen, die zu ihm gehalten hatte. Die Nachbarin störte nicht, aber heute plötzlich hatte sie nackte Beine.

Ich finde die Menschen idiotisch, siehe die Nachbarin. Kaum ist der erste heiße Tag gekommen, da müssen sie sich auch schon ausziehen.

Steht denn im Kalender, ab wann sie das dürfen?

Clemens machte einen aufreizend wohlgemuten Eindruck. Eleonore konnte nicht anders, sie mußte ihn einfach anraunzen:

Warum siehst du nicht unverforen zu ihr rüber? Das hat mein Manuskript nicht verdient, daß du es als Versteck benutzt, es ist zum Lesen da und kein Alibi für Voyeurismus. Tu dir keinen Zwang an.

Gleich liefe sie wirklich ins Haus, am besten bis oben

hinauf ins Studio unter den rohen Dachbalken, um dort einen Schrei auszustoßen. Den Urschrei hatte sie verpaßt, aber mehr als fünfzig Jahre nicht entbehrt. Bis zum Terrassennachmittag heute, bis zu den nackten Beinen der jungen Nachbarin.

Du bist ganz schön geladen, meine Liebe, was ist passiert? Clemens fragte ohne Argwohn, aber auch nicht wissensdurstig. In deinem Manuskript bin ich bereits auf Seite einundvierzig, gebe aber zu, daß mich der wunderschöne Nachmittag ablenkt.

Der wunderschöne Nachmittag, höhnte Eleonore. Er verdichtet sich wohl in einem Paar nackter Frauenbeine. Wie banal!

Ich stelle lediglich hin und wieder fest, daß unsere kleine Nachbarin wenig Glück mit ihren Gartenkünsten hat, antwortete Clemens, der bei guter Laune blieb.

Reizende Vorstellung, die diesjährige Terrassensaison. Eleonore betrachtete düster die Kraftquellen ihres Mannes: seinen ersten Sherry – Eleonore trank erst nach dem Abendessen ihre zwei Glas Weißwein – seine unverwüstliche alljährliche Freude an der Magnolienblüte und die zu kurzen Shorts über den nackten Beinen der Nachbarin in ihrer von den Springs abgekehrten gebückten Haltung beim Unkrautzupfen.

Bei der Gartenarbeit trägt sie eine Brille, wie du siehst, also benutzt sie sonst Kontaktlinsen, ganz schön eitel, die Kleine. Ich frag mich nur, ob es sich lohnt.

Zur Zeit ziemlich schwierig, ihr Gesicht zu sehen. Clemens lachte gemächlich.

Wie gut für dich. Du ziehst ihr Hinterquartier absolut

vor. Solche kurzen Shorts sind übrigens völlig aus der Mode, dies nur nebenbei.
Sie muß nicht modisch gekleidet sein, bei der Gartenarbeit, nicht wahr? Eleonore, warum liest du nicht deinen neuen Winnicott zu Ende?
Weil es mit meiner Konzentration hapert, wenn ich deinen geringen Arbeitseifer förmlich einatmen muß.
Ich lese, ich lese, beteuerte Clemens.
Eleonore wollte nicht, war aber gezwungen zu überlegen, ob es nicht womöglich gerechtfertigt wäre, wenn Clemens sich tatsächlich bei der Lektüre ihres Manuskripts langweilte. Zum wievielten Mal vollzog er ihre Hauptthese von der Gleichheit männlicher und weiblicher Wesen nach? Und wie scheußlich diese Nachmittagsszene ihre Argumentationskonstruktion zum Wanken brachte! Ihn interessieren nackte Frauenbeine von hinten und bis zum Hintern, dachte Eleonore, mich auch. Er aber genießt das, ich jedoch hasse es. Falsche Erziehung, entschied sie schnell, um ihre Theorien zu schützen. Eleonore wurde in diesem Jahr zweiundsechzig, sah viel jünger aus, und alle Welt hielt sie für eine glückliche, erfolgreiche, selbstbewußte Frau, die in ihrem Leben auf ihre Kosten gekommen war. Eingeprägt hatte sie sich nun einmal als Vorkämpferin dieses Gleichheitsgedankens, bei richtiger Weichenstellung im frühesten Kindesalter, und sie war noch nicht einmal vierzig, da hatte sie sich schon mit dem Titel »Zwitterlinge« einen Namen gemacht. Einschränkend mußte Eleonore zugeben, daß dieser Name etwas verblaßte, und hier im Inland ihr Stern ein wenig sank. Stern am Abendhimmel.

Der verwandelte sich aber sogleich in einen glänzenden Morgenhimmel, wenn Eleonore auf Reisen ging. In den letzten Jahren hatte sie vor allem in Neuseeland und in Australien geradezu guruhaft Anhänger und Bewunderer angezogen.

Die Südhalbkugel der Erde! Eleonore schloß die Lider und blickte nach innen auf Lunch Parties und Teepausen mit Sandwiches und mit begeisterten, Fragen über Fragen stellenden Studentinnen und Studenten, und sie genoß den Rausch nach, der sich an ihre Vorlesungen und freiwillig langatmigen Diskussionen anschloß und sie mit einer Gloriole umgab, durch die sie sich wie ein Mensch fühlte, der unaufhörlich einen runden Geburtstag feiert. Da und dort, in Auckland ganz sicher, wohl aber auch in Perth, war sie entweder mit Anna Freud oder sonst einem großen, längst verstorbenen europäischen Psychologentier verwechselt worden, so genau nahmen es die heimwehkranken, auf die Südhalbkugel Verbannten nicht mit Daten und Personen, süchtig nach Österreich und der Schweiz, abgefüllt mit Sehnsucht nach den alten europäischen Psychologennestern. Im Anschluß an Eleonores letzte Reise vor anderthalb Jahren, vier Wochen mit 24 Seminaren, Lectures, Diskussionen und Analysestunden und Interviews, hatte sie eigentlich die vielen Flugstunden bis dorthin zu ihren Gemeindemitgliedern und auch den weiten Weg zurück zu anstrengend gefunden und daher beschlossen, mit der Fernreisetätigkeit sei es nun aus; auch war der im allgemeinen unermüdliche Clemens beim letzten Mal manchmal etwas mürrisch geworden; doch seit die junge Nachbarin gegenüber ein-

gezogen war, oder besser: Seit der heutigen Frühjahrsexplosion und den schlechten Auspizien für den Sommer, immer dieser Nacktkultur so nah, den neiderfüllten Alltag gleichsam in die Gurgel gestopft, seitdem sah Eleonore die Dinge anders. Abrupt richtete sie sich aus der halb schragen Lage auf und sagte zu Clemens:
Weißt du, was ich soeben empfinde?
Nein, Liebes, nicht genau. Ich hoffe für dich, daß etwas mehr Ruhe in dich eingekehrt ist, antwortete Clemens. Wie früh unsere Magnolie in diesem Jahr dran ist, hast du das bemerkt? Und weil sie bis jetzt kaum Blätter hat, verschwendet sie ihre ganze Kraft für die Blüten, schau nur.
Ich empfinde soeben Heimweh nach Neuseeland, sagte Eleonore hoheitsvoll. Mit wehmütiger Stimme setzte sie hinzu: Heimweh nach dem falsch herum über den Himmel ziehenden Mond, Heimweh nach dem Wasser in den Waschbecken, das nicht im Uhrzeigersinn abfließt.
Es ist immer schön, wenn ein Mensch über Erinnerungen verfügt, sagte Clemens. Ich bin froh, daß wir uns damals für diese auberginenfarbene Magnolie entschieden haben, obwohl sie die schwierigere Sorte ist. Aber die rosaweißen siehst du überall.
Jungen und Mädchen sind völlig gleichartig begabt, veranlagt und werweißwas, summte es durch Eleonores Kopf. Gibt man den Mädchen klassisches Bubenspielzeug und den Buben Puppen, dann – gibt man Clemens ein paar nackte Frauenbeine, nackt bis zum Hintern, dann, ja was dann?
Wenn sie nicht aufpaßt und noch mehr zulegt, die da drüben, wird sie bald zu mollig sein, sagte Eleonore.

Findest du?
Wie ungeschickt! Jetzt hatte Eleonore Clemens offiziell dazu berechtigt, unverhohlen die Nachbarin zu begutachten, und er machte Gebrauch davon.
Schau dir das mal an! Ihre Kniekehlen sehen wie Gesichter aus, sagte Clemens.
Brauchst du das Opernglas? fragte Eleonore.
Höchstens für dich. Wie Gesichter, wenn man lang hinsieht, antwortete Clemens.
Etwas mürrische Gesichter, sagte Eleonore.
Komisch, was? fragte Clemens.
Eleonore mußte versuchen, gerecht zu bleiben. Zum einen: Clemens machte immer Gesichter ausfindig, üblicherweise in Wolkenbildungen. Zweitens: Zu allerletzt damit, daß seine Frau eifersüchtig wäre, konnte Clemens bei Eleonore rechnen. Viel zu felsenfest hatte immer sie in ihrem gemeinsamen Leben im Mittelpunkt des Interesses gestanden, war die Umschwärmte gewesen – und die liebe, unwissende, begeisterungsfähige Klientel auf der Südhalbkugel kam Eleonore wieder in den Sinn. Weiter mit der Gerechtigkeit: Wie eine große stolze Fregatte hatte Eleonore die Wogen mit dem imponierenden Bug ihrer Thesen und Theorien zerteilt, und Clemens war als Beiboot brauchbar, aber leicht zu übersehen ein Stückchen hinterher in ihrem Schlepptau mitgeschwommen. In ein Prinzgemahldasein war er weggedriftet, in ein Assistentenleben, kurz nach der späten Heirat. Ohne sich jemals darüber zu beschweren. Kein Verehrer seiner Frau war ihm zuwider gewesen. Ging das alles, so viel Selbstdisziplin, auf Clemens' Charakterstärke zurück,

oder lag es vielleicht auch an den Verehrern? Ihre Verehrer waren vermutlich nicht vom Schlag der Verführer, Chauvis, keine potentiellen Liebhaber, und in Eleonore sahen sie nicht die Frau, die man gern auszöge, um sie anzufassen – Eleonore verbot sich Assoziationen ins Intimere – sondern, und zwar mit den Jahren mehr und mehr, die geistige und körperliche Mutter hochinteressanter Einsichten und Erkenntnisse.

Der typische Quietschton des kleinen Sohns von gegenüber scheuchte Eleonore aus trüben Resumées. Kaum hatte der kleine Sohn die Springs erspäht, da rief er ihnen auch schon *hallo* zu. Er war ein leutseliges Kind. Eleonore konnte ihn gut leiden, obwohl er nicht den Eindruck machte, eines Tages könne er ihr Patient werden. Normalerweise hätte sie, genau so wie es Clemens jetzt machte, *hallo* zurückgerufen und freundlich gewinkt. Diesmal aber tat sie so, als habe sie, versteckt hinter dem plötzlich wieder aufgeschlagenen Winnicott, einem stattlichen Buch, überhaupt nichts bemerkt.

Liebes, der Kleine hat dir *hallo* zugerufen, mahnte Clemens arglos.

Und wenn schon, sagte Eleonore.

Da, er kommt, sagte Clemens. Vermutlich will er uns sein neues Auto zeigen. Ein Truck, ein richtiger Truck, stimmts, rief er dem kleinen Sohn der Nachbarin zu, der daraufhin umständliche Erläuterungen zu seiner Neuerwerbung zurückrief. Die Nachbarin richtete sich auf und lachte.

Passen Sie auf, daß er Sie in Ruhe läßt!

Clemens lachte auch, und aus den Augenwinkeln be-

merkte Eleonore, daß er ein etwas dümmliches Abwinken zustandebrachte. Dann wandte er sich an sie:
Was ist mit dir, meine Liebe? Du bist doch von uns beiden diejenige, die so gern Kinder beobachtet. Paß auf, gleich wird er uns fragen, wann er uns mal besuchen kann.
Immer beantworteten die Springs diese Frage nett und ausweichend, mit irgendeinem *demnächst* oder *hoffentlich bald!* Eleonore hoffte, das Kind werde jetzt gleich fragen. Ihre heutige Antwort hatte sie parat.
Das Kind ließ jetzt seinen neuen Truck auf dem Weg zwischen den beiden Nachbargrundstücken fahren.
Ich gehe ins Haus, beschied Eleonore, Post erledigen.
Gut, sagte Clemens zerstreut. Einen zweiten Sherry könntest du mir noch kredenzen. Hast du bemerkt, daß die Platane bereits grün wird?
Glückspilz, sagte Eleonore und sie hörte das Gift in ihrer Stimme. Gift, das sie im Mundraum spürte. Nur nicht runterschlucken.
Glückspilz, wieso?
Mit deinem ganzen Grün und mit dieser kindischen Nachbarschaft samt Kniekehlen, sagte Eleonore nicht, sondern:
Ich denke, ich gebe den Instituten von Wellington und Dunedin, eventuell außerdem Perth, was ganz Australien mitbedeutet, ich denke, ich gebe denen mal wieder grünes Licht. Kann doch gut sein, daß sie sich bloß aus Schüchternheit so lang nicht mehr gemeldet haben.
Du wolltest nicht mehr um den halben Globus fliegen, vergiß nicht deine Schlafstörungen nach dem letzten Mal,

warnte Clemens, und wider Willen mußte Eleonore eine leichte Rührung mitmachen, denn Clemens unterschlug seine eigenen Phobien.

Nach irgend etwas muß der Mensch Sehnsucht haben. Eleonore hatte sich am Kopfende von Clemens' Liegestuhl aufgestellt. Zum Nachbarskind hin vollführte sie eine Geste, die Clemens nicht sehen konnte und die *geh weg* bedeutet. Ihr war nach etwas Ordinärem zumute, und weil Ausagieren zu ihren Grundsätzen im Programm für seelische Gesundheit gehörte, rief sie, aber nicht sehr laut, hinüber:

Verpiß dich!

Wie bitte, fragte Clemens.

Nach irgend etwas muß der Mensch Sehnsucht haben, wiederholte Eleonore.

Das habe ich mitbekommen, sagte Clemens. Übrigens, auf Seite 43 wiederholst du, fürchte ich, ein Fazit, das du schon auf Seite na ja, irgendwas in den 20 gezogen hast.

Und wenn es nur das Wasser ist, das falsch herum in den Gully abläuft, sagte Eleonore, Sehnsucht. Es zieht mich auf die Südhalbkugel.

Dort bekomme ich vermutlich wieder dieses Heimweh nach dem Waschwasser, das im Uhrzeigersinn übers Becken rinnt, dachte sie. Nach dem korrumpierten alten untergehenden Europa.

Clemens nahm einen Schluck Sherry und sagte:

Denk aber auch an all die entweder zu kalten oder zu heißen Zimmer in den verschiedenen Motels und Self-Contained-Flats und an die Klappbetten in den privaten Unterkünften...

Ich brauche Liebe, erklärte Eleonore zwei Minuten später ihrem Spiegelbild im Bad. Aber sie kniff schnell die Lider wieder fast zu, ehe sie mit der Mühsal begönne, Haare über die durchschimmernde Haut oben auf der Schädeldecke zu verteilen. An ihrer Ponyfrisur wollte sie so lang es nur ging festhalten. Wenn man einen Namen hatte, dann brauchte man auch ein Abbild. Und es mußte dem entsprechen, das man sich erworben hatte, als der eigene Stern aufstieg. Auf der Umschlagrückseite von »Zwitterlinge« trug sie dichte dunkle Ponies. »Männer und Frauen, wir erkennen das im frühsten Kindesalter, sind völlig gleich, sofern man sie völlig gleich behandelt…« Eleonore, beduselt von der Terrassenhitze, bekam keinen ersten Satz zustande. Sie verlor sich in diesen Erinnerungen, die doch bis heute standgehalten hatten. Oder doch nicht, wenn sie ganz ehrlich war? »Männer und Frauen werden niemals wirklich zusammenpassen, und eheliche Gemeinschaften basieren auf einem Boden der Unterdrückung, der Notlügen…«

Mich interessiert er einfach nicht, der junge, halbnackte Körper der Nachbarin. Mich interessiert in diesem Frühjahr kein einziges Blatt. Mann oder Frau, egal, ich bin eben so. Ach, es war ja wohl nicht das erste Mal, daß Eleonore ihren Theorien selber nicht ganz traute. Und doch: Sie mußte zurückkehren. Auf meine Basis, los los, nur zu!

»Dear Aida Straings«, begann Eleonore ihren Brief an die alte und ein wenig verrückte Präsidentin des psychologischen Clubs von Wellington, Neuseeland. Und dann kam sie in Fahrt und bot sich auch bei Donald Reed für eine Tournée durch die australischen Psychologengefilde an.

Auf dem Rückweg vom Briefkasten rief das Nachbarskind ihr *hallo* zu und kam ihr entgegengeradelt.

Wann kann ich euch denn mal besuchen? fragte das Kind.

Nie, sagte Eleonore.

Nie, wiederholte sie beim Abendimbiß, aber Clemens hatte gar nichts gefragt. Vergnügt wandte er sein am Nachmittag hellrot gebranntes rundes Gesicht von den Chicoréeblättern ab, die er stets, bevor er sie in den Mund steckte, auf angefaulte Stellen untersuchte, und fragte:

Australien, Neuseeland? Nie?

Eleonore behauptete im Verlauf des Abends immer einmal wieder, sie habe keine blasse Ahnung mehr, was sie gemeint hatte, beim *Nie*-Sagen. Plötzlich überfiel sie die Befürchtung, sogar auch die Ewigkeit – und auf die steuerte sie zu, Unsterblichkeit via Pioniertum, Publikationen – ja sogar auch die Ewigkeit werde nur dem Massengeschmack entsprechen. Nie. Nie könnte sie die wahren kleinen Freuden der Massenmenschheit teilen, ob Mann oder Frau, nie, nicht einmal in der Ewigkeit.

Das weiße Kleid

Doch, gab ich schließlich zu, das Schöne gibt es auch. Erstes Aufatmen im Publikum nach meinem pessimistischen Vortrag. Daß sogar die mir anvertrauten Häftlinge an das Schöne und Gute im diesseitigen Leben jenseits ihrer Gefängnismauern glauben wollen, wundert mich immer noch, immer wieder.

Aber Lösungen weiß ich keine, fügte ich hinzu. Nicht für unsere hiesige Wirklichkeit. Von dieser Seite ist keine Hoffnung zu erwarten.

Auf dringendes Wünschen der Diskussionsrunde wiederholte ich, was ich vorher zugegeben hatte, und auf meinem Rückweg wieder, wie beim Auswendiglernen: Doch, das Schöne gibt es auch. Gestern noch gab es das Schöne. So lang fast nichts gesprochen wird, läßt das Schöne sich von Versehrungen freihalten. Die langsame Hinfahrt auf der Bundesstraße, ein Herbsttag mitten im Sommer, leichter Regen, und geredet haben wir wenig. Wir haben beim Kloster parkiert und auf der kleinen Steinbrücke den Bach überquert, in diesem Viertel ist alles alt, das Kloster, die Steinbrücke, das alte stille Haus, dem wir zustrebten, aber langsam. Früher Nachmittag. Von außen schon sahen wir, daß in den Zimmern ein paar Lampen brannten – was für ein sorgloser Stromverbrauch bei den drei Schwestern, wie wohnlich, und auf der Schwelle kein Abtreter für die Schuhe.

Unser Klingeln hat keiner gehört. Wie lang und tief sie

immer schlafen, als würden sie üben: meine Mutter und ihre zwei Jahre jüngere Schwester. Alt sind sie, über achtzig Jahre alt, aber sie benehmen sich wie in ihrer Mädchenzeit, sieht man vom langen Mittagsschlaf ab. Die jüngste Schwester wird mit dem Hund unterwegs gewesen sein. Im Ostteil des Gartens ging ich um das Haus herum, die Treppenstufen zur Veranda hinauf, wo ich Vögel von ihren Futternäpfchen aufscheuchte, während du am Vordereingang gewartet hast. Durch die Verandatür sah ich ins dämmrige Zimmer, worin auf dem Sofa meine Mutter lag und in einem Buch las. Noch kann sie ein Buch nicht gut halten, denn das Vierteljahr in Gipsverbänden hat ihre Arme und Hände geschwächt. Trotzdem hat mir der Blick auf meine Mutter mit dem Buch unter der Leselampe Ruhe und den Eindruck, sie fühle sich behaglich, vermittelt. Warten mit dem Anklopfen, gebot ich mir, um es auszukosten, dieses Schöne. Ehe das Schöne durch einen Austausch von Wörtern Kratzer bekommt. So lang es hinauszuzögern war – schließlich hast du am Haupteingang auf mein Öffnen gewartet – wollte ich die einzige Form der Anwesenheit, in der es mir gut geht, beibehalten und womöglich genießen: Ich bin da, aber keiner merkt es.

Heute habe ich Heimweh nach diesem Moment dort, aber meinen Häftlingen hatte ich erklärt: Gestört war es längst, das Schöne, denn während ich das friedliche Bild betrachtete, meine Mutter mit dem Buch auf dem Sofa, mußte ich an das Gutachten der behandelnden Ärzte in der Unfallklinik denken, an Fehlstellung, Bayonettstellung ihrer Hände, an Dauerschaden und hundertprozentige Arbeitsunfähigkeit, und vor allem daran, daß meine Mutter glaubte, zwar schwach, aber doch geheilt zu sein: Nach ihrer Absicht verbrachte sie ihr letztes Wochenende in der Obhut ihrer Schwestern, und schon in zwei Tagen, am Montag, bräche sie auf in ihr eigenes Haus, worin sie allein leben wollte wie früher, im Vertrauen darauf, daß auch nach diesem Unfall und seinen langwierigen Folgen – vergessen hat sie, ihre Unfälle mitzuzählen – der neue Versuch in der alten Selbständigkeit gelänge.

Und ist das nicht das Schöne, so viel Mut und Zuversicht?

Diese Frage habe ich verneint. Ich muß sie ja warnen. Ich muß sie mit meiner eigenen Angst erpressen. Nie, bis in dein hohes Alter hinein, liebe Mutter, von Kind an nie hast du mir einen Wunsch abgeschlagen. Zum ersten Mal schlägst du mir eine Bitte aus, und es ist doch vielleicht meine wichtigste Bitte von allen, die ich hatte.

Dort lag sie, so ruhig, und im ersten Stock die Gesellschaft ihrer kaum jüngeren Schwester; nicht mehr lang, und ihre viel jüngere Schwester würde mit dem Hund zurückkehren.

»Mutter, dann komm ich im weißen Kleid!/Schon im Sommer, mein Kind? Wie du meinst./Mutter, es tut dir auch wirklich nicht leid?/Versprich mir, daß du nicht weinst./Mein Kind, du besuchst mich im weißen Kleid?/Wird es schön sein? Du hast mirs erzählt./Aber ist das jetzt schon die richtige Zeit?/Warum hast du das Kleid ausgewählt?/Liebe Mutter, hier bin ich im weißen Kleid/Das weiße Kleid, es gefällt dir doch sehr!/Ja, es steht dir,

doch ist es denn wirklich so weit?/Und viel Mut hab ich heute nicht mehr.«
Ich hatte meine üblichen werktäglichen dunklen Sachen an und den kurzen Brief meiner Mutter in der linken Jakkentasche, ihre Antwort auf meine langen Ratschläge; rechts das Arztgutachten. So, als hätte ich ihn trotz wiederholten Durchlesens immer noch nicht ganz begriffen, ging mir der Schlußsatz ihres Briefs durch den Kopf: »Laßt mich doch alle noch ein bißchen allein in meinem Haus leben.«
Mittlerweile hatte ich dir die Haustür geöffnet, denn weil meine Mutter schlecht hört, kam ich leicht an ihr vorbei, und ich überließ es dir, sie mit dem Überraschungsbesuch glücklich zu machen, und wieder spähte ich durch die Verandatür ins Zimmer, meine Mutter hat sofort angefangen, Zeitungen und Zeitschriften vom Tisch abzuräumen, eine Decke aufzulegen, dann, vorsichtig mit den hundertprozentig arbeitsunfähigen Händen, den Tisch zu decken. Vergnügt über das, was sie wieder alles konnte, schien sie zu sein.
»Gut, Mutter, ich bleibe draußen stehen/Wir betrachten uns durch die Verandascheiben/Wenn du willst, kann ich diesmal wieder gehen./Liebes Kind, tritt nur ein, du sollst ja bleiben./Meine Mutter, ich warte hier weiß in der Tür./Ja, mein Kind, doch wir könnten noch warten/Hab ein bißchen Geduld, denn ich kann nichts dafür/Aber abends verlockt mich der Garten/Das Umhergehn, der Sommer, ich habs nicht bedacht/Bis du herkamst, im weißen Kleid/Mein Kind, noch nicht, auch nicht in der Nacht/Das Sterben, mein Engel! Zu zweit/Mutter, was

fürchtest du dich/Das weiße Kleid heißt, ich bin/Beim Abschied bei dir und du hast mich/Wir gehen gemeinsam dorthin.«

Woran hast du gedacht, du sagst überhaupt nichts, nun, woran? Mein Mann hatte mich gefragt. Er saß, wie ich fand, so sanft, so langmütig am Steuer unseres alten Daimler, und mir zuliebe fuhr er sehr langsam entlang der Hügel auf der Bundesstraße, die Bundesstraße auch auf dem Rückweg und auch mir zuliebe, wegen der Erinnerungen an frühere Fahrten, an Zeiten mit kräftigen Eltern, und weil ich den Blick nach Westen gern habe. Dort über dem flachen Ried hing Regendunst: Nur so weiter und wir erreichen bald die Küste. Leichter Regen und in mir immer mehr Strophen über das weiße Kleid. Ich habe meinem Mann irgend etwas Freundliches geantwortet, etwas Friedliches. Mein Heimweh nach dem Besuch bei der Mutter und ihren Schwestern hat mich vereinnahmt.

Doch, es gibt das Schöne, wiederholte ich vor der begierigen Häftlingsgruppe. Aber wie es immer endet, das ist beklemmend. Das Schöne fängt an, jedoch auch das Erschrecken, weil alles, was anfängt, aufhört.

Man meint, man müsse nachhelfen. Das Schöne schöner machen, was weiß ich, immer fehlt etwas zum Ganzen: So ähnlich konnte ich jetzt sogar mit meinem Mann reden, weil er einen problematischen Überholvorgang einleitete und nicht genau zuhören würde. Er hatte aber zugehört und mich gewarnt: Deine Ansprüche sind übertrieben. Dein Übereifer macht alle nur nervös.

Gleichzeitig betrachtete ich die Gegend und, in der

Wiederholung, Bilder unseres Besuchs. Wieder überrasche ich meine Mutter, sie liegt auf dem Sofa, sie steht sofort auf, denn in der Erinnerung verändere ich den Besuch. Wie sehr freut sie sich: Sie freut sich auf die Art und Weise, in der eine Mutter sich freut, wenn sie ihr Kind sieht – kein Aufwand, kein Theater, statt dessen die selbstverständliche glückliche Überraschung. Sofort will sie mir die Verandatür öffnen, sie hat Mühe mit dem Aufstehen, die hundertprozentig arbeitsunfähigen Hände legen das Buch, die Brille, die leichte Decke weg, gleich wird sie mich hereinlassen, aber diesmal gebe ich ihr Zeichen: Nicht aufmachen! Noch nicht! Ich bin in meinen üblichen werktäglichen dunklen Sachen, aber sieht sie denn nicht mein weißes Kleid, sie erschrickt ja nicht vor mir, fürchtete sie sich denn nicht vor meinem Einspruch gegen ihren Brief?

Und woran denkst du jetzt? fragte mich mein Mann.

An nichts, ich weiß auch nicht, antwortete ich, während ich an den Schlußsatz im kurzen Brief meiner Mutter dachte. Auf einmal wußte ich genau, wie ich ihn zu verstehen hätte. »Laßt mich doch alle noch ein bißchen allein in meinem Haus leben.« Um uns zu schonen, hat meine Mutter den Satz mit fünf überflüssigen Wörtern abgeschwächt. Plötzlich war ich auf den Kern ihres Wunschs gestoßen und ich verstand ihre Bitte: »Laßt mich noch ein bißchen leben.«

An irgend etwas denkt man immer, sagte mein Mann, also: Woran denkst du gerade?

Schnell wußte ich, woran ich allzu gern denken wollte und antwortete:

Das Eis und den englischen Kuchen, beides auf einem Teller, das sehe ich sie jetzt genießen, das Mütterchen. Wir lachten, und ich hielt die beiden Schlafmittelpackungen fest, in der Tasche vom weißen Kleid, das nur meine Mutter gesehen hat, als sie mich, trotzdem, mutig und aus zuversichtlicher Liebe zu ihrem Kind, durch die Verandatür einlassen wollte; in meinen üblichen dunklen werktäglichen Sachen machte ich es mir auf dem Beifahrersitz bequemer.

Die Janus-Kosmetik

Sag also Herold, tus bitte, nun los, sags schon: Herold. Sag Herold zu mir. Aber nicht mit dieser Kummermiene, nicht so, als würdest du deine Kontoauszüge studieren. Sag Herold, aber richtig weich, weiblich, verstehst du, na komm!

Mir kam der Mann töricht vor, aber weil ich dankbar war für jeden Aufschub und für die Pause jetzt, die er im ausgedienten Repertoire seiner nur von ihm wahrscheinlich als schmissig empfundenen Zärtlichkeiten einlegte, sagte ich: Herold. Mit meinem Tonfall war er nicht zufrieden, und ich mußte üben: Herold, Herold. Idiotisch von mir, daß ich schließlich doch versuchte, es ihm rechtzumachen.

In seiner kleinen Mansardenwohnung war es warm und stickig. Wir kannten uns seit gestern abend – was heißt schon: kennen! Mir hatte er zwar ziemlich viel aus seinem Leben erzählt, aber ohne Auskünfte über mich kam er sehr gut aus, und ich bin darüber froh gewesen und außerdem zerstreut, denn wieder war mein einziges Ziel die Unterkunft in einer Ablenkung. Bei allem Verlangen nach dem Alleinsein: Ich stehe es nicht mehr durch. Kaum habe ich, nach meinen dienstlichen Rundgängen, meine eine Gesichtshälfte abgeschminkt – ich benutze abwechselnd die rechte und die linke – und will zur Ruhe kommen, will aufatmen, da treibt es mich auch schon um, was damit anfängt, daß ich nicht still sitzen kann und die paar Gegenstände, die man bei einer Arbeitsreise mit sich führt, auf eine andere, noch pedantischer ausgeklügelte Weise anordne. Seit ich dazu nicht mehr jung und ansehnlich genug bin, vertrete ich die Kosmetikfirma *Jeunesse Durante* auf meine Art, der aber nicht mehr allseits als originell applaudiert wird: Ich werbe mit der ungeschminkten Gesichtshälfte für die geschminkte, oder umgekehrt. Weil ich mich meines Januskopfes aber auch schäme, bin ich menschenscheu geworden und hastig absolviere ich die Tagesrunde. Janus, der Gott des Torbogens und der öffentlichen Durchgänge, denke ich manchmal.

Herold, Herold.

Schon viel besser, fand der Mann.

Ich wußte: Lang könnte ich ihn nicht mehr hinhalten. Würde ich nur nicht seit einiger Zeit durchdrehen, wenn ich auf Dienstreisen bin! Nie wäre ich, bei Verstand, in eine Lage wie diese gekommen. Schlecht wird es mir beispielsweise aus heiterem Himmel, ohne Vorwarnung fange ich an zu zittern, ich lasse den Kugelschreiber fallen, oder, bei Wut, schleudere ihn in eine Zimmerecke – wieder ein Briefanfang, den ich zerreißen werde – doch bald, da ich sehr ordnungsliebend bin, stehe ich auf und hole den Kugelschreiber an seinen Platz zurück, akkurat horizontal über meinem Terminkalender lege ich ihn ab. Unvermittelt geschieht es auch, daß ich nach Luft ringe und dann kurzatmig bin, von einem Moment zum nächsten. Daß alles, mein Lebensgerüst, sofort auffliegen könnte, sehe ich wie überbelichtet. Nach meinen Reisen fragt mich mein Kollege Laslo, netter Kerl: Wars erfolgreich? Wars erträglich?

Oh doch, antworte ich, war wirklich gut, und ich hätte gern gesagt: Ich bin in Rothenburg über die Absperrungskordel in einem Kirchenschiff gestiegen, und die Frau im Billetkiosk hat zwar mit viel Gezeter einen Aufstand gemacht, war aber unabkömmlich, weswegen leider weder Polizei noch ein Sanitätsdienst angefordert werden konnte.
Herold! Noch besser. Du lernst, zwar langsam, aber –
Aber unsicher, wollte ich sagen, doch wozu diesen Fremden mit Scherzen verwöhnen? Hier bei ihm war ich, um nicht schon wieder vor der Steinmauer im Torbogengarten zu zögern. Mich nicht über die Brüstung zu beugen. Man fällt tief, von dort herunter. Holundergebüsch mit allmählich vergehender grauweißer Blüte und massenhaft Grün warten, tief unten. Gefunden würde man erst nach tagelanger Suche, und man wäre nicht tot, nur verletzt. Also war ich bei Herold. Und doch nahm ich es ihm an meiner Statt übel, in seine kleine Wohnung hoch über den rotbraunen Dächern, über Torbogen und Tauberschluchten und alten Baumkronen mitgekommen zu sein.
Neuerdings brauche ich drei Tage, gut drei Tage, um mich von der Liebe zu erholen, sagte ich, nachdem ich seinen Oberkörper in eine Distanz zu mir gestemmt hatte; ich verschwieg, daß ich die Liebe zu meinen Eltern und die Besuche in ihrem Altersheim meinte. Ihre winzige Wohnung erinnert mich immer an eine Schachtel. Wäre ich zu ihnen in ihr Haus gezogen, dann müßten sie nicht in dieser Schachtel leben.
Scheinst es toll zu treiben, lobte Herold. Drei Tage Erholung anschließend! Tz tz! Ich bin gespannt.

Aus seinem nun folgenden Umarmungsversuch – er hatte eine komische, abgehackte Art beim Küssen, sein Küssen glich einem Bürovorgang, und ich mußte an das Abstempeln von Formularen denken – aus dem jetzigen Umklammerungsbestreben befreite ich mich, denn jemand hatte die Wohnungstür aufgeschlossen und käme wahrscheinlich gleich hier zu uns in dieses einzige Zimmer der Wohnung.

Laß doch gut sein, tuschelte Herold. Das ist doch nur das Kind. Meine kleine Rosina, mein Rosinchen, ich hab dir gestern von ihr erzählt, und ich hab sie in der zweiten Ferienhälfte, dann wandert sie wieder ab zur Frau Mama.

Geschieden war Herold nicht, aber seine Frau und er probierten zur Zeit eine Trennung aus, und schon verlangte es die beiden nacheinander: Herold hatte gestern abend das Loblied seiner Frau gesungen. Mittlerweile erschien sie ihm als eine Schönheit, er sehnte sich nach den süßsauren Salaten, die sie zubereiten konnte wie keine zweite, und nicht einmal ihre Berufstätigkeit störte ihn mehr, im Gegenteil, er fing an, stolz darauf zu werden, daß sie vor zwei Monaten zur Stadträtin aufgestiegen war.

Herold preßte seinen Oberkörper auf meinen und zwang mich in die liegende, schiefe unbequeme Haltung zwischen Couchkissen, in der ich mich selber und meine jeweilige Gesellschaft nicht ausstehen kann. Gleich käme der erste Teil dran. Gleich käme ich mir wie eine große, tierhafte Mutter vor, wie bei einem urtümlichen in der dringendsten Not gnädig aushelfenden Stillvorgang. Und dann wäre Herold fertig und zufrieden und würde

flüstern: Ich weiß doch, was Frauen brauchen – oder etwas in der Geschmacksrichtung, er hatte gestern mit seinem Instinkt und siebten Sinn für Frauenwünsche angegeben, und bei diesem zweiten Teil empfände ich mich als bettlägerig, als Patientin, überversorgt und daher verpflichtet zum halbverblödeten Dankbarkeitslächeln.
Nicht, nicht, schimpfte ich, die Stimme halblaut.
Aus der Küche hörte man Geschirr scheppern. Kurz darauf zerschellte ein Glas oder etwas aus Porzellan auf dem Fliesenboden.
Na siehst du, Herold lachte. Sie ist vollbeschäftigt. Gutes Kind, mein Rosinchen. Nimm dir ein Beispiel dran. Alles zu seiner Zeit. Jetzt machen wir unseren Job, und sie in der Küche, sie tut den ihren. Stimmts?
Die Nachmittagssonne dieses heißen Julitags erreichte nun den Platz, an dem unsere Körper sich so sinnlos plagten.
Zu sonnig, japste ich.
Herold stand auf und zog zwei Vorhänge zu. Er tat das mit eingedrückten Knien, denn seine Hose war am Bund nicht zugeknöpft. Und genau in diesem Augenblick hätte ich unbedingt aufstehen und weggehen sollen. Wissen Sie, Zwischenbemerkung an meine Herren Sanitäter oder Polizisten, ich bleibe, weil das alles hier in dieser siedenden Wohnung, widerwärtig und ekelhaft gewiß, weil das alles besser für mich ist als meine Atemnot kurz vorm endgültigen Todesstillstand, wenn ich allein bin. Und wie gern war ich früher allein – trostlos, schmerzlich, sich daran zu erinnern.
Du hast doch nicht etwa Vorurteile, fragte Herold.

Ich fand, ich solle sagen, ich hätte welche, und außerdem fiel jetzt erst mir Aids ein, und ich wollte nun wirklich weg. Furchtbar hinderlich ist meine Feigheit. Nichts gesagt habe ich, während Herold schwärmte:
Und selbst wenn sie gleich ins Zimmer kommt, die Kleine – ich fänds gar nicht mal so übel. Ich habs in den armen Ländern gelernt, war ja, wie gesagt, lang in der Entwicklungshilfe tätig, und ich hab sie gründlich gelernt, diese Lektion in Unbefangenheit. Sie machens alle vor den Kindern. Der Liebesakt ist etwas Wunderschönes. Und wir sind beide nicht von gestern, du und ich, und meine Kleine vielleicht sogar noch viel weniger als wir zwei zusammen. Hehe. Sie weiß längst mehr darüber als wir zwei zusammen. Zehn Jahre alt. Da kennt man sich aus, heutzutage.
Theoretisch vielleicht, antwortete ich. Aber nicht als Anblick. Und als Anblick habe ich den Geschlechtsverkehr immer lächerlich und unästhetisch gefunden.
Du bist ein bißchen verklemmt, oder nicht? Laß nur, ich mag das. Ich habs gern, wenn es schwierig ist.
Und Aids, was ist damit, fragte ich und war stolz auf die Überwindung meiner Feigheit.
Da rennst du bei mir offene Türen ein. Herold lachte behaglich. Bin in der Aids-Hilfe. Das meiste, was ihr Normalverbraucher davon mitkriegt, ist Panikmache. Denk lieber an die Verkehrstoten, und vergleiche die Zahlen, hm?
Das Kind knallte die Zimmertür zu. Also mußte es zuvor eingetreten sein, unbemerkt von uns auf dem von der Tür abgekehrten Couchlager.

Mir ist mal eine Katze für immer entlaufen, als ich es mit einem Freund machte, und sie es mitbekam, sagte ich.
Erzählst du ihm von uns, fragte Herold sentimental.
Wem denn?
Deinem Freund. Keine Sorge, das Kind kommt schon wieder.
Ich möchte nicht, daß es was zu erzählen gibt, erklärte ich, worauf Herold mich mit einem drohenden Unterton als eine ganz besonders schwer einzunehmende Festung lobte.
Mittlerweile war ich Herold dankbar. Zusammen mit meiner Kombination aus Kopfwehtabletten und Kornschnaps wirkte nun endlich auch mein Handgemenge mit ihm. Allein in meinem Hotelzimmer wäre ich vermutlich längst erstickt, und von da aus hätte ich mich nicht dazu aufgerafft, wieder in den Torbogengarten zu laufen. Nun aber sah ich die Mauerbrüstung so deutlich vor mir, darunter den Holunderabgrund, als wäre ich schon dort angelangt. Die Enge in meinem Rumpf löste sich.
Und Herold mußte gespürt haben, wie selbständig ich mich bereits gemacht hatte, denn nun hörte er sich feindselig an: Aus Treue? Ist es das? Treue? Womöglich bist du treu? Wem denn? Diesem Freund, der dran schuld ist, daß dir deine Katze entlaufen ist?
Während ich eine Antwort überlegte – treu sein muß ich keinem – klang sein Gelächter böse, aber dann fiel er in seinen tuschelnden Liebesstimmungston zurück:
Komm mal mit zu unserer kleinen Liga der Phantasievollen. Kleiner Ableger in der hiesigen Aids-Hilfe. Treue, verstehst du, ist vorgestrig, aber total. Wir in der Liga

reden statt von Treue von der Fairness. Fair sein wollen wir schon, klar, aber treu, das heißt im allgemeinen nichts anderes als stur, als verbogen und verlogen.
Aha, sagte ich. Und Ehebruch?
Erstens: Verheiratet bist du nicht, und zweitens ist Ehebruch erst recht Steinzeit. Wir sagen Phantasie dazu. Selbstentfaltung, Selbstsuche, was immer du willst. Verwirklichung. Interesse am Mitmenschen. Komm her, laß uns endlich starten und dann abheben. Drei Tage Erholung, sagst du, brauchst du danach? Ich werde dir dazu verhelfen, daß du deinen eigenen Rekord einholst. Garantiert.
Da stand ich auf und tat ihm mit einem Griff in sein Gesicht sogar vielleicht weh. Dafür entschuldigte ich mich, denn meine Höflichkeit auf Grund guter Erziehung werde ich nicht los.
Daß ich wiederkomme, verspreche ich dir, aber zuerst suche ich das Kind.
Herold sah beleidigt aus, war aber rasch zu trösten, als ich ihm zurief, ich brächte eine Flasche Sekt mit, und die Abendstimmung wäre mir sowieso lieber für die Intimität. Trotzdem versuchte er, mich nicht aus der Wohnung zu lassen, doch war ich schneller als er, der in seiner zur Liebe präparierten Kleidung im Hintertreffen blieb.
In der Sonnenglut rannte ich straßenabwärts zur Stadtmauer. Schatten im Torbogengarten, und stumm grüßte ich die uralten Platanen, Buchen, Linden. Aus der Unappetitlichkeit des Lebens fühlte ich mich beim immer noch schnellen, aber nicht mehr abgehetzten Rundgang wie freigeschält. Torbogengott, Janus, Gott des Anfangs und

des Eingangs. Kaum Touristen, und mein Platz über dem Holunderabgrund wurde nun auch frei, nachdem ein Liebespaar sich in Umschlingung davonschlich. Freizeitgemäß waren meine beiden Gesichtshälften zwar ungeschminkt, diesmal aber, in Herolds heißer Mansarde, unregelmäßig abgeküßt, so daß ich mir, wenn auch auf andere Weise, wiederum januskopfig vorkam, und ich wischte mit drei Papiertaschentüchern und mit meiner Spucke die Erinnerung an Herold ab, so lang bis mir meine Haut weh tat, und ich dennoch aufatmete. Bevor ich spränge, betrachtete ich mir wieder meinen Sturz ins Grün, weißliche ältliche Blüten, und das Rauschen des Flusses Tauber in der Tiefe klang so nah, als wäre es nicht die Ferne, da unten. Dann tat ich meinen gewohnten Blick nach gegenüber, auf das Restaurant Felsenkeller jenseits der Schlucht, und da plötzlich überwältigte mich ein starker Eindruck so, als handelte es sich um die Gewißheit selber: Mir war, als wäre ich dort, in diesem Restaurant, ich von früher, mit Menschen von früher, bei einem Ausflug mit meinen Eltern, ja auch meine Eltern befanden sich nicht mehr in ihrer engen warmen Altenschachtel – oh wie einfach: Ich saß ja dort, Aufenthalt während einer Durchreise zum Kennenlernen der Gegend, ein sauberer Spätnachmittag mit Kaffee und Kuchen und ohne Angst, oh nein, ich war nicht mehr hier, ich war schon dort drüben – also, wozu noch abstürzen?

»Die Brüchigkeit der Beziehungen, die Fragwürdigkeit der Bindungen, die Angst vor dem Leben, die Ratlosigkeit der Menschen, die Mißverständnisse, die sie voneinander trennen – das etwa sind die Formeln, mit denen sich das Thema Gabriele Wohmanns andeuten ließe. Nicht gerade neu? Nun ja, es ist auch dasjenige von Marie Luise Kaschnitz, Koeppen, Frisch und Nossack, Hildesheimer und Eisenreich ebenso wie das der Jungen von Johnson bis Bichsel. Es ist, wir wissen es längst, jenes Thema unserer Zeit ...«

Marcel Reich-Ranicki

Bei Luchterhand sind lieferbar: Gegenangriff, *Prosa,* 1972 (SL 55); Ländliches Fest, *Erzählungen,* 1975 (SL 204); Paulinchen war allein zu Haus, *Roman,* 1975 (SL 219); Schönes Gehege, *Roman,* 1975 (SL 620); Ausflug mit der Mutter, *Roman,* 1976 (SL 213); Frühherbst in Badenweiler, *Roman,* 1978; Paarlauf, *Erzählungen,* 1979 (SL 360); Ach wie gut, daß niemand weiß, *Roman,* 1980; Komm lieber Mai, *Gedichte,* 1981; Jetzt und nie, *Roman,* 1982 (SL 385); Gabriele Wohmann: Auskunft für Leser, *herausgegeben von Klaus Siblewski,* 1982 (SL 418); Ausgewählte Gedichte, 1983 (SL 437); Das Glücksspiel, 1983 (SL 459); Verliebt, oder? *Erzählungen,* 1983 (SL 485); Der kürzeste Tag des Jahres, 1984 (SL 531); Passau, Gleis 3, *Gedichte,* 1984; Ich lese. Ich schreibe, *Autobiographische Essays,* 1984 (SL 554); Der Irrgast, *Erzählungen,* 1985 (SL 695); Gesammelte Erzählungen aus dreißig Jahren *(drei Bände),* 1986 (SL 651/652/653); Unterwegs, *Ein Tagebuch,* 1986 (SL 672); Der Flötenton, *Roman,* 1987.